Christian Sprang
Matthias Nöllke
Aus die Maus
Wir sind unfassbar

Christian Sprang Matthias Nöllke

Aus die Maus
Wir sind unfassbar

Ungewöhnliche Todesanzeigen

Anaconda

Genehmigte Lizenzausgabe für die Anaconda Verlag GmbH, Köln
Aus die Maus. Ungewöhnliche Todesanzeigen von Matthias Nöllke
und Christian Sprang

Wir sind unfassbar. Neue ungewöhnliche Todesanzeigen
von Matthias Nöllke und Christian Sprang

Die Deutsche Nationalbibliothek verzeichnet diese Publikation
in der Deutschen Nationalbibliografie; detaillierte bibliografische Daten
sind im Internet unter http://dnb.d-nb.de abrufbar.

Umschlagmotiv: Fotolia/ogieurvil
Umschlaggestaltung: dyadesign, Düsseldorf, www.dya.de
Printed in Czech Republic 2018
ISBN 978-3-7306-0642-1
www.anacondaverlag.de
info@anacondaverlag.de

Inhalt

Aus die Maus

Wir sind unfassbar

Aus die Maus

Einleitung

> »Jeden Morgen nehm' ich die Zeitung und seh' die Todesanzeigen durch. Wenn mein Name da nicht steht, mach' ich einfach so weiter wie bisher.«
>
> DIZZY GILLESPIE

Viele Menschen finden es absonderlich, Todesanzeigen zu sammeln. Weil Tod und Sterben in unserer Gesellschaft tabuisiert werden, vermutet man hinter dem Interesse des Sammlers schnell Geschmacklosigkeit oder Abgestumpftheit. Dabei gibt es nichts, was in wenigen Worten so herzzerreißend, traurig, mitunter aber auch so komisch sein kann wie eine Todesanzeige.
Ihre Lektüre eignet sich nicht nur als Memento mori, sondern bietet oft geradezu ein Spiegelbild des menschlichen Lebens. Jede Todesanzeige und jeder Nachruf legt Zeugnis davon ab, wie sich das Leben und Sterben eines Menschen und das Weiterleben seiner Mitmenschen in Sprache ausdrücken lassen. In manchen Todesanzeigen gelingt es, in wenigen Worten ein ganzes Menschenleben zusammenzufassen, in anderen verbinden sich tiefste menschliche Tragik und höchste Komik in wenigen Zeilen zu einer untrennbaren Einheit. Solchen Exemplaren, die aus den konventionellen Bahnen der Formulierung oder Gestaltung von Todesanzeigen ausbrechen, gilt dieses Buch.
Schon als Abiturient habe ich morgens in der Lokalzeitung regelmäßig die Seite mit den Todesanzeigen studiert. Vor etwa zwanzig Jahren war es dann so weit: Ich konnte die Zeitung nicht zum Altpapier geben, ohne zuvor zur Schere zu greifen und meine erste Todesanzeige auszuschneiden. Das fragliche Stück

Wir trauern um

Uwe D

der unverhofft im Alter von 46 Jahren verstorben ist.

Wir verlieren in ihm einen sehr zuverlässigen und korrekten Mitarbeiter und Kollegen, dem wir ein ehrendes Andenken bewahren werden.

HEINRICH BAUER DIENSTLEISTUNGS KG
Geschäftsleitung
Betriebsrat
Mitarbeiterinnen und Mitarbeiter

Die Trauerfeier findet im engsten Familienkreis statt.

lag dann einige Wochen auf dem Küchenschrank meiner Wohngemeinschaft. Dort bot es Anlass zu Bewunderung und Erheiterung, aber auch zu Nachfragen und Diskussionen. Nicht jedem Betrachter erschloss sich der feine Unterschied zwischen der sonst üblichen Floskel »plötzlich und unerwartet«, die der Arbeitgeber des Verstorbenen offenbar vermeiden wollte, und dem nicht ganz bedeutungsgleichen Wörtchen »unverhofft«. Was »unverhofft« eintritt, das ist etwas, auf das man nicht zu hoffen gewagt hat. Bei wörtlicher Lesart erscheint der Tod des zuverlässigen und korrekten Mitarbeiters also als willkommene Lösung eines Personalproblems der Firma.

Zu diesem »Erstling« steuerten schon bald Besucher unserer Wohngemeinschaft eigene Fundstücke bei, und so wuchs nach und nach eine Sammlung ungewöhnlicher Todesanzeigen heran. An-

fang des Jahres 2003 habe ich Teile dieser Sammlung – die damals schon auf mehrere Hundert Exemplare angewachsen war – auf eine kleine Website gestellt. Diese Seite war eigentlich nicht so sehr für die Öffentlichkeit gedacht, sondern sollte meinen mitsammelnden Freunden und Bekannten den Überblick über neu hinzugekommene Anzeigen erleichtern. Gleichwohl verzeichnete sie schon nach wenigen Wochen täglich mehrere hundert Besucher. Daraufhin habe ich die Website mithilfe der Domain www.todesanzeigensammlung.de besser auffindbar gemacht und die Mailadresse todesanzeigen@gmx.de eingerichtet, damit mir die Besucher der Seite ihre Fundstücke zuschicken konnten. Das haben auch unerwartet viele getan. Teils waren es einzelne Anzeigen, die der Absender verschämt irgendwo aufbewahrt hatte, weil er sich in seinem Familien- und Bekanntenkreis nicht zum Ausschneiden von Todesanzeigen fremder Leute bekennen mochte. Teils handelte es sich aber auch um eigene kleine Sammlungen, die von ihren Einsendern über jahrelange aufmerksame Lektüre der Todesanzeigenseite ihrer Lokalzeitung aufgebaut worden waren.
Für dieses Buchprojekt haben wir über meine eigene Sammlung hinaus einige weitere bemerkenswerte Kollektionen ausgewertet und stellen deren beste Stücke vor. Dabei handelt es sich um

- den Inhalt des »Komischen Buchs« der vor einigen Jahren hochbetagt verstorbenen Sammlerin Gertrud Borsche. Diese seit den frühen fünfziger Jahren mit viel Feinsinn aufgebaute Kompilation verdanke ich Herrn Lorenz Borsche.
- einige Anzeigen aus der Sammlung des St. Georgsberger Pastors Hans Mader. Hans Mader hat bereits vor einigen Jahren viele der von ihm gesammelten Todesanzeigen in dem lesenswerten Buch »Es ist echt zu bitter« veröffentlicht und kommentiert. Uns hat er ohne zu zögern eine Auswahl des danach bei ihm aufgelaufenen Materials für dieses Buch zur Verfügung gestellt.
- die große Kollektion des Wiesbadener Sammlers Dirk Hummel, der mehrere Tausend Anzeigen zusammengetragen und mit diesen schon eigene Ausstellungen bestritten hat.
- die Sammlung des Kasseler Museums für Sepulkralkultur. In

diesem sehr sehenswerten Museum, das dem Umgang des Menschen mit Tod und Sterben gewidmet ist, konnte ich drei Tage lang eine Auswahl aus den enormen Beständen an Todesanzeigen treffen. Dafür bin ich dem Haus und insbesondere dessen Bibliothekarin Isabel von Papen zu Dank verpflichtet.

Vereinzelt haben wir auch auf Stücke aus Publikationen anderer Sammler zurückgegriffen. Eine Übersicht über diese Veröffentlichungen finden Sie in der kleinen Bibliografie am Ende dieses Buchs. Dort habe ich auch, soweit sich dies noch rekonstruieren ließ, die Namen der Beiträger zu meiner eigenen Sammlung aufgelistet, deren Fundstücke wir für dieses Buch verwendet haben.
Bei allen gezeigten Stücken handelt es sich um originale Todesanzeigen. Die Nachnamen und Adressen der Verstorbenen und ihrer Angehörigen, in wenigen Fällen auch irrelevante Textteile, haben wir entfernt, sofern nicht gerade (auch) in ihnen das Ungewöhnliche einer Anzeige liegt. Die Namen von Trauernden oder Betrauerten sind auch deshalb gelöscht, weil es beim Sammeln von Todesanzeigen nicht darum geht, jemanden bloßzustellen. Auch ist die Sammlung keineswegs ein Panoptikum von sprachlichen Schnitzern, die Menschen in einer psychischen Ausnahmesituation unterlaufen sind. Vielmehr stellen wir ungewöhnliche Todesanzeigen vor, solche, die aus dem Rahmen fallen, und das sind nicht nur originelle und lustige Stücke, sondern auch besonders treffende, besonders traurige, ja bewegende Todesanzeigen.
Dieses Buch habe ich gemeinsam mit meinem alten Freund und Kommilitonen Matthias Nöllke geschrieben, der als Autor mehr Erfahrung mit dem Bücherschreiben hat als ich. Die Komposition des Buches und die Formulierung der verbindenden Texte sind im Wesentlichen sein Werk. Ich hoffe sehr, dass man dem Buch anmerkt, wie viel Spaß wir an dem gemeinsamen Projekt und der Zusammenarbeit mit dem Verlag Kiepenheuer & Witsch hatten.

Wiesbaden, im Sommer 2009
Christian Sprang

»Oma rief – Opa kam«

Anzeigen mit ungewöhnlichem Motto

Üblicherweise wird die Todesanzeige mit einem Motto eingeleitet, einem bewährten Bibelwort oder einem einschlägigen Zitat aus dem »Kleinen Prinzen«. Manche schmücken den letzten Gruß auch mit trostreichen Gedanken von Dichtern, Weisheitslehrern oder Philosophen.

's is Feierobnd

Nach einem in Arbeit erfüllten Leben
entschlief am 25. Januar 2001 meine liebe Mutter

Maria S

geb. P

kurz vor ihrem 95. Geburtstag.

In stiller Trauer:
Dr. Christina W
im Namen aller Anverwandten

Umso stärker wird der Leser überrascht, wenn sich anstelle der gewichtigen Worte eher lapidare Formulierungen finden. Erst recht, wenn sie in einem keineswegs ortsüblichen Lokalkolorit erscheinen wie bei Maria S. aus dem hessischen Walluf.

Doch ist der prosaische Abschiedsgruß keine süddeutsche Eigenart. Natürlich aus dem Hamburger Abendblatt stammt der folgende Nach-Ruf:

Schüß Oma

Hannchen H

geb. E

*** 2. Juni 1920 † 17. März 1995**

In stiller Trauer
Günter H

Und auch in Kriftel, dem »Obstgarten des Vordertaunus«, versteht man sich aufs knappe Abschiednehmen, wenngleich offenbleibt, wer sich hier von wem verabschiedet.

Und tschö

Rolf M

* 4. März 1950 † 2. April 2006

Hannelore
Thorsten und Florian

Besonders glücklich fügt es sich, wenn der Sinnspruch vom Verstorbenen selbst stammt. So wie bei der 93-jährigen Tante Tinny, deren Lebensmotto einem eher in anderen Zusammenhängen geläufig ist.

Man hat's nicht leicht,
aber leicht hat's einen.
Tinny L

Sie starb, wie sie gelebt hat – sie hat's geschafft, wie so vieles im Leben!

Christina L (Tante Tinny)

geb. K

* 24. 12. 1911 † 22. 4. 2004

In Liebe und Dankbarkeit trauern:
Sabine
Rolf, Tobias und Robin
Anita, Gerda, Hilde und Irene
Dore, Andrea, Christoph und Melva
Christiane und Ulrike
und alle Wegbegleiter

Auch finden sich in manchen Anzeigen ungewohnte Einsichten des Verstorbenen, über deren Bedeutung man sich in unserer schnelllebigen Zeit womöglich nicht hinreichend im Klaren ist.

Das Wichtigste im Leben:
einatmen - ausatmen
G. L

Gerhard L

* 2. 10. 1956 † 9. 7. 2006

atmet nicht mehr

Andere geben mit ihren persönlichen Einlassungen der Nachwelt tiefe Rätsel auf.

Von allen meinen Seelenzuständen
ziehe ich den Schnee vor.

Wolfgang K

9. 10. 1957 - 10. 2. 2003

Urnenbeisetzung am Montag, 17. Februar 2003, um 14.00 Uhr,

Manchmal sind es aber auch die Hinterbliebenen, die ein sehr persönliches Motto wählen, das sich für Außenstehende nicht restlos entschlüsseln lässt.

Ein Gänseblümchen macht nun für immer bubu . . .

Waltraud N

(Walli)

*** 30. 9. 1953** **† 22. 4. 1997**

hat ihren Platz auf einer grünen Wiese gefunden.

Eher ins allgemein Menschliche driftend, wenngleich auf unbestimmte Art ermutigend, ist hingegen das Motto von Bäckermeister Heinz K.

Wer nicht stirbt — hat nie gelebt.

Heute starb nach 23 Jahren gemeinsamen Schaffens mein Lehrmeister, Chef und Vater

Heinz K

Bäckermeister

im Alter von fast 70 Jahren.

Sein Tun und Wirken werde ich in seinem Sinne fortsetzen.

Jürgen

Die innige Verwobenheit von Leben und Tod ist auch Gegenstand des folgenden Mottos, dem allerdings angesichts des langen Lebens der Verstorbenen eine gewisse Ambivalenz anhaftet.

Wer weiß denn,
ob das Leben nicht Totsein ist
und Totsein Leben?

Unsere liebe Mutter, Oma und Tante

Franziska K

ist im Alter von 91 Jahren in den ewigen Frieden heimgegangen.

Eine durchaus gewollte Doppelbödigkeit steckt hingegen in der folgenden Anzeige. Sie ist ein gelungenes Beispiel dafür, dass man auch in ernsten Angelegenheiten nicht auf ein heiteres Wortspiel verzichten muss. Denn ein Steinhäger ist nicht nur der Bewohner einer 20.000-Seelen-Gemeinde am Südhang des Teutoburger Waldes. Sondern auch ein feinwürziger Wacholderschnaps, der gerne vor dem Essen zum Bier getrunken wird, um den Magen anzuwärmen.

Der Herr hat einen Steinhäger zu sich genommen.

Kurt S

* 16. Februar 1905 Steinhagen   † 12. Juni 1989 Hamburg

Ich nehme Abschied in Liebe
Axel S

An Vieldeutigkeit kaum zu übertreffen ist das folgende Motto. Dabei wurden die Worte ganz offenbar mit Bedacht gewählt.

Wenn man
sich das
so richtig überlegt,
Dann
war das
Allerhand ...

1896—1989

Werner K

ist tot.

Auch an der folgenden Anzeige wurde gewiss etwas länger gefeilt, zumal es um eine Krankheit geht, die sonst eher umschrieben oder gar nicht genannt wird. Hier schon. Das Ergebnis ist ein kleines sprachliches Meisterwerk.

Tumor is. Rumor is. Humor is nich.

Prof. Dr. Gerburg T

13. 11. 1939 – 19. 11. 2006

Auch in Anzeigen von Künstlern gibt es hin und wieder ein treffendes Motto zu entdecken. Besonders schön ist es, wenn die Worte vom Verstorbenen selbst stammen – wie in der Anzeige für den »Vater der Videokunst«, Nam June Paik, der sogar mit zwei gleichwertigen Mottos aufwarten kann.

„There is no rewind button for life" (NJP)

Nam June Paik

20. Juli 1932 Seoul – 29. Januar 2006 Miami

Helge Achenbach, Erik Andersch, Inge Baecker, Mary Bauermeister, Hans Baumgart, Ute und Michael Berger, Eva Beuys, Alfred Biolek, Ursula und René Block, Eugen Blume, Wibke von Bonin, Horst Bredekamp, Christoph Brockhaus, Klaus vom Bruch, Ernst Brücher, Klaus Bußmann, Edith Decker, Manfred Eichel, Harald Falckenberg, Wolfgang Feelisch, Friedrich Christian Flick, Helmut Friedel, Rudolf Frieling, Gotthard Graubner, Ingo Guenther, Stephanie und Wulf Herzogenrath, Felix Herzogenrath, Peter Hoenisch, Thomas Kellein, Kirsten Klöckner, Kasper König, Walther König, Peter Kolb, Ulrich Krempel, Manfred Leve, Irene Ludwig, Hans Mayer, Doris Neuerburg, Marcel Odenbach, Hans Otte, Otto Piene, Ulrike Rosenbach, Dieter und Si Rosenkranz, Jochen Saueracker, Hans-Werner Schmidt, Klaus Staeck, Rolf Staeck, Toni Stoos, Günther Uecker, Thomas Wegner, Peter Weibel, Siegfried Weishaupt, Peter Wenzel, Stephan von Wiese, Regina Wyrwoll, Rudolf Zwirner . . .

„When too perfect – liebe Gott böse" (NJP)

Zu den Raritäten gehört das lautmalerische Motto. Es ist ohne Frage ein belebendes Element, das der Anzeige eine ebenso kreative wie persönliche Note verleiht. Wie im Fall des Kursmaklers Dieter M., dessen Erkennungsgeräusch jedoch zu mancherlei Spekulation Anlass gibt.

„Ein letztes Zapp-Zerapp“

Dieter M

Kursmakler

* 19. 2. 1944 † 12. 11. 1998

Dem lautmalerischen Motto nicht unverwandt ist die blanke Wortwiederholung. Auch schlichte Worte lassen sich auf diese Weise mit einer geradezu hämmernden Eindringlichkeit ausstatten.

Hallo – Hallo
traurig – traurig – traurig

Erni R

geb. H

ist tot.

Wer ein Motto aus der Heiligen Schrift wählt, kann nicht viel falsch machen, möchte man meinen. Doch einen Bibelvers zu finden, der hundertprozentig passt, ist nicht immer einfach. Daher scheuen sich manche Hinterbliebene nicht, dem Original noch etwas Eigenes hinzuzufügen. Auch religiös sensible Gemüter werden dagegen keinen Einspruch erheben, sofern mit den Quellenangaben so korrekt verfahren wird wie in dem folgenden Beispiel.

Hilf mir von den Blutgierigen (Psalm 59),
den Geldgierigen und den Sensationslüsternen.

PETRA S

"Der Schrei", Edvard Munch, 1895

Die Eltern und alle die sie liebhaben.

MORS PORTA VITAE ET TERNA

✝

STUDIENDIREKTOR I. R.

FRIEDRICH K

GEB. 16. MÄRZ 1911 GEST. 23. APRIL 1998

DANKEND FÜR SEINE LIEBE UND GÜTE NEHME ICH IN STILLER ABSCHIED. ER WIRD MIR SEHR FEHLEN.

HILDEGARD K

IM NAMEN ALLER ANGEHÖRIGEN

48149 MÜNSTER

Für Verstorbene mit humanistischer Bildung kommen auch lateinische Sinnsprüche infrage, wie etwa die altehrwürdige Grabinschrift, die den Tod als Pforte zum ewigen Leben deutet. »Mors porta vitae aeternae«, wie die Lateiner sagen. Freilich ist es nicht ohne Risiko, solche heute selten gebräuchlichen Wendungen der telefonischen Anzeigenannahme anzuvertrauen, wie es offenbar im Falle des pensionierten Studiendirektors Friedrich K. geschehen ist.

Für ein gelungenes Motto muss man nicht immer Bibel und klassisches Bildungsgut bemühen. Das folgende Beispiel zeigt, wie man mit einer alltagsnahen Sprache die Dinge eindrucksvoll auf den Punkt bringt.

Es ist echt zu bitter

Rainer

*** 28. 9. 1959 † 17. 10. 1985**

ist tot

Meine Gefühle sind bei ihm

Domenica

Wir denken an ihn

Jutta und Dario
Xavier und Annette
und noch viele andere Freunde

Am 5. März wäre unser Freund

Rolf S

58 Jahre alt geworden.
Wir trauern um ihn.

Beherzt wie eine Briefmarke
ging er seines Wegs.

Philippe Soupault

Auch ein unübliches Zitat vermag überraschende Akzente zu setzen. Ein schönes Beispiel findet sich in einer Erinnerungsanzeige für den Schriftsteller Rolf S.

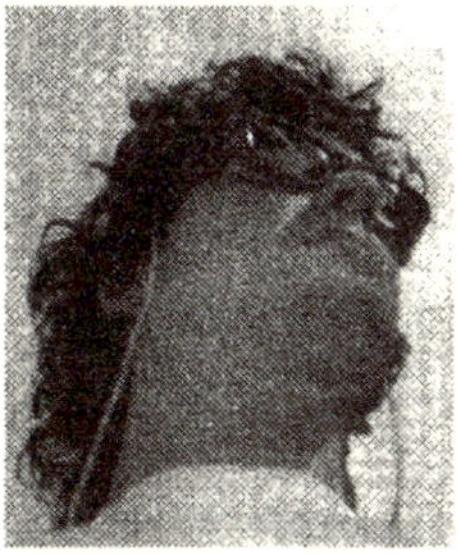

Nie gekämpft,
im Strom des Lebens getrieben
... darin untergegangen

„Aus die Maus"

Elmar L

* 11. Juli 1960 † 12. Januar 2009

Marlies R geb. L
Herbert R mit Moritz
Hanni L
Heinz L

Die Seebestattung erfolgt vor der Küste Mallorcas.

Bei der Formulierung von Todesanzeigen gibt es Sternstunden, in denen es den Angehörigen gelingt, das Ereignis in eine treffende Formel zu fassen. Hier haben wir gleich zwei Beispiele: Dass Elmar L. vermutlich nicht zu den lebenstüchtigsten Menschen gehörte, verraten die drei ersten Zeilen. Das eigentliche Motto ist die beherzte Antwort darauf.

Wie im Leben — Oma rief — Opa kam.

† 30. 1. 1994 † 8. 2. 1994

Wer so gelitten und gewirkt wie Du im Leben, wer so erfüllte seine Pflicht, und stets sein Bestes hat gegeben, der stirbt auch selbst im Tode nicht.

Am 8. Februar 1994 entschlief nach schwerer Operation unser guter Vater, Schwiegervater, unser Opa, Schwager und Onkel

Josef H

im 82. Lebensjahr.

In stiller Trauer:

Josef H und Frau Helga
Ferdinand H und Frau Gisela
Enkel
und alle Angehörigen

60433 Frankfurt am Main,

Die Trauerfeier findet am Donnerstag, dem 17. Februar 1994, um 9.30 Uhr auf dem Eschersheimer Friedhof statt.

Im Falle von Josef H. glückt mit dem schlichten Motto ein Meisterstück, das mehr über den Verstorbenen aussagt, als es ein wortreicher Nachruf vermag.

02

»... gibt Nachricht vom Ableben Ihrer Durchlaucht«

Anzeigen von Adligen

»Mit dem Adel ist es wie mit den Kartoffeln«, pflegte ein lebenskluger Hamburger Jurist zu sagen, der selbst adelig war, »der beste Teil liegt unter der Erde.« Ob das zutrifft, wollen wir nicht näher untersuchen. Doch ohne Zweifel gehören die Anzeigen von Adligen zu den Spezialitäten, die in keiner Sammlung fehlen dürfen. Mitunter genügen die bloßen Vornamen, um den bürgerlichen Zeitungsleser in Erstaunen zu setzen:

Heute entschlief im 83. Lebensjahr mein geliebter Mann, unser Vater, Schwiegervater und Großvater

Manfred Rudolf Kreuzwendedich Maria
Graf von Salm-Hoogstraeten

* 31.8.1911 † 11.1.1994

Ruth Gräfin von Salm-Hoogstraeten
Angela Smit geb. Gräfin von Salm-Hoogstraeten
Dr. Paul Smit
Stefan, Sebastian, Sabine
Barbara Gräfin von Salm-Hoogstraeten-Weebers
Henricus Weebers
Manfred Graf von Salm-Hoogstraeten
Rudolf Graf von Salm-Hoogstraeten
Claudia Gräfin von Salm-Hoogstraeten
Constantin, Sophia

Wer einen wenig gebräuchlichen Vornamen für seinen Nachwuchs sucht, wird bei den »vons« oft fündig.

†

Angela von Passavant geb. Gräfin von Maldeghem gibt im eigenen sowie im Namen ihrer drei Töchter Marie-Liliane Rödel geb. von Passavant, Sophie Freifrau von Seydlitz-Kurzbach geb. von Passavant, Isabelle von Passavant, seiner Schwester Rosemarie Villiers geb. von Passavant sowie aller übrigen Verwandten tief betrübt Nachricht vom Tode ihres Mannes, unseres Vaters, Bruders und Großvaters von sechs Enkeln

Wilderich Markus Mariano von Passavant

* 8. Juli 1924 † 5. Dezember 2005

welcher im 82. Lebensjahr nach kurzem, schwerem, mit großer Geduld ertragenem Leiden von uns gegangen ist.

Die Beisetzung findet am Freitag, dem 16. Dezember 2005, um 11.00 Uhr auf dem Hauptfriedhof in Mannheim statt.

Geliebt und unvergessen

Gabriele
Gräfin von der Schulenburg-Hehlen
geb. Adams

* 14. 11. 1946 † 18. 11. 1992

ACHATZ mit Sohn ACHAZ

Bei manchen Vornamen vermag ein einziger Buchstabe die entscheidende Nuance zu setzen.

Darüber hinaus gilt es, den Gesamtnamen im Auge zu behalten. So kann sich ein reizvoller Kontrast ergeben, wenn der kühn gewählte Vorname an einen heimischen Greifvogel denken lässt, ehe der Familienname verrät, welcher ornithologischen Gattung der Betreffende eigentlich zuzuordnen ist.

Ehrt jedermann, habt die Brüder lieb,
fürchtet Gott, ehrt den König!
1. Petrus 2, Vers 17

Gott der Herr hat gnädig zu sich genommen meinen geliebten Mann und Bruder, unseren lieben Vater, Schwiegervater und Großvater

Busso Konrad Sittich
Freiherr von Berlepsch

* 11. 7. 1922 † 13. 6. 1994

Rechtsritter des Johanniterordens

41. Erbkämmerer von Hessen

Rittmeister im ehem. Kav.-Rgt. 9, Oberst i. G. a. D.

In tiefer Trauer:

Margarethe Freifrau v. Berlepsch, geb. Volk
Susanne Freiin v. Berlepsch
Hans-Hermann Freiherr v. Berlepsch
Anke Freifrau v. Berlepsch, geb. Hartwig
und René Busso Karl Sittich
Konrad Freiherr v. Berlepsch
Beate Freifrau v. Berlepsch, geb. Burhenne
und Tilman Frieder Sittich

34466 Wolfhagen, Kurfürstenstraße 29

Die Trauerfeier findet am Donnerstag, dem 16. Juni 1994, um 14.30 Uhr in der Friedhofskapelle Wolfhagen statt.

Im Sinne des Verstorbenen wäre es, anstatt Blumen oder Kränze eine Spende zu geben an die Hess. Genossenschaft des Johanniterordens/JHG, Kassel, Konto-Nr. 6 006 761 bei der Kreissparkasse Eschwege, BLZ 522 500 30.

Von Beileidsbekundungen am Grabe bitten wir abzusehen.

Überhaupt bilden die Vornamen ja nur den kleineren Teil der vollständigen Bezeichnung des Verstorbenen – und seiner Hinterbliebenen. Auf diese Weise kann schon bei einer durchschnittlichen Anzeige »bei Adels« einiges an Namen zusammenkommen.

Meine Seele ist stille
zu Gott, der mir hilft
Psalm 62,2

HELENE

Freifrau von Oppenheim, verw. Gräfin von Hardenberg
geb. Freiin von Richthofen

* 9.3.1910 † 5.11.1996

ist in Gottes Frieden abgerufen worden.
In Liebe und Dankbarkeit nehmen wir Abschied von unserer lieben Mutter.
Sie war der Mittelpunkt unserer Familie.

Verena Gans Edle Herrin zu Putlitz, geb. Gräfin von Hardenberg
Busso Gans Edler Herr zu Putlitz
Albrecht Gans Edler Herr zu Putlitz
Sabine Gans Edle Herrin zu Putlitz, geb. Jaspert
Karl Wilhelm Graf von Hardenberg
Elly Gräfin von Hardenberg, geb. Ehringhaus
Dietrich Graf von Hardenberg
Cornelia Gräfin von Hardenberg
Ruth Hollander, geb. Freiin von Richthofen
Manfred Freiherr von Oppenheim
Carla Freifrau von Oppenheim, geb. Siempelkamp
Manuela Bohlander-Oppenheim, geb. Freiin von Oppenheim
Thomas Bohlander
Nicolaus Freiherr von Oppenheim
Karin Freifrau von Oppenheim, geb. Gerhard
Clyvia Freiin von Oppenheim
Balbina von Bremen, geb. Freiin von Oppenheim
Dr. Wigand von Bremen
und 8 Urenkel

Dr. Karl Graf und Edler Herr von und zu Eltz gen. Faust von Stromberg gibt im eigenen sowie im Namen seiner Mutter Ladislaja Gräfin und Edle Herrin von und zu Eltz gen. Faustin von Stromberg, geb. Freiin von Mayr-Melnhof, verw. Prinzessin zu Hohenlohe-Ingelfingen, seiner Brüder Frater Andreas Michael OSB und Domkapitular Dr. Johannes Grafen und Söhne von und zu Eltz und Georg Graf und Edler Herr von und zu Eltz, seiner Schwestern Lidvine Gräfin von Preysing-Lichtenegg-Moos, Assunta Gräfin von Mensdorff-Pouilly, Christiane von Ribbentrop, Dr. Johanna Friederichsen und Benedikta Lagervret, geb. Gräfinnen und Töchter von und zu Eltz, seiner Gemahlin Sophie Gräfin und Edle Herrin von und zu Eltz, geb. Gräfin Schaffgotsch, gen. Semperfrei von und zu Kynast und Greiffenstein, Freiin zu Trachenberg, seiner Schwäger Christoph Graf von Preysing-Lichtenegg-Moos, Emanuel Graf von Mensdorff-Pouilly, Adolf von Ribbentrop und Carl Gustav Lagervret, seiner Schwägerin Dr. Anna Venetia Gräfin und Edle Herrin von und zu Eltz geb. Squire, seiner Kinder Antoinette Gräfin und Tochter von und zu Eltz, Johann Jakob, Anselm Kasimir und Philipp Carl Grafen und Söhne von und zu Eltz, seiner zweiundzwanzig Neffen und Nichten, seiner neun Großneffen und Großnichten, namens des Gesamthauses und aller Anverwandten tief betrübt Nachricht, dass sein innig geliebter Vater

JOHANN JAKOB
GRAF UND EDLER HERR VON UND ZU ELTZ

GEN. FAUST VON STROMBERG

*** 22. 9. 1921 Kleinheubach † 10. 2. 2006 Eltville am Rhein**

Ritter des Ordens vom Goldenen Vließ
Ehren- und Devotionsgroßkreuzbailli in Oboedienz des Souveränen Malteser-Ritterordens
Träger der Goldenen Verdienstplakette des Malteser Hilfsdienstes
Träger des Großen Verdienstkreuzes mit Stern
des Verdienstordens der Bundesrepublik Deutschland
sowie anderer in- und ausländischer Orden und Ehrenzeichen
Ehrenbürger der Johannes-Gutenberg-Universität Mainz

im 85. Lebensjahr, im 60. Jahr seiner Ehe, nach langem, mit großer Geduld ertragenem Leiden, versehen mit den Tröstungen der Heiligen Kirche, von unserem Herrn Jesus Christus in die ewige Heimat gerufen wurde.

Das Requiem wird am Samstag, den 18. Februar 2006, um 13.00 Uhr in der Pfarrkirche St. Peter und Paul in Eltville am Rhein gefeiert. Die Beisetzung findet nach dem Requiem in der angrenzenden Schmidtburgkapelle statt.

Eine Seelenmesse wird am Freitag, den 3. März 2006, um 19.30 Uhr in der Rochuskirche, Landstraßer Hauptstraße 45 in Wien III, gefeiert.

Zusätzlicher Raum wird beansprucht, um die Auszeichnungen des Verstorbenen unterzubringen. In der obigen Anzeige gelingt das Kunststück, dies alles und noch viel mehr in einem einzigen Satz unterzubringen, der knapp dreihundert Worte umfasst und dessen zweiteiliges Verb (»gibt ... tief betrübt Nachricht«) vierzehn Druckzeilen überspannt. Thomas Mann kann da einpacken.

Im Vergleich dazu wirkt die folgende Anzeige fast schon kurzatmig. Dafür gesellt sich als reizvoller Kontrast ein Kosename hinzu.

KRAFT FÜRST ZU HOHENLOHE-LANGENBURG
GIBT IM EIGENEN SOWIE IM NAMEN SEINER FRAU IRMA FÜRSTIN ZU HOHENLOHE-LANGENBURG, SEINES BRUDERS ANDREAS PRINZ ZU HOHENLOHE-LANGENBURG, SEINER SCHWÄGERINNEN LUISE PRINZESSIN ZU HOHENLOHE-LANGENBURG PRINZESSIN VON SCHÖNBURG-WALDENBURG UND MARIA PRINZESSIN ZU HOHENLOHE-LANGENBURG UND SEINER KINDER, SEINES NEFFEN UND SEINER NICHTEN
NACHRICHT VOM ABLEBEN SEINER GELIEBTEN SCHWESTER

IHRER DURCHLAUCHT

BEATRIX PRINZESSIN ZU HOHENLOHE-LANGENBURG
„TITTU"

Solche verspielten Beinamen, die der Welt der Augsburger Puppenkiste zu entstammen scheinen, sind in Adelsanzeigen keineswegs unüblich.

Nach kurzer schwerer Krankheit verstarb versehen mit den heiligen Sterbesakramenten

Francisca Marquesa de Belvis de las Navas
„Pimpinela"
Prinzessin zu Hohenlohe-Langenburg
(Böhmische Linie)

* 26. 8. 1922 † 4. 1. 2007

Xandra Gamazo-Hohenlohe
Anna Abello-Gamazo
Clara Gamazo-Hohenlohe
German Gamazo-Hohenlohe
Beatriz Prinzessin zu Hohenlohe-Langenburg

Wir nehmen Abschied von

Carl-Alexander Graf von Bismarck (Ping)

der nach kurzem schweren Leiden uns für immer verlassen hat.

* 20. II. 1935 † 19. XII. 1992

RUHE NUN IN FRIEDEN

Ferdinand Fürst von Bismarck	Maximilian Graf von Bismarck
Elisabeth Fürstin von Bismarck	Barbara Gräfin von Bismarck
AnnMari Fürstin von Bismarck	Leopold Graf von Bismarck
Claudia Gräfin von Bismarck	Debonnaire Gräfin von Bismarck
Sandra Gräfin von Bismarck	Gunilla Gräfin von Bismarck-Ortiz

sowie alle Neffen und Nichten

Der Trauergottesdienst mit anschließender Beisetzung findet im engsten Freundes- und Familienkreis am 23. Dezember 1992 um 14 Uhr im Mausoleum in Friedrichsruh statt.

Auch die Nachfahren des »eisernen Kanzlers« rücken einem auf diese Weise menschlich näher. Dabei ist es nicht ohne Reiz, darüber nachzudenken, wie der Graf zu seinem lautmalerischen Beinamen gekommen sein mag.

Nicht immer ist den Lesern der schwarzumränderten Anzeigen die Bedeutsamkeit des Namens so präsent wie im Fall der Fürsten und Grafen von Bismarck. Dies gilt insbesondere für den vielfach unterschätzten Beamtenadel. Altehrwürdige Familien müssen daher gelegentlich ein wenig Nachhilfe leisten, um die leuchtende Spur ihrer Angehörigen in ausgreifenden Sätzen nachzuzeichnen.

ICH MUSS VIELE TRÄNEN ESSEN.
W. B., 23. 02. 94

WICKE BURKERT GEB. GEORGII

* 16. Februar 1909 † 18. Januar 1997

Kurz vor Vollendung ihres 88. Lebensjahres hat sich eine der letzten Repräsentantinnen der alten, eng mit der württembergischen Geschichte verbundenen Familien von Georgii-Georgenau

– Johann Eberhard von Georgii beispielsweise war Erzieher der württembergischen Prinzen und Thronnachfolger Karl Eugen, Ludwig Eugen und Friedrich Eugen am Hofe Friedrichs d. Gr. in Berlin (1744); Dr. jur. Eberhard Friedrich von Georgii außerordentlicher Abgesandter der Württembergischen Landschaft beim Friedenskongreß in Rastatt, wo er in seinen Gesandtschaftsberichten namentlich über die Audienz mit Napoleon (1797) schrieb –

auf den ersehnten Weg der Verwandlung begeben.

Geliebte Muse eines halben Jahrhunderts ehelicher Verbundenheit mit dem Dichter und Chefredakteur **HELMUT BURKERT (1900–1984)**, vergötterte Mutter einer Kinderdreiheit, die der schwere Luftangriff 1944 auf Heilbronn a. N. durch den Tod der ältesten Tochter Delia und des Stammhalters Thasilo auseinanderriß, Kristallisationsgefäß humaner und literarischer Ideale, hinterläßt ihr Leben auf dieser Erde eine leuchtende Spur.

In großer Liebe und Dankbarkeit:
Lelo Cécile Burkert-Auch geb. Burkert
Ruth Sentker geb. Georgii, Detmold

86497 Horgau bei Augsburg

Die Beerdigung im Familiengrab findet am Donnerstag, dem 23. Januar 1997, um 13.00 Uhr auf dem Friedhof in 72574 Bad Urach statt.

Immer unvergessen

Hermann von Salza & Lichtenau

– Edelmann mit aufrichtiger Gesinnung –

† 29. Januar 2003

M. Michael W

Manche brauchen etwas weniger Platz, um in Erinnerung zu rufen, dass wahrer Adel sich nicht in einem Titel erschöpft.

In den Anzeigen der Aristokratie wird ein feierlicher, gravitätischer Ton angeschlagen. Umso beträchtlicher ist die Fallhöhe, wenn sich ein sprachlicher Lapsus einschleicht und man den Herrgott gleich mitsterben lässt, wenn dieser »nach einem langen, erfüllten Leben« den Grafen von und zu E. zu sich genommen hat.

Ich bin bei dir alle Tage, bis an der Welt Ende.
(Matthäus 28)

Nach einem langen, erfüllten Leben nahm Gott der Herr unseren geliebten Vater, Schwiegervater und Großvater zu sich in sein himmlisches Reich.

Heinrich Graf von und zu Egloffstein

SEMPER IDEM

Vergelt's Gott – Pfüa Gott
Und für Euch no a letzt's Wort:
„Nur der Not koan Schwung lass'n!"

Konrad Albert **Friedrich** Franz
Graf von Pocci

8193 Ammerland, Gut Ried

8959 Hohenschwangau

8022 Grünwald, Geranienstr. 4 A

Christiane Gräfin v. Pocci
geb. Chrzanowski

Anna Maria Stanner
geb. Gräfin v. Pocci

Maria Cristina Comtesse v. Pocci

Im Mai 1985

Dass in adligen Anzeigen nicht immer der hohe Ton der angemessene ist, zeigt unser letztes Beispiel. Es ist einem Nachfahren des legendären »Kasperlgrafen« Franz von Pocci gewidmet, der als königlich bayerischer Oberstkämmerer zahlreiche Stücke für das Puppentheater verfasste. Ganz in seinem Sinne klingen die letzten Worte von Konrad Albert Friedrich Franz an die Nachgeborenen.

03

»Fußball war dein ganzes Leben«

Hobby und Freizeit

Wenn in Todesanzeigen die Hobbys des Verstorbenen gewürdigt werden, so gibt es dafür einen naheliegenden Grund: In einer Zeit, in der Beruf und Religion für viele an Bedeutung verloren haben, rücken mehr und mehr die mit heiligem Ernst betriebenen Freizeitaktivitäten an ihre Stelle. Dazu braucht es nicht einmal viele Worte, etwa wenn anstelle eines Kreuzes oder einer gebrochenen Rose das Emblem eines Fußballclubs auftaucht, dem sich der Verstorbene innig verbunden fühlte. So wie Hartmut T. dem Hamburger Sportverein. Wobei sich das Vereinswappen ohne Weiteres mit einem religiösen Zitat kombinieren lässt.

Von guten Machten wunderbar geborgen,
erwarten wir getrost, was kommen mag.
Gott ist mit uns am Abend und am Morgen
und ganz gewiss an jedem neuen Tag.
D. Bonhoeffer

Hartmut T

* 22. Dezember 1958 † 17. September 2006

Anke
mit Eike, Imke, Paula und Sönke
Ewald und Erna
Gabi
und alle, die ihn kannten
und lieb hatten

Die bildliche Darstellung hat dazu den Vorteil, dass sich gleich zwei Hobbys als Blickfänger unterbringen lassen.

Siggi S

„Karle von Zwehren"

* 9. 8. 1954 † 24. 11. 1998

Wir sind sehr traurig:

Deine Biene
Deine Mutter Erika S
Dagmar und Dieter H
Günter, Marianne und Pitti R
sowie alle Angehörigen

Emanuel

Alfred

*Du gingst nun ein in Gottes Frieden,
tatest immer deine Pflicht,
mög' es der Himmel dir vergüten
im Schau'n von Gottes Angesicht.*

D

Emanuel Alfred Oliver G
*** 4. 7. 1987 † 22. 11. 2001**

In stiller Trauer:
Edgar, Veronique, Jenny und Pascale

Die Beerdigung findet am Donnerstag, dem 29. November 2001, um 14.00 Uhr, in Seltz statt. Von Beileidsbezeigungen am Grabe bitten wir abzusehen.

Beinheim

Oliver

Guy

Bei einer ausreichenden Anzahl von Vornamen lassen auch die sich noch als grafisches Element nutzen.

Fußball war dein ganzes Leben,
mit Fleiß und Gerechtigkeit hast du geschafft,
einen Freund wie dich wird's nicht mehr geben,
weil Gott dir nahm die letzte Kraft.

Wir nehmen Abschied von unserem Ehrenmitglied, Ältestenratsvorsitzenden und großzügigen Förderer

Friedrich W

geb. 3. 11. 1922 gest. 27. 4. 1996

In Ehrfurcht und Dankbarkeit:

1. Casseler Ballspiel-Club „Sport" 1894 e. V.

Die Trauerfeier findet am Freitag, dem 26. April 1996, um 13 Uhr auf dem Hauptfriedhof, Karolinenstraße, statt.

Andere Sportfreunde wählen lieber die lyrische Form, um dem ganzen Ausmaß des Engagements für die »schönste Nebensache der Welt« gerecht zu werden. Dabei lassen sich durchaus ebenso bürgerliche wie staatsmännische Tugenden rühmen, zumal wenn die Sache im Verein betrieben wird. Wie im Fall von Friedrich W.

Wie stark der Verein das Leben bestimmen kann, deutet sich auch in der folgenden Anzeige an. Die Dauer der Mitgliedschaft von Jörg H. müsste man biblisch nennen, wenn es zu Abrahams Zeiten Vereine gegeben hätte. Auch zeigt sich, dass im Fußballverein durchaus noch andere Hobbys gepflegt werden können.

" Ich wünscht es wäre Herbst im ganzen Jahr ! "

Die Jagd war Deine Passion,
das ist wohl war !
Gelebt hast Du, wie kaum ein anderer,
doch wunderbar dem Sport auch eng verbunden
und beim Skat gab´s manches Kontra

... wohl ... wohl

Wir trauern um unser Ehrenmitglied

Jörg H

Dipl.-Ing., Dipl.-Kfm

* 05.03.1941 † 19.08.2008

der unserem Verein über 60 Jahre die Treue hielt.

FC Windhagen 1923 e.V.

7000 Stuttgart-Bad

Otto H

geb. 19. 10. 1905 gest. 14. 7. 1979

Er starb wie gewünscht im Neckarstadion.

Andere haben sich hingegen so sehr dem Fußball verschrieben, dass sie auch in ihrer letzten Stunde nicht davon lassen möchten.

»Grau is alle Theorie – maßgebend is auff'm Platz«, lautet eine der klassischen Einsichten des legendären Fußballtrainers Adi Preißler. Dass echte Fußballfans mit ihren Gedanken ebenfalls immer schön auf dem Spielfeld bleiben, zeigt die folgende Anzeige.

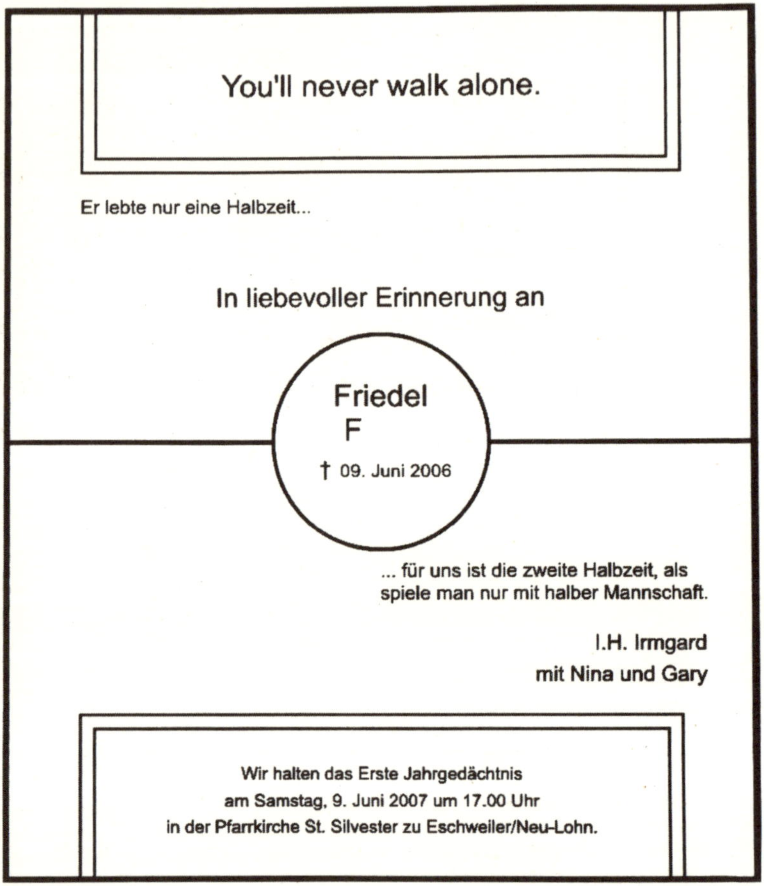

You'll never walk alone.

Er lebte nur eine Halbzeit...

In liebevoller Erinnerung an

Friedel
F

† 09. Juni 2006

... für uns ist die zweite Halbzeit, als
spiele man nur mit halber Mannschaft.

I.H. Irmgard
mit Nina und Gary

Wir halten das Erste Jahrgedächtnis
am Samstag, 9. Juni 2007 um 17.00 Uhr
in der Pfarrkirche St. Silvester zu Eschweiler/Neu-Lohn.

Welche Bedeutung dem Hobby beigemessen wird, zeigt sich an einem weitverbreiteten Stilmittel: Selbstverständlich wird unterstellt, der Verstorbene werde sein Hobby im Jenseits fortsetzen. So wie der Golfspieler Joe S.

Joe S

spielt nun in einer anderen Welt.

Wir werden Dich sehr vermissen.

Im Namen aller Freunde von Semido
Irene S und
Karl-Friedrich H

Dem »nimmermüden Golfer« Herbert L. ist diese Gnade hingegen nicht beschieden. Dafür darf er in der »großen Kneipe« den jüngsten Tag erwarten, womit vermutlich auf das zweite große Hobby von L. angespielt wird. Zumal das eigentlich aus einem soldatischen Umkreis stammende Motto zu vorgerückter Stunde auch gerne in mancher Schenke angestimmt wird.

Ich hatt' einen Kameraden, einen bessern findst Du nit . . .

Herbert L

23. Juli 1909 2. September 1995

Ein „braver Bursche" hat sich zur großen Kneipe eingefunden, und ein nimmermüder Golfer hat seinen letzten Putt gespielt.

Wir sind dankbar und traurig.

Wer glaubt, der Jäger sei ein Sünder,
weil selten er zur Kirche geht,
im grünen Wald ein Blick zum Himmel,
ist besser als ein falsch Gebet.

Ein letztes Halali wird erschallen
am 28. Oktober 2008 um 14.30 Uhr
in der Klosterkirche St. Martin in 55595 Sponheim.

Für den unvergesslichen Jäger vor dem Herrn

Alo Z

Oberregierungsrat a. D.

*** 22. 1. 1925 † 14. 10. 2008**

Die Jagd ist ein ebenso traditionsreiches wie zeitaufwendiges Hobby. Vom christlichen Standpunkt aus gilt sie bisweilen als nicht unbedenklich. Und so bezieht die Anzeige für Oberregierungsrat Alo Z., einem »unvergesslichen Jäger vor dem Herrn«, beherzt Stellung. Ehe zum letzten Halali geblasen wird.

Jagd vorbei! Halali! Hahn in Ruh!

In memoriam

Ludwig Z

Unser langjähriger, stets mit außergewöhnlichem Arrangement um seine Bläser bemühte Erste Hornmeister, aufrichtiger Kamerad und Kollege, hat uns für immer verlassen müssen. Insbesondere durch seine eigens für uns geschriebenen Kompositionen wird er bei seinen Bläsern unvergessen bleiben.

Dass die Jagd nicht allein aus niederen Instinktgründen erfolgt, sondern auch musikalisch ein Hochgenuss sein kann, verdeutlicht die Anzeige für Ludwig Z., die uns den Hörnerklang bereits vernehmen lässt.

Beschaulicher geht es zu, wo Fische gefangen werden.

Gerne wäre er noch angeln gegangen!

Herbert S

* 16. 10. 1935 † 1. 4. 2003

Große Zuneigung zum Angelsport und seinen Anhängern verrät auch die folgende Anzeige.

Nachruf

Sankt Peters heitere Gilde hat einen außergewöhnlichen Menschen und einen wahren Freund verloren.

Ulrich R. S

† 30. 7. 1999

Tight lines

Prof. Dr. Milos Z

E. Dupon van H

Peter E

Roland R

James G

Tschechische Republik, Belgien, Irland, Helvetia und Bayern.

Seid nett zu den Nichtanglern, es sind arme Leute.

Mitunter inspiriert die Angelkunst auch zu längeren lyrischen Einlassungen – vor allem wenn man das Hobby mit dem Verstorbenen teilt. So wie in dem nachfolgenden Beispiel Karl mit Karl.

Blitzend, aus einem schnellen Rausche steigend,
versucht die schöne Äsche meine Fliege zu erlangen.
Doch wo bist du?
Im dunklen Gumpen, wo du den Anbiß nur erahnen kannst,
jagt unsere Rotgetupfte meiner Nymphe nach.
Warum gingst du?
Und auch der Lachs, den du so oft erbeuten konntest,
vielleicht fang' ich ihn heut.
Denn nur mein Streamer reizt ihn in der tiefen Rinne.
Sag, wer ließ wen allein?
Der dumpfe Schmerz in meiner Seele,
den auch erahnte Nähe nicht zu lindern weiß,
wird fortbestehn, solange meine Gerte
die Schnur zum Fliegen bringt,
und das wird sein, solang' ich lebe.
Nie sag ich dir ein letztes „Petri Heil".
An allen Wassern werde ich dich grüßen.

Juli 1983

Karl für Karl

Auch im Namen all deiner Freunde

Aber auch dem Langstreckenlauf lassen sich ein paar Verse abgewinnen, wenngleich die Unterschiede von Lauf und Lebenslauf zumindest auf der Zielgeraden deutlich hervortreten.

Marathon gewinnen,
danach war sein Sinnen.
Davon hat er viel bestritten,
hat sehr oft dafür gelitten.
Auch auf seinem letzten Lauf,
gab er jahrelang nicht auf.
War er schon seinem Endziel nah,
die Medaille schon in Sicht,
erlosch dabei sein Lebenslicht.

Nach schwerer Krankheit verstarb mein geliebter Mann, Vater, Sohn und Schwager

Hans-Dieter M

*** 23. 2. 1952 † 13. 6. 2005**

Anschaulich und mit einem Hauch familiärer Selbstironie würdigen die Angehörigen in der folgenden Anzeige das Hobby ihres laufenden Familienmitglieds.

Das sportlichste Mitglied unserer Familie wurde von seiner Krankheit überholt.

Günther S

*** 6.2.1929 † 7.6.2006**

.... läuft nicht mehr!

In tiefer Dankbarkeit und Liebe nehmen Abschied seine Frau, Kinder, Enkel, Geschwister, Schwägerinnen und Schwäger, Nichten und Neffen

Hingegen ist bei der folgenden Anzeige für den unbefangenen Leser nur dunkel zu ahnen, was es mit dem ominösen Kilometer 32 auf sich hat, an dem Sportsmann Jürgen S. unvermittelt aus dem irdischen Marathonlauf ausgestiegen ist.

———km 32 - der Marathon ist zu Ende.

Jürgen S (*27. III. 1947)

Sportsmann
Macher
Fels in der Brandung
liebevoller Vater
wilder, starker Mann mit Schwächen

ist unvermittelt ausgestiegen.

Roman und Nora S
Sabine K

Manche Hobbys erlauben es, den Tod auf vertraute und doch ungewöhnliche Weise zu beschreiben und ihm damit einen Teil seines Schreckens zu nehmen.

NACHRUF

Grand-Hand verloren.

In Erinnerung an unseren Skatbruder

Ernst

Du hinterläßt eine nicht zu schließende Lücke.

In tiefer Dankbarkeit und ewiger Erinnerung:
Deine Skatbrüder

Für diese Zwecke besitzt offensichtlich das Kartenspiel besondere Vorzüge. Denn dabei geht es nicht nur um Gewinnen und Verlieren, sondern es lässt sich auch der Verstorbene selbst mit dem angemessenen Vokabular würdigen.

Ein Trumpf ging viel zu früh.
Wir trauern um unseren Skatbruder

Hinrich M

Der Verstorbene war seit dem 1. Februar 1969 Mitglied in unserem Klub. Sein Wirken wird uns stets Maßstab und Vorbild sein.

Skatclub Kreuz-Dame
Johann H
1. Vorsitzender

Wir nehmen Abschied von unseren Freund, Kameraden und Bruder

Herrn Georg H
(Junggeselle)

der durch einen schwerwiegenden Entschluß im blühenden Alter von 28 Jahren aus unserer Mitte in das „Joch der Ehe" gerissen wird.

In stiller Trauer:
1. Binokel-Club Ruit

Nicht ganz so pietätvoll zeigen sich die Kartenspieler des 1. Binokel-Clubs aus dem schwäbischen Ruit auf den Fildern, die sich ebenso frühzeitig wie humorig von ihrem Mitglied Georg H. verabschieden.

Traurig verabschieden wir uns von unserem Kegelbruder

Arnd H

Stets hat er sich mit wortloser Selbstverständlichkeit für den Zusammenhalt in unserem Klub eingesetzt.

Rialo

Landläufig gelten Kegelbrüder als besonders laute und lebenslustige Gesellen – gerade bei jenen, die diesem populären Gaststättensport eher reserviert gegenüberstehen. Umso eindrucksvoller gelingen Kontraste wie in der Anzeige für den schweigsamen Kegler Arnd H.

Helmut U

Major der Bürgergarde blau-gold

Mit einem stillen Alaaf

Bürgergarde blau-gold von 1904 e.V. Köln

Präsident Markus Wallpott

Noch stärker als die Kegler sind die Karnevalsvereine davon betroffen, dass man ihr Wirken mit einer Überdosis Frohsinn und guter Laune in Verbindung bringt. Qualitäten, die dem Formulieren einer Todesanzeige eher abträglich sind. Und doch gelingt es dem Präsidenten einer Kölner Bürgergarde, den närrischen Major Helmut U. mit einem ungewöhnlichen, fast ein wenig anrührenden Gruß zu verabschieden.

HORRIDO

Ein letzter stiller Gruß!

Heinz M

* 15. Juli 1929 † 20. September 2008

Die Reitergemeinschaft Ottoherscheid e. V.

Reiter sind zwar durchaus ernsthafte Menschen, doch auch sie haben ihre Gepflogenheiten, einem der Ihren mit einem ungewöhnlichen Gruß Lebewohl zu sagen.

Wir erfüllen hiermit die schmerzliche Pflicht, Ihnen von dem Ableben unseres Ehrenpräsidenten

Herrn Direktor Carl W

Kenntnis zu geben.

In Ehrfurcht und tiefer Trauer stehen wir an der Bahre des Verstorbenen, der sich ganz für den Schnauferlgedanken eingesetzt hat. Im vierten Jahrzehnt seines vorbildlichen Wirkens verkörperte er in lebendigster Weise und seltener Treue Tradition und Wollen des Allgemeinen Schnauferl-Clubs.

Unsere Achtung und unsere Dankbarkeit sichern ihm ein ewiges Gedenken in der Geschichte unseres Clubs.

Allgemeiner Schnauferl-Club
Präsidium

Hin und wieder stoßen wir auf Hobbys, die allein durch ihre Bezeichnung unsere Sympathie gewinnen. Auch und gerade wenn wir im ersten Moment gar nicht wissen, was eigentlich dahintersteckt. Wie beispielsweise beim »Schnauferlgedanken«, für den sich Ehrenpräsident und Direktor Carl W. »in lebendigster Weise«, ja sogar »ganz eingesetzt hat«. Sonst sind Gedanken doch eher etwas Flüchtiges. Was für ein Kaliber mag da der »Schnauferlgedanke« sein, der einen leibhaftigen Direktor vier Jahrzehnte lang nicht loslässt?

Österreichische Leser werden es wissen: Schnauferl ist eine andere Bezeichnung für Oldtimer, was angesichts der hehren Worte doch ein wenig ernüchternd ist. »Tradition und Wollen des Allgemeinen Schnauferl-Clubs« richten sich auf alte Autos. Aber wie viel liebevoller klingt doch »Schnauferl«. Ein »Oldtimer-Gedanke« wäre nun wirklich undenkbar. Und vom österreichischen »Schnauferl-gedanken« ist der Weg nicht weit zur »Schweizerischen Liga gegen den Lärm«, deren Anliegen gewiss nicht weniger Unterstützung verdient.

Zürich, 30. Dezember 1986

TODESANZEIGE

Mit tiefem Bedauern haben wir vom tragischen Hinschiede von

Dr. Otto S

Rechtsanwalt
Geschäftsführer der Schweizerischen Liga gegen den Lärm

Kenntnis genommen und möchten hiermit dem Verstorbenen für seinen unermüdlichen Einsatz im Kampfe gegen den Lärm unseren Dank aussprechen.

Schweizerische Liga gegen den Lärm
Zürcherische Liga gegen den Lärm
Association internationale contre le bruit

Auf Wunsch des Verstorbenen wird die Beerdigung im engsten Familienkreis stattfinden.

Statt Blumen zu spenden, möge man der Martin-Stiftung, 8703 Erlenbach, PC 80-2598, gedenken.

Kehren wir noch einmal an den Anfang des Kapitels zurück. Nicht nur Fußballfreunden ist es gegeben, ihr Hobby grafisch darzustellen. Zumindest ebenso gut gelingt das bei Musikern, wie etwa dem Dixieland-Klarinettisten Horst L.

Wir trauern um unseren Freund

Horst L

Inge und Michael

Für einen Musiker noch naheliegender ist es jedoch, Noten sprechen zu lassen. Dabei ist offensichtlich Selbstkomponiertes, wie wir es in der folgenden Anzeige finden, eine Rarität. Jedoch werden Kenner in der abfallenden Melodielinie und dem Verzicht auf ein festes Taktmaß bereits eine gewisse Andeutung dessen entdecken, was der nebenstehende Text schon etwas deutlicher ausspricht.

Die Musik ist aus

In tiefer Trauer müssen wir von unserem

Julius R

Abschied nehmen. Er hat uns am 24. Februar 1996 im gesegneten Alter von 88 Jahren für immer verlassen.

Nicht immer wird das Hobby mit Wohlwollen betrachtet. Hat es gar zum Ableben maßgeblich beigetragen, können auch drastische Worte fallen.

Thomas ›Crümel‹

6. MAI 1966 – 22. JULI 1984

SCHEISS MOTORRAD

MACH'S GUT, ALTER

Bitte weiße Blumen

HEIDI
DANI
NORMAN

In vergleichbaren Fällen nutzen die Hinterbliebenen in ihrer Anzeige die Gelegenheit, etwas klarzustellen.

Er hatte Vorfahrt!

Wir danken für die herzliche Anteilnahme
an dem schweren Schicksalsschlag, der uns durch den
nicht verschuldeten Unfalltod unseres lieben

Wolfgang W

getroffen hat.

Am Ende dieses Kapitels steht die Anzeige vom Studentischen Filmclub Marburg. Ein einziges Wort und ein Satz reichen aus, um dem Kinoliebhaber Gernot ein schlichtes, aber eindrucksvolles Denkmal zu setzen.

FIN

Wir trauern um Gernot.

Studentischer Filmclub Marburg

04

»Ein Uhrmacherherz hat aufgehört zu schlagen«

Berufliches

Todesanzeigen mit Bezug zur beruflichen Tätigkeit können als Klassiker dieses Genres gelten. Denn die ersten Todesanzeigen, die vor rund 250 Jahren in deutschen Zeitungen erschienen, waren keineswegs öffentliche Trauerbekenntnisse, sondern sie dienten einem recht nüchternen, nämlich kaufmännischen Zweck: Kunden und Geschäftspartner sollten darüber informiert werden, dass der Firmeninhaber verstorben war und wer die Geschäfte weiterführte. In dieser Tradition, zuallererst an die Geschäftsfreunde und Kunden zu denken, steht auch unser erstes Stück.

Wolfgang H

Getränke- und Anlagenservice

* 6. 11. 1942 † 3. 11. 1999

Wir bedanken uns
bei allen Freunden und Kunden
für jahrelange Treue.

In Trauer
Ehefrau
Kinder und Enkel

Manchmal gelingt es, einen sprachlichen Bogen zu schlagen zwischen der betrüblichen Nachricht und der beruflichen Tätigkeit. Wie beim Uhrmacher Karl V. aus Nürnberg. Dabei vermittelt die Grafik den Eindruck, V. werde sich künftig vom Himmel aus um den reibungslosen Betrieb von Sonnenuhren kümmern.

Ein Uhrmacherherz hat
aufgehört zu schlagen.

Wir nehmen Abschied von

Karl L. V

*28.02.1934 Uhrmacher & Juwelier t 5.04.2006

Wie sehr ein Uhrmacher über den Tod hinaus zu wirken vermag, verdeutlicht die Anzeige von Werner E. aus der Schweiz, wo man ja seit jeher ein besonderes Verhältnis zu solide verarbeiteten Zeitmessgeräten pflegt.

Sein Herz ist stillgestanden -
doch seine Uhren ticken weiter!

Schmerzerfüllt, jedoch in tiefer Dankbarkeit für seine unendliche Liebe und Güte, nehmen wir Abschied von meinem geliebten Gatten, unserem herzensguten Daddy, unserem Schwiegerpapa, Schwager und Onkel

Werner E

Antik-Uhrenmacher

Er wurde kurz vor seinem 82. Geburtstag durch ein Herzversagen, mitten aus seiner geliebten Arbeit heraus, von seinem Schöpfer heimgeholt. Für all seine Liebe und alles, was wir gemeinsam mit ihm erleben durften, werden wir ihm ewig dankbar sein. Seine Güte und frohe Zuversicht werden immer in uns weiterleben.

Was dem Uhrmacher seine Uhren, das sind dem Elektrofachgeschäft seine Lampen. Kein anderer Artikel aus dem Sortiment ist besser geeignet, das Verlöschen des Lebenslichts zu veranschaulichen, das fünfzig Geschäftsjahre durchgebrannt hat. Außerdem lässt sich vom Lichtausknipsen elegant überleiten zur Reise, auf die sich Elektromeister Erwin W. anschließend begeben hat.

Ein ereignisreiches Leben ist zu Ende gegangen.

Erwin hat die Lampen in seinem Fachgeschäft nach 50 Geschäftsjahren abgeschaltet
und sich nun auf die lange Reise zu seiner geliebten Ilse begeben.

Erwin W

Elektromeister

* 5. Juli 1914 † 15. Februar 2005

Wir werden ihn sehr vermissen.

Es muss nicht immer der Geschäftsinhaber sein. Auch für die Reinigungskräfte lassen sich anschauliche Formulierungen finden.

Er hat den Besen weggestellt.

Die Kolleginnen und Kollegen
des Kaufhauses Woolworth

nehmen Abschied von

Karl R

*** 1. 11. 1914 † 26. 11. 2005**

Wir werden ihm stets ein ehrendes
Andenken bewahren.

Aber auch als Eisenbahner begibt man sich auf die letzte Fahrt. Hier heißt die Devise am Ende allerdings korrekterweise: »Bitte alles aussteigen. Der Zug endet hier.«

Deine Fahrt ist hier zu Ende,
wir müssen leider aussteigen.
Gerne wären wir mit Dir weitergefahren,
aber Du hast Dein Ziel erreicht.

Gerhard E

* 3. 2. 1940 † 14. 2. 2008

Mein geliebter Mann, unser Vater, Schwiegervater und Opa
ist nach schwerer Krankheit von uns gegangen.

Zu Lande, zu Wasser und auch in der Luft begeben sich Menschen in unseren Anzeigen auf ihre letzte Reise. Wobei Flugkapitän Hans B. am Ende immerhin noch einmal durchstarten darf.

Zum letzten Start
wurde aufgerufen

Flugkapitän

Hans B

Generalleutnant a. D.

Träger der Bayerischen Tapferkeitsmedaille
und vieler hoher Orden und Auszeichnungen des In- und Auslands

* 19. Juni 1897 † 17. Februar 1993

Weniger bewegt als vielmehr fest in der Tradition wurzelnd zeigt sich die Anzeige für Bäckermeister Hans-Hartmann W. Der Danksagung werden noch ein paar Verse mitgegeben, die in altbewährten Reimen das 300-jährige Jubiläum der Bäckerei gleich mitabfeiern.

DANKSAGUNG

Im Vertrauen auf Gott haben wir den liebsten Menschen zu Grabe getragen.

Bäckermeister

Hans-Hartmann W

Wir danken all den Menschen, die mit seiner Frau Gitti und ihrer großen Familie den letzten Weg gemeinsam gegangen sind.
Für die vielen Beweise herzlicher Anteilnahme danken wir.
Besonderen Dank an alle Pfarrer, die mir in der schweren Stunde des Todes beigestanden haben.
Hans-Hartmann W wird am kommenden Sonntag in der Stadtkirche zu Rauschenberg aufgerufen.

Brigitte W
Jan, Heidi, Oma Käthe
Anke, Gerald, Kathleen mit Familien

300 Jahre **24. 11. 1668–1968**
Bäckerei W

Gegründet vor 300 Jahr'
von einem jungen Bürgerpaar,
steht heute noch das Meisterhaus
und viele gingen ein und aus.
Wie viele, die man gut gekannt,
sie kamen her aus Stadt und Land.
Doch die Zeit vergeht –
und manches liebe Gesicht ist schon verweht.
Auch über des alten Hauses Schwelle
trugen Männer so manche liebe Last,
hinfort zu dem Großen, der alles gedeihen ließ
und alles schafft bis auf den heutigen Tag,
wo wieder ein junges Paar zurück mag denken,
wie einst es war.
In dessen Händen der Ahnen Segen liegt,
doch sollten sie bedenken, auf allen ihren Wegen,
sich regen bringt Segen,
doch an Gottes Segen ist alles gelegen.

Eine enge Verbindung zwischen Geschäftlichem und Persönlichkeit gibt es auch in unserer zweiten Bäckermeisteranzeige. Das freundliche Firmenlogo mit Kuchen, Bretzel und Bäckermütze stammt vermutlich ebenso aus eigener Herstellung wie die Konditoreiwaren. Gerade das macht die Anzeige so rührend.

Es ist ziemlich einsam
ohne dich.
Du fehlst uns sehr.

Nie mehr miteinander lachen oder weinen,
nie mehr einander berühren,
nie mehr miteinander spazieren gehen,
nie mehr ... sind zwei so endgültige Worte.

Günter

Konditor u.
Bäckermeister **HÖRNER**

* 15. 9. 1942 † 22. 10. 2001

Nicht weniger sympathisch ist uns das rollende Markenzeichen von »Reifen Ochs«, das der folgenden Anzeige hinterlegt wurde.

Wir nehmen Abschied von unserer Seniorchefin

Erna Ochs

geb. Radtke

* 26.7.1921 † 22.6.2002

Sie hat mit viel Engagement und Herz, Mut und großem Willen einen Kasseler Familienbetrieb über Jahrzehnte durch alle Untiefen gelenkt.

Die Kinder
Rita Ochs
Gerhard Ochs
und alle Mitarbeiter

Reifen Ochs

Mit Untiefen ganz anderer Art befasst war der Tiefbau-Ingenieur Werner A. Aus der Anzeige ist nicht nur zu erfahren, dass es so etwas wie eine »Abwasserwelt« gibt (die uns am anderen Ende der Wasserleitung wohl immer unzugänglich bleiben wird). Sondern dass es dort offenbar menschenfreundlicher zugeht, als man meinen möchte. Immerhin scheint es sich von selbst zu verstehen, dass der nicht mehr an seinen Schreibtisch zurückgekehrte Ingenieur dort bereits fehlt.

Wir trauern um unseren Seniorchef

DIPL.-ING. WERNER A.

* 5. 6. 1920 † 19. 9. 2004

der 50 Jahre lang für uns, unsere Kunden, Partner und Kollegen mit fundiertem Fachwissen und schwäbischem Charme gesund und unermüdlich mit Freunde an seinem Beruf im Einsatz war.
Er hat am Samstag seinen Schreibtisch verlassen - unerwartet endgültig.

Nicht nur die Abwasserwelt wird ihn vermissen.

Wir werden uns in seinem Sinne weiterentwickeln.

Ingenieurbüro Dipl.-Ing. W. A.

Auf den ersten Blick bleibt die folgende Anzeige vollkommen im Rahmen des Üblichen. Doch war der Verstorbene eine Kapazität auf dem Gebiet der Reproduktionsmedizin, die sich unter anderem mit künstlicher Befruchtung befasst. Vor diesem Hintergrund bekommt die trostreiche Formel »Er wird in unseren Werken weiterleben« eine völlig neue Bedeutung.

Wir trauern um einen lieben Freund und wertvollen Kollegen

Prof. Dr. med. Hanns-Kristian R

Unser Andenken gilt dem Mitbegründer unseres Institutes und einem Pionier der Reproduktionsmedizin.

Er wird in unseren Werken weiterleben.

PD Dr. med. A. R , Dr. med. H. L , Dr. med. J. P
sowie Partner und alle Mitarbeiter

HORMON ZENTRUM MÜNCHEN

GEMEINSAM FÜR DAS LEBEN

Auch bei unserer zweiten Medizineranzeige ist es nur ein einziges Wort, das uns aufmerken lässt: Dass Chefarzt Jost S. bei Kollegen hohes Ansehen genoss, bleibt im Rahmen dessen, was wir bei einem solchen Anlass erwarten. Dass er aber auch von »Kostenträgern« nicht weniger geschätzt wurde, ist in diesem Zusammenhang ein eher zwiespältiges Kompliment.

Vom Tod unseres Chefarztes

Dr. med. Jost S

sind wir tief betroffen.

Wir haben einen liebenswerten Menschen, kompetenten und engagierten Rehabilitationsmediziner verloren, der sich vorbehaltlos für die Belange der Klinik, seine Patienten und Mitarbeiter eingesetzt hat.

Herr Dr. S genoß bei Kollegen und Kostenträgern ein hohes Ansehen.

Er wird uns fehlen.

Im Unterschied zu den Medizinern genießt die Berufsgruppe der Pferdemetzger nur mäßige Anerkennung in der Gesellschaft – mit all ihren Kostenträgern. Verständlich daher, wenn das Motto in der folgenden Anzeige ein wenig unzeitgemäß und mürrisch daherkommt und dem Verstorbenen bescheinigt wird, »zu jeder Zeit« auch für genügend Leid gesorgt zu haben.

Laß nur den Alten schlafen,
er hat genug getan,
für Freud und Leid zu jeder Zeit,
jetzt fährt er in die Ewigkeit.

Roßschlachtermeister
und Pferdehändler

Ferdinand N

* 20. 4. 1909 † 30. 1. 1982

Es trauern um ihn
seine Kinder und Enkelkinder:
Günter H und Frau Erika,
geb. N
Karl N und Frau Ursula,
geb. K
Vlado S und Frau Ursula,
geb. N
Ferdinand N und Frau Helga,
geb. N
Frank H und Frau Susanne,
geb. N
Barbara, Patricia, Robert, Tomislav und Daniel

Kassel,
Die Beerdigung findet am Donnerstag, dem 4. Februar 1982, um 9.45 Uhr von der Hauptfriedhofskapelle Kassel, Karolinenstraße, aus statt.
Von Beileidsbesuchen bitten wir abzusehen.

Steuerberater stehen demgegenüber nicht in dem Ruf, hienieden ihr Brot mit Tränen zu essen, auf dass ihnen im Himmel gegeben werde, was sie im irdischen Kampf mit den Steuergesetzen und den Anlagen KAP, V und SO entbehren mussten. Doch man kann sich irren, wie das folgende Beispiel zeigt.

Arbeit war Dein Leben,
den Lohn bekommst Du im Himmel.

Unvergessen

Es war schön,
einen Teil des Lebens mit Dir gemeinsam zu gehen.

Martin K

Steuerberater

In unserer zweiten Steuerberateranzeige finden sich gleichfalls unerwartet religiöse Motive – wenn auch nicht unbedingt in ihrem ursprünglichen Sinn. So kann man beinahe von einer Himmelfahrt des Steuerberaters Christian S. sprechen. Zumindest wacht er als höhere Instanz darüber, dass bei Mandant Albert M. auch künftig alles wohlgetan ist.

Wir sind nur Gast auf Erden und wandern ohne Ruhe.

Tief erschüttert habe ich nach meinem Urlaub vom Tod meines langjährigen Steuerberaters

Christian S

erfahren, der am 5. Juni 2004 im Alter von 54 Jahren verstorben ist.

30 Jahre warst du mein Steuerberater.
Unsere gemeinsame Begegnung vor vielen Jahren in Brasilien war für mich ein besonderes Erlebnis.

Vom Himmel aus wirst du jetzt auf meine Arbeit schauen und in deinem Sinne werde ich weiterhin alles bestens ausführen.

Ich werde dich nie vergessen.

Auf Wiedersehen – dein Mandant
Albert M

Sein Leben gehörte der Geschichte Hessens.
Der Tod nahm ihm die Feder aus der Hand.

Regierungsoberarchivrat
Dr. phil. Dr. iur. h. c.

Karl Ernst D

* 6. April 1909 in Apia/Samoa
† 30. Juni 1990 in Lindheim/Hessen

Ingeborg D

Im Namen der Familie
Professor Dr. Alexander D

6472 Lindheim,

Trauerfeier am Freitag, dem 6. Juli 1990, um 14.00 Uhr in der Lindheimer Kirche. Anschließend Beerdigung auf dem Lindheimer Friedhof.
Statt Blumen bitten wir um eine Spende für den Malteser Hilfsdienst, Pax-Bank, BLZ 55160195, Kontonr. 4001155011.

Und doch sind die pathetischen Worte kein Privileg der steuerberatenden Zunft. So bekommt man als höherer Beamter vom Tod persönlich die Feder aus der Hand genommen – geradezu wie ein Dichterfürst. Vor diesem Hintergrund mag man sich vorstellen, wie Regierungsoberarchivrat Karl Ernst D. in eigener Person die Geschichte Hessens geschrieben hat.

Wenden wir uns der Literatur im engeren Sinne zu, so liegt es nahe, der Anzeige eine Kostprobe aus dem Œuvre beizugeben. So ist es beispielsweise bei der Schriftstellerin und Schauspielerin Bettina S. aus Hattingen im südlichen Ruhrgebiet, deren nicht untheatralische Vorliebe für das Mittelmeer sich in dem klassischen Ausruf »Thalatta, thalatta!« Bahn bricht.

Thalatta, Thalatta!
Mich umleuchtet das Mittelmeer,
mich umweht sein Atem, sein Geist

Bettina S

Schriftstellerin, Schauspielerin

20. November 1891 – 20. Oktober 1994

Ein fast bis zuletzt von Arbeit geprägtes geistiges Leben fand ein sanftes Ende.

Schriftsteller und Schauspieler leben nun einmal in ihrer ganz eigenen Welt. Dies belegt auch die Anzeige von Heinrich S., der ein Glaubensbekenntnis der etwas anderen Art ablegt.

Ich glaube
an Sophokles, Shakespeare und Tschechow,
an das Geheimnis von Lachen und Weinen,
an die Erlösung von allem Übel durch das Spiel
und an die Sendung der Masken;
einige habe ich getragen.
Amen

Heinrich S

Schauspieler

8. 10. 1917 15. 6. 2002

Weit nüchterner geht es hingegen in manchen Anwaltskanzleien zu. So verzeichnet die folgende Anzeige mit buchhalterischer Strenge die Kalenderwoche, in der Rechtsanwalt Guntram F. abberufen wurde.

Mit großer Betroffenheit geben wir bekannt, dass

Herr Rechtsanwalt Guntram F

in der 10. KW unerwartet im Urlaub verstorben ist.

Mit Herrn Rechtsanwalt F verlieren wir einen hoch geschätzten exzellenten Juristen, einen sachkundigen und stets hilfsbereiten Kollegen, Mitarbeiter und Freund.
Wir danken ihm, dass wir 20 Jahre mit ihm zusammenarbeiten durften.
Es waren schöne und erfolgreiche Zeiten.
Wir werden Herrn Rechtsanwalt F immer als aufrichtigen und lieben Kollegen und Menschen in Erinnerung behalten.

Kanzlei I und Kollegen

Gleichfalls aus einer Anwaltskanzlei stammt die folgende Anzeige, die zu unseren ausgesuchten Lieblingsstücken gehört. Sie ist der Bürovorsteherin Irma J. gewidmet und bringt die Sache in vier Worten auf den Punkt. »Eine Institution ist abgetreten.« Mehr braucht nicht gesagt zu werden. Denn wie viel Anerkennung und Respekt liegt in diesen vier knappen Worten!

Eine Institution ist abgetreten.

Wir trauern um unsere Bürovorsteherin

Frau Irma J

Gerhard K
Rechtsanwalt und Notar a. D.

Wolfgang K
Rechtsanwalt und Notar

Auch wenn es manchmal in Vergessenheit gerät: Auch Traueranzeigen sind Anzeigen – und zwar solche, die aufmerksam gelesen werden. Damit eignen sie sich vorzüglich zu Werbezwecken – finden zumindest manche Unternehmen, die ihren Namen bei dieser Gelegenheit gar nicht oft genug ins Spiel bringen können. Das kann man ihnen gar nicht verdenken, wenn sie einen Namen tragen, der für Todesanzeigen wie gemacht zu sein scheint, wie die neue leben Versicherungen.

Mit großer Trauer haben wir zur Kenntnis nehmen müssen, dass Herr

Dr. jur. Paul W

am 20. März 2007 verstorben ist.

Herr Dr. W war Mitglied der Aufsichtsräte der neue leben Holding AG, der neue leben Lebensversicherung AG, der neue leben Unfallversicherung AG, der neue leben Pensionskasse AG und der neue leben Pensionsverwaltung AG.

Herr Dr. W stand unseren Gesellschaften stets mit wertvollem Rat zur Seite und konnte aufgrund seiner großen Erfahrung und seines umfangreichen Fachwissens entscheidende Anstöße geben, die zum Erfolg der neue leben-Gesellschaften beigetragen haben.

Wir werden Dr. W. stets als besonnen und hochgeschätzten Berater der neue leben-Gesellschaften in Erinnerung behalten.

Unsere aufrichtige Anteilnahme gilt seinen Angehörigen.

neue leben Versicherungen

Unser langjähriger und treuer Mitarbeiter, Herr

Karl M

ist plötzlich und unerwartet von uns gegangen.

Der Verstorbene war über 25 Jahre im Außendienst unseres Unternehmens tätig und hat sich mit unermüdlicher Einsatzfreude um unser Haus besonders verdient gemacht.

Ein treues Gedenken ist dem Verstorbenen jederzeit sicher.

Mannheim, 8. Februar 1966

HABERECKL-BRAUEREI
A. D
Geschäftsleitung, Betriebsrat und Belegschaft

Feuerbestattung: Freitag, den 11. Februar 1966, um 14 Uhr im Krematorium Hauptfriedhof Mannheim.

Es ist doch tröstlich zu wissen, dass man an seiner Arbeitsstelle nicht so schnell in Vergessenheit gerät. Doch ist das in unserer schnelllebigen Zeit keineswegs sicher. Deshalb geben sich die Firmen alle Mühe, gegen Ende ihres Anzeigentextes zu versichern, dass der Verstorbene in Erinnerung bleiben werde. Und zwar dauerhaft und positiv. Dabei scheint beides kaum möglich, zumindest nicht bei ein und derselben Person. In den guten alten Zeiten war das alles noch ganz anders, wie die obige Anzeige belegt. Im Bedarfsfall konnte Brauereimitarbeiter Karl M. jederzeit mit »treuem Gedenken« rechnen – auch wenn nicht anzunehmen ist, dass er davon allzu regen Gebrauch gemacht hat.

Wer mit Schiffen befasst ist, für den endet mit dem Tod die große Lebensfahrt. Dabei überträgt die Anzeige für Schiffsingenieur Arnold B. dessen Lebensenergie sehr anschaulich auf den Schiffsmotor.

Seine Devise lautete stets: "VOLLE KRAFT VORAUS."
.... bis die schwere Krankheit ihn ereilte.
Ab jetzt heißt es: "ALLE MASCHINEN STOPP."

Es war ein langer Abschied

Arnold B

Schiffsingenieur

*** 15. 2. 1935 † 26. 10. 2003**

In stiller Trauer

Manchmal sind es auch die Angehörigen, denen die treffenden Worte über den Beruf in den Sinn kommen. So findet sich in der folgenden Anzeige eine hübsche Miniatur über einen engagierten Musiklehrer.

Aus Kindern mit Zahnlücken machte er begeisterte Musiker, eine schwere Krankheit beendete sein Wirken als Musiklehrer. Die Ärzte gaben ihm 5 Jahre, er machte daraus 13 Jahre, die er bewundernswert ertrug. Die himmlischen Musiker bekommen jetzt intensive Verstärkung.

Frank-Werner W

* 27.7.1946 † 25.4.2003

Traurig nehmen wir Abschied von meinem geliebten Mann, liebevollen Papa, kleinen Bruder und verständnisvollen Onkel.

Unter Tage spielte
sein eigentliches Leben.
Glück auf, Papa!

✝

★ 15. August 1931

Bernhard H

Am 7. April 2001 starb
nach langem Ringen mit jedem Tag
Bernhard H
Vater von acht Kindern,
Einzelgänger,
Bergmann i. R.

Wir kannten ihn ein wenig:
Maria H (†)
Heinz Hermann Maria H
Bernhard Alfons Maria H
Franz Josef Maria H
Maria Theresia H
Simone Dorothea Maria H
Antonius Maria H
Vinzenz Maria H
Anna Maria K geb. H

die Verwandten und Kumpel.

Er war ein einfacher,
wahrscheinlich einsamer Mann.

Aus ganz anderen Gründen berührt uns die Anzeige über den Bergmann Bernhard H. Offenbar hat der »einfache, wahrscheinlich einsame« Mann zeit seines Lebens niemanden an sich herangelassen.

Für Außenstehende womöglich ebenso schwer zugänglich sind die Computerspezialisten, die sogenannten »Nerds«, und ihre Programmiersprachen. Eine originelle Annäherung versucht die folgende Anzeige, die dann doch alles Wesentliche mitteilt.

Axel S

*** 29. 1. 1953 † 1. 2. 2006**

```
(defun memory (/)
 (setq Name      "Axel S
       date_of_birth "29.01.1953"
       center_of_life "Kassel"
       Herz          'T
       )
 (while Herz
   (repeat 53
     (apply
      'strcat
       (mapcar
        '(lambda (x)
          x
         )
        (list
          "Sein Leben machte uns reich."
           "Thanks for all – we'll never forget you"
         )
        )
       )
      )
 (alert "Buffer overflow!")
 (satq Herz NIL)
 )
(command „apploed" Axel_2_Heaven "01.02.2006")
)
```

für alle: Bettina M

In die Welt des Verstorbenen einzutauchen versucht auch die folgende Anzeige. Dabei erschließt sich die Bedeutung der einzelnen Stichwörter und Redensarten nicht unmittelbar. Und doch bekommt man einen Eindruck, was das für ein Typ gewesen muss, der schnodderige Grafiker Jörg H., den sie liebevoll »Häschen« nannten.

Sag' mal Mädel, wo bleibt mein Obst?

Unvorbereitet und traurig nehmen wir zur Kenntnis, dass

Jörg H

Grafiker

seinen Erfolg nicht weiter verfolgen kann.

Mir doch egal, Sackpfeiffen, eloquenter braungebrannter, Bornholm, Mallorca, Timo, meine »Geliebte«, Pellworm, Reichelt, Tesa, TippEx, in die Mulle, Lux, Tagesspiegel, Zwetschen oder Zwetschgen –, Mensch, schreib' einfach Pflaumen, Scantext, Pinsel und, und, und . . . Häschen, Du fehlst!

Die letzten Worte in diesem Kapitel sollen dem Schwimmmeister von Lauenstein, Toni C. gehören, der damit nicht nur jeden Tag seine Badegäste verabschiedete, sondern auch zu unserem nächsten Kapitel überleitet, das den Selbstanzeigen gewidmet ist.

Auf Wiedersehen . . .

der Schwimmeister von Lauenstein geht nun für immer schlafen und
verabschiedet sich mit seinem alltäglich gesagten Satz:
„Liebe Leute, Schluss für heute!"
Ich danke allen Badegästen für die jahrelange Treue und die wunderschönen Stunden.

Toni C

05

»Nun wink ich Euch zum Abschied runter«

Selbstanzeigen

In diesem Kapitel wenden wir uns einer etwas eigentümlichen Spielart der Todesanzeigen zu, den Selbstanzeigen. Hier ergreift der Verstorbene selbst das Wort, um die betrübliche Tatsache seines Ablebens mitzuteilen und der Nachwelt eine letzte Botschaft oder noch ein paar gute Wünsche zu hinterlassen. Dies kann höflich distanziert geschehen wie bei Ilse K. aus Wedemark bei Hannover.

Ilse K

geb. G

* 15. 2. 1927 † 1. 8. 2006

Hiermit verabschiede ich mich von
allen Freunden, Bekannten und Verwandten.
Ich wünsche allen eine schöne Zeit.

30900 Wedemark

Die Urnenbeisetzung findet in aller Stille statt.

Bestattungsinstitut Knoke, Bissendorf, Tel. (0 51 30) 87 38

Jutta L. aus München hält ihre letzte Mitteilung noch knapper, wobei man ahnt, dass ihr letztes Stück Weg nicht leicht zu gehen war.

†

Endlich habe ich es geschafft.

Auf Wiedersehen

Jutta L

geb. K

* 17. 2. 1962 † 25. 11. 2003

Kim, Michael, Axel und Doris

Die Trauerfeier ist am 1. Dezember 2003 um 14.30 Uhr auf dem Westfriedhof. Die Beisetzung findet zu einem späteren Zeitpunkt in München statt.

Unmittelbar auf den Punkt kommt Klaus A. aus Stuttgart.

Ich bin tot.

Klaus A

† 26. 12. 2002

Roland J. aus Zürich gibt eine Adressänderung bekannt ...

CH-8032 Zürich
Kreuzstrasse
Diana A
Roland J

Ich bin umgezogen

Roland J

14.8.1950–5.1.2006

Meine neue Adresse ist:
Friedhof Rehalp, Forchstrase 384, 8008 Zürich
Urnen-Reihengrab 4276.

Über Besuche freue ich mich.

Ich bin dann mal weg ...

Bernhard L

*** 19. 3. 1928 † 24. 12. 2006**

Anstelle zugedachter Kranz- und Blumenspenden bitten wir um eine Zuwendung an den Kölner Schutzhof für Pferde, Volksbank Köln Nord eG, Konto 1 001 523 011, BLZ 370 694 29, Kennwort: Wildfang & Balthasar

... während Bernhard L. aus Köln seine letzte Botschaft einem bekannten Buchtitel entlehnt hat.

Und doch neigt nicht jeder, der eine Selbstanzeige formuliert, zur Kurzmitteilung. Häufiger lässt sich das Gegenteil beobachten. Wer sich schon die Mühe macht, persönlich Lebewohl zu sagen, der verliert dann schon ein paar mehr Worte. So wendet sich beispielsweise Martin S. mit Bild an die Nachwelt und nutzt die Annonce für einige grundsätzliche Anmerkungen über das Leben und den Tod.

Ungewöhnlich

ist es sicherlich, wenn ich mich noch einmal an alle Freunde wende und an die Menschen, die mir einmal begegnet sind.

Unser aller Leben geht einmal zu Ende - so auch das meine.
Wenn Sie diese Zeilen lesen, habe ich längst zum letzten Male tief und vernehmlich geatmet.

Fertig sind wir nie und trotzdem müssen wir abtreten.
Niemand kann sich den Zeitpunkt auswählen. Und so ist es gut, sich zur rechten Zeit darauf vorzubereiten, um nicht arg überrascht zu werden.

Bedanken will ich mich bei allen Menschen, die einmal meinen Weg kreuzten - im Guten und im Nichtguten. Vielleicht haben Sie heute Nachsicht mit mir und meinem mir in die Wiege gelegten Temperament sowie meiner Veranlagung.
Meine hektische Eile und mein manchmal notwendiges, wenig nachgiebiges Durchstehen haben sicher manchen verprellt.

Doch lebt nicht jeder nach seinem eigenen Gesetz?
Wer seinen klaren, ihm aufgezeigten Weg geht, hat nicht allzu viele Freunde; und um sich aus eigener Kraft aus dem endlosen Meer der Namenlosen herauszurecken, muss man sich ein Leben lang bemühen und anstrengen.

Ein in Vernunft und mit Verstand gelebtes Leben hat seine fest gefügte Ordnung.
Oft genug und weit genug war ich davon entfernt.
Die vielen kleinen Unordentlichkeiten sowie Unberechenbarkeiten in so vielen Stunden und Tagen, die das Dasein erst so lebens- und liebenswert machten und mir die Menschen so nah brachten, waren gleichwohl Versäumnisse; trotzdem durften sie in meinem bewusst gelebten Leben nicht fehlen.

Ich hoffe, trotz allem einen gütigen und verständnisvollen Richter zu finden - denn nach christlicher Erkenntnis ist am Ziel unseres Erdenlebens unser Sein noch nicht zu Ende.

Martin S

Ähnlich umfangreich fällt die letzte Botschaft von Renate H. aus Berlin aus. Sie hofft jedoch nicht wie Herr S. auf einen gütigen Richter, sondern wird in den höheren Sphären bereits erwartet. Zudem bekommt Frau H. eine eindrucksvolle Namensliste all jener zusammen, von denen sie sich noch nicht verabschieden konnte (»stellvertretend nenne ich hier Carl-Wolfgang«). Man wagt gar nicht daran zu denken, wie ein vollständiges Verzeichnis ausgesehen hätte – mit all jenen, die sich hinter dem Stellvertreter Carl-Wolfgang verbergen, und all denen, die Frau H. erreicht hat. Schwer zu übertrumpfen sind auch ihre abschließenden Worte, die sie nicht zufällig der Welt des Musicals entborgt hat. Sie fordert ihre Hinterbliebenen auf, ihre Tränen zurückzuhalten, um sie Bedürftigeren zufließen zu lassen.

14. 10. 1902
Ich habe
nicht mehr viel Zeit
in dieser Welt.
Bald habe ich
sehr viel Zeit.
11. 12. 1987

Der HERR hat mich – erwartet – abberufen.

Von all denen, die ich nicht mehr erreichen konnte, möchte ich auf diesem Wege Abschied nehmen, als da sind

mein über alles geliebter Weggefährte Olaf (H), meine stets in Liebe getragenen Brüder, Paul, Siegfried und Hans mit ihren Familien und Malwine, Olafs Kinder, stellvertretend nenne ich hier Carl-Wolfgang, Olafs Schwestern und Kinder, für alle nenne ich hier Marilene und Lieselotte. Nicht zuletzt aber schließe ich alle die lieben Freunde ein, die nicht vor mir gegangen sind, und jene, die mir den Weg schon bereitet haben.

Weint nicht um mich, Ihr Lieben. Weint um die, die nicht soviel Liebe und Zuneigung wie ich erfahren durften, und gebt ihnen ab, so Ihr von meiner Euch zugewendeten Liebe übrig habt.

Immer Eure, von Euch gegangene,
wenn auch Euch nie verlassende

Berlin / Dresden /
Eichenau / München

Renate H

Wir treffen uns ein letztes Mal am Donnerstag, dem 17. Dezember 1987, um 14.00 Uhr in der Kapelle auf dem Städtischen Friedhof Zehlendorf, Onkel-Tom-Straße 30, 1000 Berlin 37

Meine Liebenden!

Ich **Johann A**

α 29. 9. 1923 Ω 19. 1. 2008

bin mit göttlichem Geleit meines Sohnes Richard und seinen Engeln der Liebe am Feierabend des 19. Januar 2008 im hohen Alter von 84 Jahren zu unserem Schöpfer aufgefahren. Von dort errichten wir den Garten der Liebe mit meinem Sohn und seinen Engeln im Himmel wie auf Erden von jetzt an bis in alle Ewigkeit. Amen.

Die Übergabe meiner Hülle zur Mutter Erde wollen wir feierlich im Einklang Mensch und Natur am Samstag, den 26. Januar 2008, in Ehingen gestalten.

Rosenkranz 10.30 Uhr - Requiem 11.00 Uhr

Für meine lieben Verwandten ist im Anschluss in Wortelstetten beim Rauch Georg und Mine fröhliches Beisammensein. Danke Euch allen. Alles Liebe, alles Gute, Euer Hans.

Danke für die Anmeldung. Telefon 0160/ und Telefon 0162/

Eichstätt, 24. Januar 2008

Richard Anton A
Berater in allen Bereichen

PS. Von Beleidsbekundungen wollen bitte alle Abstand halten, da ich das Pharisäertum nicht dulde. Danke.

Anstelle vom Blumen und Kränzen freue ich mich über eine Spende für die Katholische Jugendfürsorge der Diözese Augsburg e.V., Stadtsparkasse Augsburg (BLZ 720 500 00), Kto. 039 024, Ident-Nr. 2947. Vergelt's Gott.

In die gleiche Gewichtsklasse gehört die Anzeige von Johann A., die zusätzlich noch mit ansprechenden grafischen Elementen geschmückt ist. Herr A. kündet von einer regelrechten Himmelfahrt, die er assistiert von seinem Sohn (einem »Berater in allen Bereichen«) angetreten hat. Von dort gibt er seinen Hinterbliebenen ebenfalls deutliche Anweisungen für ihre Trauerarbeit. Wie sich vor allem dem Postskriptum entnehmen lässt.

Was ich sagen wollte:

Mir ist aufgefallen,
daß ich jetzt näher dran bin.

Am Himmel.

So hoch bin ich noch nie hinausgekommen.
GT

Gunther T

1961 1993
Kassel Berlin

Da wir uns nun schon einmal in höheren Sphären bewegen, darf hier die Nachricht von Gunther T. nicht fehlen, bei der man allerdings gerne wüsste, durch welche telepathischen Kanäle sie der Anzeigenabteilung zugeleitet wurde.

Selbstbewusste, aber nicht minder trostreiche Worte aus dem Jenseits sendet Architekt Gundolf K. aus Stuttgart Degerloch.

GÖTTLICHER GEIST
IST DIE STRUKTUR
MEINES LEBENS.
ICH BIN IN SICHERHEIT
UND GELIEBT
UND VOLLKOMMEN UNTERSTÜTZT.

GUNDOLF K
ARCHITEKT
25.08.1943 – 21.07.2007

In Liebe Deine Gudrun

Auch Elke M. erstattet posthum Bericht aus jener Welt, die uns Lebenden bis auf Weiteres verschlossen bleibt.

Elke M

Heute am 11. Mai 2006 um 13.05 Uhr habe ich glückstrahlend und erfüllt mit Dankbarkeit diese Welt verlassen.

Demütig stehe ich vor meinem neuen geistigen Leben, in dem ich weiter lernen und wachsen werde in der Obhut meines allmächtigen Gottes. Lange schon habe ich dieses Hinübergehen in meine neue Heimat erwartet, es ist die Erfüllung meiner Sehnsucht und Träume.

Ich danke allen Menschen, die mein Erdenleben begleitet haben, ganz besonders meinem Mann Wolfgang S und meinem Sohn Carsten M und meinen engsten Freunden.

Das Freudenfest meiner körperlichen Beerdigung haben meine Familie und meine Freunde mit mir begangen.

Unser Tod ist kein Tod sondern eine Geburt in die geistige göttliche Welt.

Ganz irdisch und damit weit weniger »glückstrahlend« präsentiert sich Horst W., der bei dieser Gelegenheit nicht nur die Existenz von Krieg und Frieden konstatiert, sondern auch den Verfall von Sitte und Moral. Umso erstaunlicher, dass er seinen Erinnerungen gerne noch einige »hinzugefügt« hätte. Aber vielleicht bieten ja gerade Zeiten sittlich-moralischen Verfalls Stoff für manch angenehme Erinnerung.

Die Zeit meines irdischen Daseins ist abgelaufen. Eine Zeit geprägt von Kriegen, Frieden und Verfall von Sitte und Moral.

Auch wenn ich meinen Erinnerungen gern noch einige hinzugefügt hätte, danke ich dem Schicksal und allen, die mich auf meinem Wege ein Stück begleitet haben.

Horst W

Einen nachdenklich-selbstkritischen Reim auf das eigene Leben macht sich hingegen Fred I., dessen Beiname den Versen eine geheimnisvolle Note verleiht.

Einst war ich ein Baum
ich wurde zum Bäumchen
und dann zum Blatt
das nur noch grüne Farbe
aber keine Kraft mehr hat
Ole-wie war ich stolz
ich war aus hartem Holz
Glaubte ich!
und nun frage ich mich
was hab ich in mir gesehen
war es Eitelkeit-
und ist es jetzt soweit
komme ich der Wahrheit näher?

FRED I

(Chinese)

Es ist vollbracht!

Liebe Freunde,

nun folge ich meiner innigst geliebten Frau Margot.

In unendlich großer Dankbarkeit bin ich mit meiner Frau verbunden, die in ihrem ganzen Leben, unter Zurückstellung ihrer eigenen Wünsche und Bedürfnisse, bis zur letzten Sekunde ihres irdischen Daseins immer zuerst alle ihre Kräfte für uns, ihre Angehörigen und Freunde, eingesetzt hat. An sich selbst dachte sie immer zuletzt.

Wie immer, gehen nun auch meine letzten Gedanken zu ihr, und ich danke dem Schicksal, daß ich über 45 Jahre mit einer so lieben, wunderbaren, schönen, treuen und fürsorglichen Frau verbunden sein durfte.

Wir lebten nicht nur glücklich miteinander, sondern

wir lebten füreinander!

Aber meine letzten Gedanken gehen in großer Dankbarkeit auch zu Euch, meine lieben Freunde, denn Ihr habt uns jahrzehntelang die Treue bewahrt und uns geholfen, unsere Leiden in den schwersten Stunden unseres Lebens zu lindern.

Ihr habt mich davon überzeugt, daß es im Sinne meiner Frau war, weiter zu wirken.

Ich danke Euch auch, daß Ihr weiterhin immer in treuer Freundschaft zu mir gehalten habt.

Ich wünsche Euch viele, viele Jahre in Glück, Freude und Zufriedenheit, bei bester Gesundheit und verbleibe in Dankbarkeit bis an das Ende aller Zeiten.

Euer

(Kurt K)

Keine Angst vor großen Worten kennt Kurt K., der seine Todesanzeige sogar noch eigenhändig unterzeichnet hat wie einen persönlichen Brief. Und so ist es eigentlich nur folgerichtig, wenn Herr K. am Ende mit guten Wünschen in Dankbarkeit verbleibt »bis an das Ende aller Zeiten«.

Ebenfalls an seine Freunde wendet sich Rolf Louis W., genannt »Bubu«, eine Rotlichtgröße aus dem Ruhrgebiet. Seine letzte Botschaft fällt erwartungsgemäß etwas anders aus. Und die Abschiedsparty, zu der er hier die nötigen Instruktionen gibt, soll in jeder Hinsicht rauschend gewesen sein. Mit Motorrädern, Dixieland-Band und muskulösen Rockern als Sargträger.

Ich höre auf zu leben, aber ich habe gelebt.

... Und wie ich gelebt habe ...!

Ich, Euer Bubu, bin nun tot.

Mein Leben war wie ein Theaterstück:
Irre, bunt und immer verrückt.
Wie lang es war, ist ganz egal,
denn es war einfach wunderbar!

Nun meine letzte Bitte hier in Eure Mitte:
Trinkt, feiert und tanzt in meinem Sinne!
Auf dass meine letzte Milchkanne leer wird!

Meine Gedenkfeier findet am Samstag, dem 30. September 2006,
um 9.30 Uhr in der Kreuzeskirche in Essen-Mitte statt.
(Kreuzeskirchstraße / Weberplatz, 45127 Essen)

Anschließend erfolgt der Gang zu meiner Beisetzung um 11.30 Uhr auf dem Parkfriedhof in Essen.
(Am Parkfriedhof 33, 45138 Essen, Alte Halle, Sammelplatz vor dem Teich.
Eventuell zugedachte Blumen und Kränze bitte dort hinbringen, nicht in die Kirche.)

Damit meine Gäste keinen Stress mit der Parkplatz-Suche in der Innenstadt an der Kreuzeskirche haben,
stehen Euch von 8.30 Uhr bis 9.00 Uhr Extra-Pendel-Busse am Parkfriedhof vor der Alten Halle zur Verfügung,
die Euch pünktlich zur Gedenkfeier und wieder zurück dorthin zur Beisetzung bringen werden.

Doch gibt es auch Menschen, die nicht so stark auf die Pauke hauen und sich ebenfalls von ihrem Freundeskreis verabschieden möchten. So wie Rüdiger G. aus Berlin. Von diesem großherzigen Kreis darf allerdings angenommen werden, dass er deutlich anders geartet ist als der von »Bubu«.

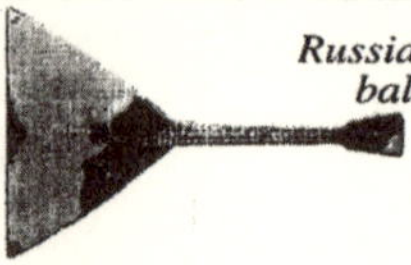

Russian balalaika

Mein Leben für die Balalaika.

Ich danke dem deutsch/russischen Freundeskreis mit grossem Herzen für die unvergesslich schöne Zeit.

Rüdiger G

Ganz als Mensch präsentiert sich Peter F. aus dem badischen Rastatt, der sich »erhobenen Hauptes« von seinen Freunden verabschiedet.

Ich ging nicht gerne,
aber ich ging erhobenen Hauptes.

Peter F

– Mensch –

*** 17. 7. 1941 † 24. 2. 1995**

Ade, liebe Freunde,
genießt heute,
morgen kann es zu spät sein!
Euer

Wir trauern nicht, er wird in uns weiterleben.

Im Namen aller Angehörigen:
Ingrid F

Rastatt

Offizielle Verabschiedung ist am Mittwoch, dem 1. März 1995, um 14.30 Uhr, auf dem Waldfriedhof.

PS: Ich will keine „Beerdigungs-Kleidung“ sehen.

Ich habe es geschafft!

Allen will ich danken, die mir halfen, das Leben zu bereichern und zu verschönern. Diejenigen, denen ich unrecht getan haben sollte, bitte ich um Verzeihung.

Grüße an alle und à bientôt.

Elisa H

geb. J

* 11. Juni 1925 † 13. August 2003

Von Dankbarkeit und der Bitte um Vergebung ist die Anzeige von Elisa H. getragen. Allerdings bekommt ihr freundschaftlicher Abschiedsgruß »à bientôt« einen leicht bedrohlichen Unterton. Denn er bedeutet nichts anderes als »bis bald«.

Ich lebe noch!!

Erika R

* 31. 1. 1931

, Tel. 0 72 22/

Besonders dringlich scheint es geboten, vom Mittel der Selbstanzeige Gebrauch zu machen, wenn der vermeintlich Verstorbene noch gar nicht im Jenseits weilt. So wie Erika R. aus dem badischen Rastatt.

Achtung, Terminverschiebung!.

Stefan B

Aus persönlichen Gründen wird der
Beisetzungstermin bis auf weiteres verschoben!

Bei der Anzeige von Stefan B. hat es hingegen den Anschein, als habe der Verstorbene selbst den Beisetzungstermin »aus persönlichen Gründen« erst mal auf Eis gelegt.

Heinz-Peter J

Rechtsanwalt und Notar a. D.

* 1. Februar 1920 † 17. November 1992

gelebt in

Berlin, Warnemünde,
Brandenburg, Potsdam
und
Berlin

meldet sich ab.

Eine Selbstanzeige muss nicht notwendigerweise in der ersten Person formuliert sein. Dadurch lassen sich unangenehme Sentimentalitäten vermeiden, wie das Beispiel von Rechtsanwalt und Notar Heinz-Peter J. eindrucksvoll belegt, der die Angelegenheit mit professioneller Kühle erledigt.

Ein vergleichbares Resultat ist auch zu erzielen, wenn sich der Verstorbene selbst um Sachlichkeit bemüht und sein Ableben in einen allgemeineren Zusammenhang einordnet.

Ich gebe gern und ohne Bedauern diesen Lebenshauch, der mich beseelt, zurück der wohltätigen Natur, die mir ihn geliehen hat, meinen Körper aber den Elementen, aus welchen er zusammengesetzt ist.

Dr. Hans W. M

* 8. Juni 1908 † 5. April 1997

Der beratende Ingenieur Heinz W. aus Berlin löst die Aufgabe hingegen mit einer gehörigen Portion Ironie, wenn er sein eigenes Begräbnis als »letztes Projekt« ankündigt. Sympathisch, aber doch ungewöhnlich für einen Ingenieur ist auch sein Wunsch, man möge ihn »in netter Erinnerung« behalten.

Die Planung ist abgeschlossen

G. E. Heinz W

Beratender Ingenieur VBI

· D-1000 Berlin 37

geboren 15. 9. 1924 · gestorben 10. 9. 1992

Mein letztes Projekt wird am 30. September 1992, 11.00 Uhr im Krematorium Ruhleben, Am Hain 1 in 1000 Berlin 20 ausgeführt.

Behalten Sie mich in netter Erinnerung.

Und da wir uns bereits auf dem Terrain des – wenn auch leisen – Humors befinden, dürfen wir hier die Anzeige des ehemaligen Karnevalsprinzen Anton L. einrücken. Der gut gelaunte Rheinländer musste sich ausgerechnet während der närrischen Saison aus dem irdischen Leben verabschieden. Doch gelang es ihm noch, für seine Hinterbliebenen die passenden Reime zu schmieden.

Ein Schängelche voller Passion,
verabschiedet sich mitten in der Session.
Ob an Mosel oder Rhein,
dass Leben war hier immer fein.
Ein letzter Gruss von ganzem Herzen,
gestorben bin ich ohne Schmerzen.
Mein Leben war oft turbulent und munter,
nun wink' ich Euch zum Abschied 'runter.

Euer Karnevalsprinz 1973!

Anton L

11. 03. 1924 - 18. 01. 2005

Angehörige und Freunde

Auf Wunsch erfolgte die Beisetzung in aller Stille am Freitag, dem 28.01.2005.

Familie L 56070 Koblenz

Willy B

12. Oktober 1923–29. Januar 2008

Ich spare mir die Heizungskosten, ziehe längere Hosen an, ziehe zu meiner Frau Hilda um und hinterlasse
Sohn Marcel, Schwiegertochter Hedi
Tochter Rita, Schwiegersohn Ernst
Tochter Margrit, Schwiegersohn Peter
Tochter Irene, Leider-nicht-mehr-Schwiegersohn Jürg
Sohn Hugo
Sohn Felix, Wie-eine-Schwiegertochter Priska
Sohn Richard und Schwiegertochter Colette
Tochter Monika, Langzeit-Schwiegersohn-Aspirant Stefan J
Meine Enkel Werner, Erich, Erika, Peter, Beat, Gabi, Rico, Niki, Ulzii, William und Laurent
Alle Angehörigen, Freunde, Jahrgänger, Jasskollegen, Turnkameraden, Bekannte und alle, die mich kannten.

Allen, die meiner Familie und mir Gutes getan, danke ich und verabschiede mich am Umzugstermin, Donnerstag, 7. Februar 2008, 14 Uhr am neuen Domizil, Friedhof Mümliswil, bei meiner Frau Hilda.
Gemeinsam freuen und bedanken wir uns für jeden Besuch, die Tür steht täglich 24 Stunden für jedermann ohne Voranmeldung offen.
Es ist mir, wir ihr verstehen werdet, unmöglich, alle persönlich anzuschreiben.
Dreissigster: Samstag, 1. März 2008, 17.30 Uhr.

Traueradresse: 4717 Mümliswil. Bitte weitersagen.

Lebt wohl, Willy

Mit umwerfender Souveränität und staubtrockenem Witz kündigt Willy B. an, dass er nun zu seiner Frau Hilda ins Familiengrab übersiedelt. Wie er versichert, steht die Tür 24 Stunden am Tag für jedermann ohne Voranmeldung offen. Da würde man gerne mal vorbeischauen. Allein um ihn zu dieser Anzeige zu beglückwünschen.

8820 Wädenswil
M. Zimmerli
Einsiedlerstrasse 34

life your dream

TODESANZEIGE

Wir sind traurig

Markus Z

* 1950 † 2000

ist sanft entschlafen.

Erika und Ibrahim und Mirjam
Rosmarie
Monika
Michael
Maria Yvonne
Theresa Ingrid
Freunde und Verwandte

Anstelle von Blumen spende man den Hilfswerken.

Auch unsere letzte Selbstanzeige gehört vermutlich in den Bereich des Humors, wenn auch eines sehr speziellen. Während manche Selbstanzeigen den Eindruck erwecken möchten, dass sie der Verstorbene aus dem Jenseits an die Anzeigenabteilung übermittelt hat, beschreitet Markus Z. in nicht ganz stilsicherem Englisch den entgegengesetzten Weg: Man soll es der Anzeige gerade nicht ansehen, dass sie wirklich und wahrhaftig vom vermeintlich Verstorbenen aufgegeben wurde.

Berichtigung

In der Ausgabe vom Mittwoch erschien von unserem Vater

Markus Z

eine von ihm aufgegebene Todesanzeige. Wir möchten damit klarstellen, dass er lebt und es ihm gut geht.

Monika und Michael Zimmerli

06

»Meine liebe Frau hat Gott zu sich genommen«

Sprachliche Missgeschicke

In Todesanzeigen ist es besonders peinlich, wenn sich Fehler einschleichen, der Satzbau durcheinandergerät oder eine doppelsinnige Formulierung den Text kippen lässt. Denn der Tod eines Menschen ist ein ernstes Thema, und die Anzeige, die von diesem Tod kündet, ist so etwas wie die letzte Botschaft vom Leben dieses Menschen. Da darf nichts schiefgehen, sonst droht eine Blamage. So empfinden es zumindest diejenigen, die von der Sache betroffen sind. Als Angehörige oder als Mitarbeiter der Anzeigenabteilung, die womöglich den Fehler zu verantworten haben.
Wer jedoch die Hintergründe nicht kennt, sieht solche Ausrutscher in einem sehr viel milderen Licht. Ja, womöglich bereitet ihm die Anzeige Vergnügen. Das hat nichts mit Schadenfreude zu tun, sondern mit elementaren Gesetzen der Komik, worauf schon Charlie Chaplin hingewiesen hat: Wo es für den einen peinlich wird, muss der andere lachen. Voraussetzung ist aber, dass derjenige, dem etwas Peinliches widerfährt, nicht ernsthaft zu Schaden kommt. Sonst finden wir das nicht mehr lustig, sondern haben Mitleid. Solche Anzeigen finden sich auf den folgenden Seiten selbstverständlich nicht.
Doch wie leicht Mitleid für monströse Schadenfreude gehalten werden kann, zeigt unsere erste Anzeige. Da wollten die Angehörigen von Charlotte Margareta Helene S. aus dem mittelfränkischen Adelsdorf ihrer Trauer Ausdruck verleihen und vielleicht noch anmerken, dass das Leiden der warmherzigen Frau jetzt ein Ende hat. Herausgekommen ist jedoch Folgendes:

Der Herr über Leben und Tod hat unsere immer geliebte Mutter, Schwiegermutter, warmherzige Großmutter und Urgroßmutter

Charlotte Margareta Helene S

* 10. 8. 1920 geb. V † 19. 4. 2006

zu sich genommen.

Voll Trauer, dass ihr weiteres Leiden erspart bleibt:
Giesela und Dr. Robert P mit Antje, Jan, Lukas, Linus, Antonia, Ulrike, Florian, Friedrich und Kerstin
Johannes und Angelika S
mit Christina und Sophie
Dorothee M
mit Julia und Florian
und alle Anverwandten

Beerdigung am Samstag, dem 22. April 2006, um 11.00 Uhr in Adelsdorf.

Auch Georg F. aus Wiesbaden machte bei seinem Ableben offenbar einen großen Bogen um einen leidvollen Tod und entschlief lieber sanft – sehr zur Überraschung seiner Angehörigen.

Mein lieber Vater, Schwiegervater und herzensguter Opa

Georg F

*** 9. 7. 1911 † 1. 9. 1998**

ist überraschend sanft entschlafen.
Wir haben ihn sehr lieb und vermissen ihn.

In tiefer Trauer:

Elfi und Helmut W
Marc
und Angehörige

65193 Wiesbaden,
Die Trauerfeier mit anschließender Urnenbeisetzung findet am Freitag, dem 18. September 1998, um 10.00 Uhr auf dem Nordfriedhof in Wiesbaden statt.

Auf einen lärmenden Abgang ihres Anverwandten Kurt hatte sich Familie Willi B. eingestellt. Doch dann kam alles ganz anders.

STATT KARTEN **Ludwigsburg**, im August 2007

Unerwartet still und leise gingst du fort.

Kurt B

Herzlichen Dank den Verwandten, Freunden und Bekannten, die ihn auf seinem letzten Weg begleitet haben.
Besonderen Dank Herrn Pfarrer Bott für seine einfühlsamen Worte.
Ein Dankeschön allen, die ihre Anteilnahme durch Wort, Schrift, Blumen- und Geldspenden bekundet haben.

Im Namen aller Angehörigen
Familie Willi B

Überrascht zeigen sich auch die Angehörigen von Ismail B. aus Hamburg. Mit seinem Tod hatten sie nicht gerechnet. Außerdem ging ihnen die Sache »viel zu schnell«. Man könnte meinen, sie hätten es vorgezogen, wenn sich die Angelegenheit lange hingezogen hätte.

Viel zu schnell und unerwartet verstarb mein lieber Ehemann, unser guter Vater und Großvater

Ismail B

* 11. März 1925 † 2. August 1994

In stiller Trauer
Lina B
Kinder und Enkel L
und Sohn Geza B

Ebenso scheint Marta H. aus Stuttgart den Zeitpunkt ihres Hinscheidens nicht nach den Wünschen ihrer Angehörigen gewählt zu haben. Die Silvesternacht mochte zwar noch hingehen, aber bis zum Bleigießen hätte sie ja wenigstens durchhalten können.

Unsere liebe Mutter und Oma

Marta H

ist nach kurzem, schwerem Leiden im Alter von 68 Jahren viel zu früh in der Sylvesternacht von uns gegangen.

Der Verlust eines guten Freundes muss erst einmal verkraftet werden. Doch können sich die Mühen der Trauerarbeit als noch größere Belastung erweisen, wie das gereimte Motto für Karlheinz F. verrät.

Dich zu verlieren war unsagbar schwer,
Dich zu vermissen noch sehr viel mehr.

Nach kurzer, schwerer Krankheit verstarb unser bester Freund

Karlheinz F

(gen. Bazi)

geb. 08.05.42 gest. 26.01.97

In tiefer Betroffenheit

Die meisten geflügelten Worte stammen doch von Goethe – erst recht wenn sich damit eine Traueranzeige schmücken lässt. So dachte vermutlich Walter B., der dem Dichterfürsten das wohl bekannteste Lutherwort andichtet und sich so in seiner letzten Botschaft zwar als Goetheliebhaber, keineswegs jedoch als Goethekenner erweist.

„Wenn ich wüßte, daß morgen die Welt unterging,
würde ich heute noch ein Bäumchen pflanzen."

J. W. v. Goethe

Mein schönes erfülltes Leben ging zu Ende!

Ich danke allen ganz herzlich, die mich all die Jahre begleitet haben und verabschiede mich für immer von meiner lieben Rosemarie und Familie, den Sport- und Wanderfreunden, den ehemaligen Arbeitskolleginnen und -kollegen und meinen zahlreichen guten Bekannten.

Über allen Gipfeln ist Ruh'.

Euer Walter B

Manchmal ist es nur ein unscheinbarer Buchstabendreher, der aus einem IE ein EI macht und im Handumdrehen aus einer bewegenden Traueranzeige alle Feierlichkeit austreibt.

Das einzig Wichtige im Leben sind die Spuren von Liebe,
die wir hinterlassen, wenn wir ungefragt weggehen
und Abschied nehmen müssen.

Traurig nehmen wir Abschied von meiner geleibten Frau,
unserer guten Mutter, Schwiegermutter und Schwester

Magret G

Auch Anführungszeichen, die aus undurchschaubaren Gründen gesetzt werden, können in einer Traueranonce großen Schaden anrichten. Denn sie können dem Text ungewollt einen ironisch-höhnischen Unterton mitgeben.

Die hilfreiche und aufrichtige Anteilnahme
zum Tode „unserer“ geliebten

Lucia

hat mir sehr viel Kraft gegeben.

Dagegen ist nicht weiter fraglich, was die Förderation Europäischer Narren mit ihrem Regionalvizepräsidenten Dieter M. vorhat, wenn sie ankündigt, ihn »unvergessen« zu ehren. Zumal M. als »selbstlose Stütze« und »wissendes« Präsidiumsmitglied nicht so leicht aus dem Gedächtnis der europäischen Narrenzunft zu tilgen sein dürfte.

Die Föderation Europäischer Narren D e. V.
trauert um ihren Regionalvizepräsidenten

Herrn Dieter M

19. 8. 1954 - 21. 10. 2007

Dieter M war uns jahrelang selbstlose Stütze und wissendes Präsidiumsmitglied, dessen Rat und Stärke wir sehr vermissen.
Die FEN wird Dieter M unvergessen ehren.

Föderation Europäischer Narren D e. V.
Regionalverband Mittel-, Oberfranken,
Altmühltal und Thüringen für das Regionalpräsidium

MONIKA F
Präsidentin

Dass die ehrenden Worte nicht ganz ins Schwarze treffen wollen, unterläuft jedoch nicht nur den Narren. In einer Sammlung von Todesanzeigen entdeckten wir den unten stehenden Satz, der auf Angehörige jeder Berufsgruppe anwendbar ist. Er gefiel uns so gut, dass wir ihn hier aufnehmen, auch wenn der Rest der Annonce weggeschnitten ist. Damit bleibt für immer verborgen, wem wir da nacheifern sollen. Und das hat ja vielleicht auch sein Gutes.

Seinen Grundsätzen treu bis zuletzt, sein Einsatz für Bleibendes waren seine Lebensaufgabe, sind Vorbild für uns alle.

Allzu bekannte Floskeln durch neue Formulierungen zu ersetzen, ist manchmal nicht ganz ungefährlich. Das haben wir schon bei unserem ersten Beispiel im Vorwort gesehen, als das Wörtchen »unverhofft« zum Einsatz kam. In der folgenden Anzeige möchte Frank F. zum Ausdruck bringen, wie sehr ihn die aufrichtige Anteilnahme am Tod seiner Frau gestärkt hat. Unglücklicherweise macht er aus dieser Formel zwei Sätze. Und indem er im zweiten herausstreicht, er habe die »Ehrlichkeit« der Bekundungen mit Dank entgegengenommen, erweckt er den Eindruck, als habe er sich nicht gerade schmeichelhafte Dinge anhören müssen.

Karina F

geb. H

* 13. 4. 1966 † 13. 11. 1996

In den letzten Tagen hat mich die Anteilnahme aller sehr unterstützt und gestärkt.

Ich habe die Ehrlichkeit der Bekundungen mit Dank entgegen genommen.

Frank F

Auch der Satzbau hat so seine Tücken. Zumal wenn es um längere Sentenzen geht und die Bezüge stimmen müssen. Bei Diplom-Kaufmann Heinz W. aus dem schwäbischen Heidenheim sind sie etwas durcheinandergeraten. Zwar mag die Firma tief bewegt das Ableben von Heinz W. bekanntgeben, aber unfassbar ist die Bekanntgabe hoffentlich nicht.

Tiefbewegt und für uns unfaßbar geben wir bekannt, daß unser Geschäftsführer und Mitinhaber

Herr Dipl.-Kfm.

Heinz W

nach kurzer, schwerer Erkrankung unerwartet am 26. April 1978 verstorben ist.

Auch im privaten Rahmen herrscht häufig frei flottierende Fassungslosigkeit. Dabei sind im Fall von Rechtsanwalt Otto J. sogar diejenigen betroffen, die ihn kannten und liebten. Sie scheinen kein Verständnis dafür aufzubringen, dass die Familie Abschied vom Verstorbenen nimmt.

Otto J

Rechtsanwalt

* 21. 11. 1906

Unfaßbar für alle, die ihn kannten und liebten, nehmen wir Abschied von meinem guten Bruder, unserem lieben Schwager und Onkel, der am 18. Februar 1972 an den Folgen eines Herzinfarktes verstorben ist.

Nur wenige Wochen überlebte er den Tod seiner lieben Frau. Sein Leben war bestimmt durch Fleiß und Arbeit, Güte und Hilfsbereitschaft.

Am häufigsten fällt jedoch kein Geringerer den falschen Bezügen zum Opfer als Gott. Was ihm bei dieser Gelegenheit nicht alles angedichtet wird: Langjährige Ehen, Kinder, ausgedehnte Fernreisen. Fast immer bezahlt er diese Eskapaden mit dem Leben. Oder er wird krank und holt sich dann eine erfahrene Krankenschwester ins Himmelreich. Zur Verblüffung der Hinterbliebenen.

Nach langer **Krankheit, jedoch** unerwartet, hat Gott unsere liebe **Schwester und Tante**

Elisabeth K

Krankenschwester i. R.

im Alter von 72 **Jahren in die Ewigkeit** abberufen.

Im Namen aller Hinterbliebenen:
Ottilie S geb. K
Maria R geb. K

Da ist es immerhin tröstlich, dass ihm in der Anzeige von Frieda E. ein langes, erfülltes Leben bescheinigt wird.

Nach einem langen, erfüllten Leben hat Gott

Frieda E

* 16. 12. 1920 † 19. 6. 2007

zu sich heimgeholt. Sie schlief friedlich ein.

Nürnberg,

In Dankbarkeit:
Inge und Klaus A

Für Katholiken ist die folgende Anzeige nicht völlig unverständlich. Kann man darin doch eine Anspielung auf die heilige Kommunion erblicken, die ja durchaus einen festen Platz unter den Sterbesakramenten hat. Doch sollte das bei den Familienmitgliedern weniger Bestürzung hervorrufen.

Edith S

Meine liebe Frau hat Gott zu sich genommen.

Fassungslos und in tiefer Trauer
im Namen ihrer Familie und ihrer vielen Freunde:

Oscar S
und
Dr. Jürgen S

Die Redensart »in Gottes Namen« wird gewöhnlich bei Zugeständnissen gebraucht. Man könnte stattdessen auch sagen: »Also, von mir aus ...« Ganz recht ist einem die Sache nicht, aber man kann sich damit arrangieren. Und das ist ganz sicher nicht das, was die Angehörigen nach dem »schicksalreichen« Leben von Katharina G. zum Ausdruck bringen möchten.

In Gottes Namen entschlief nach einem schicksalreichen Leben
Frau

Katharina G
geb. K

*** 26. 12. 1888 † 26. 12. 1968**

Beim Nachdenken über Christa K. ist man gleich aus zwei Gründen irritiert: einmal wegen ihrer beunruhigenden Doppelrolle als »Frau und Tochter«, dann aber auch wegen der dunklen Redewendung, sie sei »in ihrer Kreatürlichkeit zutiefst getroffen«.

Meine über alles geliebte Frau und Tochter

Christa K

geb. D

starb heute, 2 Tage nach ihrem 26. Geburtstag, in ihrer Kreatürlichkeit zutiefst getroffen bei ihrer übergroßen Liebe zu allen unschuldigen Geschöpfen so tapfer bis zuletzt.

Auch die tiefe Trauer um sie kann dies nicht umfassen.

Wilhelm K
mit Judith und Miriam

Mein bester Freund ist Tod.

Wir sind sehr traurig.

"Rudi" T

† 06. 06. 2006

Am Ende schlägt jedem von uns die Stunde. So viel ist gewiss. Grund genug also, sich mit dem Tod zu versöhnen. Man muss vielleicht nicht ganz so weit gehen wie »Rudi« T. mit seiner Familie.

07

»Der Tod ist barmherziger als deine Unbarmherzigkeit«

Hassanzeigen

In den Todesanzeigen herrscht ein gedämpfter Ton. Gefühlsausbrüche im Trauerrand kommen zwar gelegentlich vor, doch sollen sie in aller Regel von überschäumender Liebe oder hemmungsloser Verehrung künden. Zorn, Hass und Häme finden sich außerordentlich selten. Daher werden entsprechende Anzeigen von Sammlern wie Preziosen behandelt. Von diesen sorgsam gehüteten Kostbarkeiten sollen in diesem Kapitel die schönsten Stücke vorgeführt werden. Den Anfang macht ein Klassiker, eine viel beachtete Schwiegervateranzeige, die der Kölner Juwelier Heinz H. aufgab, um sich auf seine Weise Luft zu machen.

Mein Schwiegervater

Josef (Sepp) K

Dr. phil. — ordentlicher Professor der klassischen Philologie
Magnifizenz der Universität Köln 1930/31 und 1945—1950

Die Personifizierung geistigen Hochmutes
und menschlichen Versagens

starb am 8. März 1980 im 91. Lebensjahr

Die Beerdigung findet heute, am 12. 3. 1980, um 12 Uhr auf dem Südfriedhof
in der Gruft Prof. Dr. Rudolf S „in der Stille" statt

Heinz H

Nicht weniger groß ist die Abneigung, die aus der folgenden Anzeige spricht. Ein gewisser Heini, der sich nicht näher zu erkennen gibt, findet für eine ebenso unbestimmte Rita zum Abschied eine ebenso böse wie griffige Formel.

Rita

Der Tod ist barmherziger als Deine Unbarmherzigkeit.

Als letzten Gruß
Heini

i n m e m o r i a m
de mortius nil nisi bene

Margot M
geb. S
1933 — 1999

Mit„66" fängt das Leben doch erst an, manchmal kommt es anders. nehmen wir es an. Als Modell auf des Laufes Steg, machte sie schon früh sich auf den Weg. Beim Blumencorso hoch auf dem Wagen wurde sie vom Blumenduft getragen. Familiär ging manches in die Hose, nahm's leicht die ganze Chose. Sie läßt die Ehe einfach scheitern - um den Horizont noch zu erweitern? Fazit von der Geschicht', so was tut man nicht. Was war das für ein Leben bloß, nun ruhe sanft in Gottes Schoß. - Au revoir.

Vom Leben gezeichnet
Hado M
Wirtschaftsberater VWB

Den Toten nur Gutes nachzusagen, ist seit den Tagen der Antike ein oft beschworenes Prinzip. »De mortuis ni(hi)l nisi bene« heißt der Sinnspruch im klassischen Latein. Doch wer ihn zitiert, tut dies meist nur, um desto ungehemmter über die Verstorbenen herzuziehen. So hält es auch Wirtschaftsberater Hado M. aus Hannover, der seiner Schwägerin Margot noch einige gereimte Nettigkeiten mit auf den Weg gibt.

In bestimmten Fällen erschließt es sich erst aus dem Zusammenhang, dass es sich bei der betreffenden Annonce um eine Hassanzeige handelt.

Karl G

*** 3.12. 1934 gest. 17.08.2004**

ist tot.

Inka-Maren G

Es wird eine anonyme Beisetzung ohne Trauerfeier stattfinden.

Jetzt wird gefeiert!

I.-M. G

August 2004

Wer keine Gelegenheit fand, in der Todesanzeige über den Verstorbenen herzuziehen, dem steht noch die Möglichkeit offen, dies in einem Nachruf nachzuholen.

Nachruf

Johanne S

geb. N , verw. J
* 16.12.1903 † im Juni 1996

Erst sehr spät haben wir von dem Tod unserer Mutter, Schwiegermutter und Großmutter erfahren.
Jetzt ist sie besser aufgehoben und der Hölle auf Erden entwischt. Möge Gott ihr ihre Sünden vergeben, die sie in Gemeinschaft mit ihrer Tochter Elke S auf Erden begangen hat.

10-jähriges Jubiläum
einer gut versorgten Witwe.

In Gedenken an meinem vor 10 Jahren verstorbenen Vater

Dr. Wilhelm B

* 26. Juli 1911 † 29. Juni 1990

der 40 Jahre die Familie allein auf den Schultern trug und alleine sterben mußte.

Die zornige Tochter Sabine B

21029 Hamburg

Dabei richtet sich die Abneigung keineswegs immer gegen die Verstorbenen. In manchen Hassanzeigen sind es vielmehr die Hinterbliebenen, die hier ihr Fett wegbekommen.

Auf unharmonische Familienverhältnisse deutet auch die Anzeige hin, die Wilfried G. für gleich drei seiner Angehörigen aufgegeben hat.

Nachruf

Merke:
Die Dummheit will sich offenbaren!
Will ans Licht;
erobern,
den Sieg!

Am 13. Januar 1993 verlor mein Bruder

Karl-Heinz G

das Geistige.

Im Februar 1993 verstarb unser Vater

Karl G

Im September 1993 verstarb unsere Mutter

Bernhardine G

Am 1. Dezember 1994 wurde auch der Körper meines Bruders vom Leiden erlöst.

Es war mir versagt, von meinem Bruder Abschied zu nehmen. Ich möchte es hiermit tun. Ich verlor einen der liebsten Menschen meines Lebens.

Wilfried G
und Familie

In memoriam!

Erst das hier erhaltene Dasein war und ist sehr primitiv, daher ruhig Dein Hinüberschweben in ein schöneres Heimatland!

Zum 12. Todestag meines treuen, bewährten, unvergessenen, unersetzlichen, einmaligen Ehefrauchens

Johanna T

geb. Ewig

*** 25. 3. 1920 † 6. 2. 1967**

In tiefer Trauer
Walter T
Behördl. ministerieller A k a d e m. Reg.-Rat a. D.
— n i c h t i. R. —

1000 Berlin 65, den 6. 2. 1979

Zu den bemerkenswertesten Hassanzeigen gehören diejenigen, in denen sich die Abneigung gegen nichts Geringeres kehrt als das irdische Dasein. Dass dies durchaus als knorrige Liebeserklärung geschehen kann, zeigt die Anzeige, die der behördlich ministerielle Akademische Regierungsrat (a. D., aber nicht im Ruhestand!) Walter T. aufgegeben hat. Zwölf Jahre nach dem Ableben seines »treuen und bewährten Ehefrauchens«.

Hat der Verstorbene selbst den Anzeigentext formuliert, kann er ebenfalls zu einer umfassenden Anklage ausholen.

Christian

* 1949 † 2004

ist tot!

Ich musste sterben, weil ich nicht zur Krebsvorsorge gegangen bin. Wenn man schon sterben muss, so kann ich der Sache auch etwas Positives abgewinnen. Nämlich eine Epoche der Menschheit verlassen zu müssen, welche fast nur noch aus Dummheit, Gier und Dekadenz besteht.

Die Seebestattung findet im engsten Familienkreis in Schweden statt.

(Den Text hat der Verstorbene schon bei Lebzeiten aufgesetzt)

Da wir uns nun schon auf medizinischem Terrain befinden, so müssen wir auf jene Anzeigen zu sprechen kommen, die den Ärzten gelten. Regelrechte Hassanzeigen verstoßen gegen die guten Sitten und dürfen nicht erscheinen. Die folgende Annonce hält die Aussage jedoch fein in der Schwebe.

Zum Tode von

Dr. med. Volker P

fällt mir nur ein Wort ein:

Danke

Ein Patient

Und doch finden sich hin und wieder Anzeigen, aus denen sich eine gewisse Kritik an der ärztlichen Behandlung herauslesen lässt. Vermutlich muss man dabei eine so ausgesuchte Höflichkeit an den Tag legen wie die Hinterbliebenen von Josef H., damit die verbale Ohrfeige richtig sitzt.

Es kommt nicht nur darauf an,
was wir äußerlich in der Welt leisten,
sondern was wir menschlich geben,
in allen Lagen.

(Albert Schweitzer, Predigt 3. 5. 1919)

Versehen mit den heiligen Sterbesakramenten entschlief nach unvorstellbarem Leid mein lieber Mann, mein herzensguter Vater, unser Bruder, Schwager und Onkel

Josef H

* 13. 3. 1939 † 25. 6. 2005
ehem. Personalleiter des Diözesancaritasverbandes
für das Erzbistum Köln

In stiller Trauer:
Heidi H
Ruth H
und alle Anverwandten

53340 Meckenheim,

Der Verstorbene ist das dritte Mitglied unserer Familie, das an einer falsch bzw. zu spät behandelten Krankenhausinfektion verstarb. Wir danken den Ärzten und dem Pflegepersonal der Chirurgischen Abteilung und der Intensivstation der Uniklinik Bonn, die ihr Möglichstes getan haben, sein Leben zu retten.
Ihre Hilfe kam jedoch zu spät.

Der Trauergottesdienst mit Verabschiedung wird gehalten am Freitag, dem 1. Juli 2005, um 11.00 Uhr in der Pfarrkirche St. Martin in Rheinbach.

Die Urnenbeisetzung findet später im engsten Familienkreis statt.

Wir danken dem Verwaltungsdirektor des Kreiskrankenhauses Mechernich für die großzügige Kostenübernahme der Verlegung des inzwischen Verstorbenen

Josef H

in die Bonner Uniklinik. Die daran geknüpfte Bedingung „nie wiederzukommen" erfüllen wir gern.

Adelheid, Ruth H
und Sophia L

Dass die Zeitungen weitaus häufiger mit diesem sensiblen Thema zu tun haben, als man meint, deutet die folgende Notiz an, die ein Verlag in die Rubrik der Traueranzeigen einrückte.

Wir bitten unsere verehrten Inserenten von Todesanzeigen/Danksagungen um Verständnis, daß wir die Namen der behandelnden Ärzte nicht abdrucken können.

Ihr Verlag

Höfliche Zurückhaltung kennzeichnet auch unsere letzte Anzeige. Eleganter als die Angehörigen von Elly L. aus Berlin kann man die schwerfällige Sozialbürokratie kaum zum Gespött machen.

Danksagung

Allen, die zum 1. Todestag am 15. November 1977 unserer lieben Mutter und Oma

Elly L

geb. G

gedachten, sagen wir hiermit unseren Dank; insbesondere den zuständigen Dienststellen des Landes Berlin, die den Antrag unserer lieben Mutter auf Ausstellung eines Schwerbeschädigtenausweises vom 26. März 1974 entgegennahmen, am 12. Februar 1975 positiven Bescheid erließen und am 2. November 1977 zustellten.

Dieter L **und Familie**

1000 Berlin 31

08

»Einem Soldatenleben ward ›Halt‹ geboten«

Militärisches

Eine Sammlung von Todesanzeigen wäre um manches ärmer, würde sie auf eine militärische Abteilung verzichten. Denn wer den Waffenrock getragen hat, der wird gelegentlich auf eine sehr eigentümliche Art verabschiedet. Vor allem Leser mit zivilem Hintergrund dürfte der unzeitgemäß schnarrende Ton mancher Anzeigen erheitern – wobei einem auch schon mal ein kalter Schauder über den Rücken laufen kann. Zumindest wenn ein hohes Tier zu Grabe getragen wird wie der hochdekorierte Fliegergeneral Erhard M. Im Dritten Reich wurde er Generalfeldmarschall, in den Nürnberger Prozessen als Kriegsverbrecher zu lebenslanger Haft verurteilt und Anfang der Fünfziger Jahre begnadigt. Später arbeitete er als Berater in der Industrie. Und was steht in seiner Todesanzeige aus dem Jahr 1972?

Erhard M

Generalfeldmarschall

geboren am 30. 3. 1892 gestorben am 25. 1. 1972

meldet sich ab.

Die Beisetzung hat auf Wunsch des Verstorbenen am 28. 1. 1972 in aller Stille in Lüneburg stattgefunden.

Weniger prominent, dafür mit einem stolzen Kampfnamen ausgestattet, ist der Rittmeister a. D. Bruno R. Durch ihn ist auch zu erfahren, mit welchem Ziel sich ein alter Krieger »abmeldet«.

Der „Löwe von Kurland“
hat sich zur großen Armee abgemeldet.

BRUNO R
Rittmeister a. D.

Träger des Eichenlaubs zum Ritterkreuz
des Eisernen Kreuzes

* 23. November 1914 in Bechtcice/Westpreußen
† 6. Juni 1993 in Berlin

Ein gutes Herz hat aufgehört zu schlagen.

Die Abmeldung zur großen Armee kann stellvertretend auch von den engeren Familienangehörigen besorgt werden. Und wenn der Betreffende entsprechend dekoriert wurde, darf anstelle des christlichen auch einmal das »Eiserne Kreuz« in die Anzeige eingerückt werden.

Wenn alle Brüder schweigen

Ich melde meinen Herrn Vater

Karl Friedrich Wilhelm vom S
OFw der Wehrmacht (WL)

zur Großen Armee ab.

Auch in Österreich meldet sich der wackere Soldat vor dem Eintritt in die große Armee pflichtschuldigst bei den Lebenden ab. Darüber hinaus weiß Oberleutnant Dr. Werner W. nicht nur durch Mitgliedschaft in diversen Studentenverbindungen zu beeindrucken, mehr noch imponiert die Tatsache, dass so jemand keinen Kulturpreis des Landes Kärnten bekommen hat.

ES MUSS SEIN!

DR. PHIL. WERNER W

ᛉ 1919 ᛦ 1991

Ein Oberleutnant der 1. Gebirgsdivision meldet sich ab. Horridoo!

AH. der akad. B! SUEVIA zu INNSBRUCK
AH. der w. p. B! FREYA zu KLAGENFURT
AH. der p. c. B! NORMANNIA zu KLAGENFURT
AH. und Gründungsmitglied der TV! HOLLENBURG zu FERLACH
Weiland Hauptschriftleiter der „AULA“, Freiheitliche Monatszeitschrift zu GRAZ
Weiland „DICHTERFÜRST“ der Stadtrichter zu CLAGENFURTH
Treu der Heimat im Heimatdienst

KEIN KULTURPREIS DES LANDES KÄRNTEN

Die Verabschiedung unseres lieben Verstorbenen findet
am Mittwoch, dem 20. November 1991, um 14.00 Uhr, am Friedhof in St. Veit statt.

IN GEMEINSAMER TRAUER:

Roswitha – Gattin
Ekkehard – Sohn, mit Heidi, Gerlig und Roland
Liselotte – Tochter, mit Werner und Nora
Ines – Schwester

IM NAMEN ALLER VERWANDTEN

Nach all den »Abmeldungen« ist man dankbar, auch einmal auf eine andere, nicht minder passende Formulierung zu stoßen.

Einem Soldatenleben ward „Halt" geboten. Es starb am 25. Januar 1971 im 86. Lebensjahr.

Hermann H

Generaloberst a. D.

Träger des Ritterkreuzes des Hausordens von Hohenzollern mit Schwertern und des Ritterkreuzes zum Eisernen Kreuz mit Eichenlaub und Schwertern sowie anderer hoher Auszeichnungen.

Der aufmerksame Leser hat es längst bemerkt: Wenn man nicht gerade als Generalfeldmarschall in den einschlägigen Kreisen als »in a class of his own« gelten kann, dann dürfen in der Traueranzeige die Orden nicht fehlen. Dabei ragt die Annonce von Industriekaufmann Alfred D. zweifelsohne heraus. Nicht nur als »Träger der Goldenen Frontflugspange«, sondern vor allem weil er uns wissen lässt, dass es mit seiner Tapferkeit zum Ritterkreuz leider nicht gereicht hat. Wir empfehlen, diesem Beispiel auch im zivilen Bereich zu folgen und nicht nur anzugeben, was man gewesen ist und was man geleistet hat, sondern was einem knapp durch die Lappen gegangen ist: die Stelle als Abteilungsleiter, der Literaturpreis der Stadt Remagen, die Verlobung mit Carla Bruni.

Die Finsternis vergeht,
und schon leuchtet das wahre Licht.

In stiller Trauer nehmen wir Abschied von

Alfred D

* 18. 6. 1922 Industriekaufmann † 12. 2. 1989

Inhaber des Eisernen Kreuzes I. und II. Klasse
Träger der Goldenen Frontflugspange
Inhaber des Ehrenpokals der Kampfflieger, verliehen für hervorragende Tapferkeit im Luftkrieg
Nennung im Ehrenblatt der Luftwaffe, für einmalige, außergewöhnliche Tapferkeitstat, die aber für die Beleihung mit dem Ritterkreuz nicht ausreicht

Ferdinand Otto M., Militärschriftsteller und Oberstleutnant der französischen Ehrenlegion, verabschiedet sich hingegen auf seine Weise: Ohne Blumen. Ohne Tränen. Härter geht es nicht.

Oberstleutnant

Ferdinand Otto M

Officier de la Légion d'Honneur

und Mitarbeiter im persönlichen Stab von General de Gaulle

gibt sich die Ehre, seinen Abruf in die Ewigkeit am

23. 12. 1992

mitzuteilen.

Ohne Blumen. Ohne Tränen.

Le Chesnay Trianon, den 11. 1. 1993

In unserem kleinen Soldatenkapitel dürfen schließlich nicht die »Erinnerungsanzeigen« fehlen wie die für Hauptmann Johannes W., aus der eine gewisse Verbitterung spricht.

Hauptmann

Johannes W

* 15. 11. 1921 † 19. 3. 1945

Am Ilmensee und in Afrika vielfach verwundet, gefallen im Glauben an sein preußisch-deutsches Heimatland.

Die Familie
Travenhof

Erbärmlich jene, die jetzt zu richten sich erdreisten!

Dass der Soldatenstand auch im zivilen Leben durchaus noch Wertschätzung genießt, belegt unsere letzte Anzeige. Als Prokurist einer Strickwarenfabrik ist Rudolf T. kaum in die Kämpfe um preußisch-deutsche Heimatländer verwickelt, um nicht zu sagen: verstrickt gewesen. Und dennoch kann er mit einem Spitznamen aufwarten, der ihm mindestens so viel Anerkennung verschafft wie kein Kulturpreis des Landes Kärnten.

In tiefer Trauer geben wir bekannt, dass uns unser Onkel

Herr Rudolf T ,

von Freunden liebevoll Major genannt,

am 4. Juli 2006 im 87. Lebensjahr für immer verlassen hat.

Herr Rudolf T war jahrzehntelang Prokurist der Firma Fanni Lemmermayer Strickwarenfabrik und hat mit seinem Engagement wesentlich zum Erfolg der Firma beigetragen.

Wir erinnern uns dankbar an einen aufrechten, von uns hoch geschätzten Menschen.

Komm.-Rat Klaus T
und Familie

»Die Mutter war's«

Familienverhältnisse

»Die eigene Familie ist wie die Sonne«, lautet ein mexikanisches Sprichwort, »je weiter weg sie ist, desto besser.« Dabei gibt es gerade in der Familie auch beglückende Momente der Nähe, Geborgenheit, Sicherheit, nicht zuletzt auch finanziell. Zwischen diesen beiden Polen bewegen wir uns in diesem Kapitel, das den Familienverhältnissen gewidmet ist. An erster Stelle ist hier die Mutter zu würdigen – mit einem innigen Gedicht, das Sohn Adalbert für die gütige und praktisch denkende Frau »unterm Rasen« verfasst hat.

Ein treusorgendes Mutterherz hat aufgehört zu schlagen!

Elisabeth

MUTTER

O selig-süße Kinderzeit,
so schnell bist du in nichts zerronnen,
wie liegst du weit, du goldene Zeit,
und niemals wirst du wiederkommen.

Wie lag mir jeder Kummer fern,
die Mutter ließ ich für mich sorgen;
ich war ihr Stolz, ihr Augenstern,
und sie bewachte meinen Lebensmorgen.

Am Abend faltete sie meine Hände,
ich sprach ihr nach ein kindliches Gebet.
Voll Güte, gleich, als ob sie immer bei mir stände,
hat sie die Liebe in mein Herz gelegt.

Mit jedem Schmerz durft' ich zur Mutter kommen,
für alles wußte sie dann Trost und Rat;
und war ich krank, hat sie mich auf den Schoß genommen,
und sie verzieh, was ich auch immer kindlich tat.

Nun bin ich groß, und sie liegt unterm Rasen,
sie, deren Herz voll Liebe für mich schlug;
und ich hatt' ihr doch noch so viel zu sagen,
als unter Blumen man sie auf den Friedhof trug.

Die Zeit heilt Schmerzen wohl und Wunden,
doch eine Mutter bringt sie nicht zurück;
hätt' ich zur rechten Zeit die Worte doch gefunden,
nun ist's zu spät – verloren ist das allergrößte Glück.

Ihr dankbarer Sohn Adalbert

Einen fernen Anklang an das eingangs zitierte mexikanische Sprichwort bietet die folgende Anzeige, in der sich Hans-Joachim Wilhelm M. von der treuen Mutterliebe das Herz besonnen lässt.

In lieber Erinnerung an meine Mutter

Keine Liebe hat, seit die Kindheit vergangen,
wie Mutterliebe mein Herz besonnt.
Verlangen nach dieser Wärme, nach Zärtlichkeit,
die treu ist, selbstlos, geduldig in Ewigkeit erfüllt mich.
Nur eine Mutter stillt alles Weh, so sehn' ich mich nach dir,
gütige Fee. Komm in die Stille, wo Sorgen mich trafen,
sing mich in Schlaf, Mutter, dann kann ich schlafen.

Erika V

geb. B
**30. Juni 1929 † 7. Juni 2003*

Ohne Dich ist die Welt schön, mit Dir wäre sie wunderschön.
Hans-Joachim Wilhelm M

Inhaltlich kaum anders, wenngleich in wesentlich gedrängterer Form kommt die folgende Anzeige zur Sache.

Die Mutter war's

Elisabeth F
geb. G
* 18. 2. 1902 † 23. 6. 1993

Was soll's der vielen Worte.

Kinder, Enkel und Urenkel

Doch es geht noch knapper.

DANKE MAM

DEIN FRANZI

An grafischen Elementen werden in den Mutteranzeigen eindeutig die Herzen bevorzugt. Anerkennenswert also, dass sich die Anzeige für Marlies B. um eine Alternative bemüht. Doch macht das segelbewehrte »Mutterschiff« nicht gerade einen windfesten Eindruck und dürfte bereits durch Beiladung eines einzigen Beiboots zum Kentern zu bringen sein.

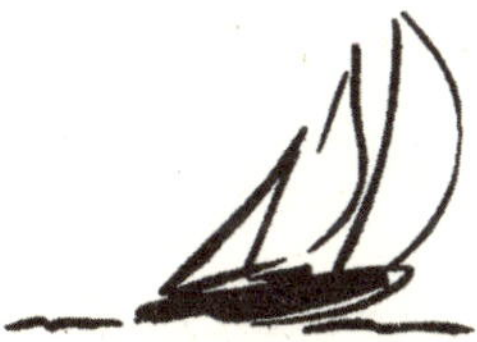

Wir wollen nicht trauern,
daß wir Dich verloren haben,
sondern danken, daß Du
für uns da warst.

Tief erschüttert, aber in voller Dankbarkeit nehmen wir
Abschied von unserem „Mutterschiff"

Marlies B

Vergangenheit ist Geschichte, Zukunft ist Geheimnis, und jeder Augenblick ist ein Geschenk.
Nachruf auf unsere, leider viel zu früh von uns gegangene Mutter

Lucie P

geb. F

Heute feiern wir ihren 95. Geburtstag: In Liebe und Dankbarkeit gedenken wir einer großen Frau, die als Kind den 1. Weltkrieg und seine Folgen wie Inflation und Weltwirtschaftskrise erlitt und zwischen 1932 und 1939 drei Söhnen das Leben schenkte:

Horst-Joachim, Gerd-Reinhold und Jürgen-Wolfgang

die fortan ihr Leben bestimmten und denen sie Mutter, Vater, Ernährerin und Seelsorgerin war. Während der schweren Zeiten des 2. Weltkrieges, der Nachkriegsjahre und des Wiederaufbaus geleitete sie ihre drei Söhne *allein* ohne staatliche und Hilfe aus öffentlichen Kassen durch das Leben und ermöglichte ihnen eine fundierte Ausbildung zu Fachleuten und Persönlichkeiten. Als Vorbild beeinflußte sie ihre Entwicklung positiv, indem sie Hilfe zur Selbsthilfe leistete bei der Bewältigung von Krankheiten und sonstigen Schwierigkeiten. Das war ihr Leitspruch und ihr Vermächtnis: „Tue recht, und scheue niemanden" oder „Üb immer Treu' und Redlichkeit ...". Diese Tugenden, die heute leider nicht mehr zählen, haben uns geprägt.

Wir waren Dein, und Du warst unser Leben

Berlin, Frankfurt und Butzbach, den 22. April 2005

Deine Söhne

Aber auch dies ins „Stammbuch" derer, die heute so tun, als trügen sie Verantwortung:

Ihr säet viel und bringet wenig ein;
ihr esset und werdet doch nicht satt;
ihr trinket und werdet doch nicht trunken;
ihr kleidet euch und könnt euch doch nicht erwärmen;
und wer Geld verdient, der legt's in einen löchrigen Beutel.
Haggia 1.6
Vicki Baum: Vorwort zu „Kristalle im Lehm"

Eine ausführliche Würdigung der Mutter, wenn auch in Prosa, findet sich in der Anzeige für Lucie P. Nicht nur dass sie ihren Söhnen »Hilfe zur Selbsthilfe« leistete, sondern auch ihre persönlichen Leitsprüche verdienen heute noch gefällige Beachtung.

Eher auf die Rahmendaten konzentrieren sich hingegen die Kinder von Barbara B. Sie zeichnen nicht nur den Berufsweg ihres 35 Jahre zuvor verstorbenen Vaters noch einmal nach, sondern teilen dem interessierten Leser auch sämtliche Anschriften ihrer Mutter mit, von der Wiege in Niederschlesien bis zum Pflegeheim im niedersächsischen Peine.

Wenn Ihr mich sucht, sucht mich in Euren Herzen.
Habe ich dort eine Bleibe gefunden,
lebe ich in Euch weiter.

Dr.-Ing. Klaus B , Dortmund, gibt zugleich namens seiner Geschwister Bärbel D geb. B , Essen, und Dipl.-Ing. Helmut W. B , Klein Ilsede sowie aller Angehörigen Kenntnis vom Abschied unserer sehr lieben Mutter

Barbara B

geb. P

* 27. 9. 1913 † 23. 10. 2004

In Liebe und Dankbarkeit verneigen wir uns alle, verbunden mit vielfältigstem Dank auch, daß sie so lange und zudem 35 Jahre länger als unser ebenso liebevoller Vater, Dipl.-Ing. Rudolf B (18. 3. 1910 – 28. 12. 1969, jew. in Essen; Fried. Krupp, Essen, Panzerplattenwalzwerk II 1934 – 1945, Ruhrgas AG, Essen, seit 1946) sowie ähnlich lange wie unser lieber Nenn- bzw. Patenonkel und Freund unserer Eltern, Schul- und Studienfreund unseres Vaters (Helmholtz-Gymnasium, Essen, T. H. bzw. Universität Breslau), Dr. jur. Kurt S (2. 6. 1910 – 30. 6. 2003 jew. in Essen; in Rechtsfragen persönlicher Vertrauter der Familie Krupp und juristischer Berater des Krupp-Konzerns sowie u. a. der Alfried Krupp von Bohlen und Halbach-Stiftung) unter uns weilen durfte.

Barbara B geb. P , *27. 9. 1913 in Fraustadt/Niederschlesien, Mitbürgerin von Fraustadt (Steinweg 2–4) bis 1936 und infolge kriegsbedingter Evakuierung zu ihren Eltern Emil und Else P von Herbst 1942 bis 21. 1. 1945, von Essen (Kahrstraße 30, Goethestraße 56, Bredowstraße 1, Werrastraße 21) von 1936 bis 1973, von Suhl/Thür. (Gothaer Straße 24) 1945 und von Klein Ilsede (Heideweg 29, Königsberger Straße 17) seit 1973 (seit kurz nach ihrem 87. Geburtstag infolge gesundheitlichen Malheurs mit Verlust des Kurzzeitgedächtnisses u. a. im Wohnpark Fuhseblick, Pflegestation, in Peine bis 23. 10. 2004, 6 Uhr).

NATÜRLICH bist Du für mich DIE BESTE MUTTER DER WELT

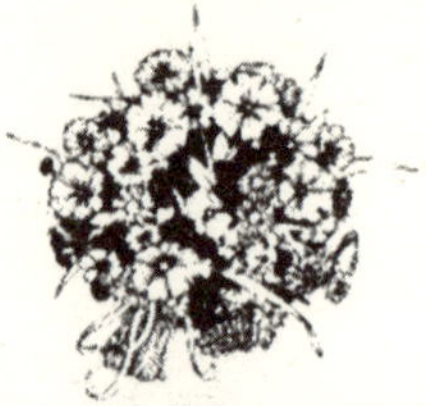

HANNI W

Heute wäre Dein 100. Geburtstag

Helga G

65527 Ndhsn.
Tel. 06127 -

Gefeiert wird am Muttertag · Wer will dabei sein?

Dass die Mutterliebe weit über Pflegeheim und Grab hinausreicht, verdeutlicht die folgende Anzeige. Zum 100. Geburtstag überreicht Helga G. ihrer verstorbenen Mutter Hanni W. per Anzeige einen Strauß frischer Schnittblumen und kündigt darüber hinaus eine Feier »am Muttertag« an. Man möchte lieber nicht so genau wissen, wer sich da als Gast einfindet.

Die Anzeige für Barbara F., in Personalunion Mutter, Schwiegermutter und Omi, überrascht den unvorbereiteten Leser hingegen durch ein ungewöhnliches Bildmotiv.

Unsere Mutter, Schwiegermutter und Omi ist für immer eingeschlafen.

Barbara F

geb. S
* 3.2.1920 † 4.5.2007

Wir hatten uns alle sehr lieb.

Andreas F
Dr. Ugur K und
Susanne K
mit Selma und Lale

Und da wir nun schon einmal bei den Tieren sind: Nicht nur als Mutter, sondern auch als »Katzenmutter« wird Else Margot B. in dieser etwas rätselhaften Anzeige gewürdigt, die am Rande auch dem Halbbruder Klaus Dieter P. gewidmet ist. Und der Katze Else.

Meine Mutter und Katzenmutter

Else Margot B

mein Bruder

Klaus Dieter P

Habe zwei Menschen verloren die mir nahe standen. Zuerst meine Mutter Else Margot B , danach meinen Halbbruder Klaus Dieter P

Mutter, Du schliefst in tiefer Ruhe ein. Mutter, Du hast uns alles gegeben und vieles beigebracht. Wir Söhne leben heute davon, bis auf Klaus, der heute zu Dir kam. Dafür danken wir Dir. Als Katzenmutter hast Du Dir einen Namen gemacht. „Else" kam und alles war wieder in Ordnung.

Gott sei ihr gnädig, gib ihr den Katzenhimmel und Klaus soll Dir zur Seite stehen.

Die überragende Bedeutung der Mutter zeigt sich vor allem dort, wo eigentlich um jemanden anderen getrauert wird. Beispielsweise um den Lebens- und Steuerberater Hermann M., dem aufgetragen wird, im Jenseits ganz herzlich »die Mutti« zu grüßen.

Ich habe den guten Kampf gekämpft, den Lauf vollendet, den Glauben bewahrt, . . .
(2. Tim. 4,7-8)

Hermann M

16. 12. 1900 – 26. 11. 1994

Steuerberater – Lebensberater
Komturritter des Heiligen Papstes Silvester

Grüß uns die Mutti!

Es gibt eigentlich nur eine Person, die es im Familienkreise mit »der Mutter« aufnehmen kann. Und das ist – wie die folgende Anzeige eindrucksvoll belegt – die Großmutter.

Meine liebe Großmutter

Apolonia H

∗ 11. 1. 1920 † 25. 8. 2008

ist tot.

Tausend Tränen und noch mehr werde ich um Dich weinen. Hab Dank für Deine Liebe, hab Dank für die vielen wundervollen Jahre, die ich bei Dir und Opa aufwachsen durfte. Hab Dank, dass Du so lange bei uns warst und immer wissen wolltest, wie es uns geht. Hab Dank für die vielen Zuckerbrote, die Du uns, Deinen Enkelkindern, nach dem Toben, draußen in der ländlichen Idylle Mecklenburgs, gemacht hast. Hab Dank für die eingeweckten Erdbeeren und Eierpflaumen. Hab Dank für alles, was Du für uns, für mich getan hast. Du hast nie geklagt. Tapfer hast Du mit Deinem lieben Mann den größten Kummer Eures Lebens ertragen. Als es unerträglich war, hat er Dich getröstet mit den Worten „halt aus, irgendwann ist es vorbei". Wir haben uns getröstet, wenn die Sehnsucht so unendlich groß war. Wenn Du wieder einmal vergeblich auf Deinen Jungen gewartet hast, habe ich Dich in den Arm genommen. „Vergiss mich nicht" hast Du manchmal gesagt. „Wie könnt ich Dich vergessen, Omilein". Wie könnt ich Dich vergessen, liebste kleine Omi. Du wirst mir fehlen, für immer fehlen. Bleiben werden die schönen Erinnerungen. Die kann uns keiner nehmen. Ja, wie könnt ich Dich je vergessen, Dich, liebste Großmutter. Du warst mir Omi und Mutter zugleich.

In Liebe Deine Enkeltochter Solveig

Eine weniger pathetische, dafür umso sympathischere Würdigung seiner 95-jährigen »liebsten Omi« gelingt Enkel Heinz.

Kein hett Di seihn as Du güngst. Heute, mit dem weiten Blick nach Süden bis hin zum Odenwald, an einem sonnig-windigen Oktobermorgen, gleich nach dem Frühstück, da bist du fast unmerklich eingenickt,

meine liebste Omi

ja, nur eine Woche nach Deinem Geburtstag, dem fünfundneunzigsten. In zwei Wochen geht's wieder heim, hieß es, und dann, naja, ein „schwaches Herz".

„Leben heißt kämpfen" hängt eine blasse, alte Kachel an Deiner Wand, und Du hast gekämpft. Um Deine Familie, Deine Tochter kam wenige Monate nach der Hochzeit. Du hast um Dein Haus gekämpft: damals, nach dem schwarzen Freitag, da knietest Du vor dem Kredithai und dem guten Gerichtsvollzieher im Staub, Du hast gekämpft und gewonnen. Und Du hast verloren: Deinen Mann Hinrich, den riß ein Unfall schon in den Fünfzigern fort, kaum daß ich beim Doppelkopf saß auf seinem Schoß – grad für eine winzige Rente konnten da gute Freunde von der Post noch sorgen. Aber Deines Bäckervaters Erbe, das nahmen Dir andere doch. – Ich dank' Dir so, Du, meine andre Mutter, Du hast mich gewiegt die ersten Jahre. Du liebtest die frische Brise übern Heidberg und Kaffee unn Butterkoken inne bulligwarme Stuuv. Du liebtest 4711 und Rudolf Schock, die Reiterturniere aus Verden und Boris Beckers Tennis, Du liebtest den Fußball und das Scrabbeln bi us tohuus, unn hess ouk alle Punkte kregen. Du hess mi Platt bibrocht as eck al lütt wor – dat is ouk Din Arw, Lütt Mimi – wer snackt nu no met mi? Vör fiefunntwinnich Johr büss Du vun'n Heidsand tou us komen. Ober nu steit sei stille, Din Grote Ticktack. – Weit draußen treibt Regen vorbei, beim letzten Blick zu Dir da leuchtet vor den Taunuswolken ein Regenbogen auf. Herbst – die Blätter fallen, naß, goldgelb, im Wind. Da seh ich Dich sitzen beim Frühstückskaffee, as jümmer ganz knapp aufm Stuhl, ein' Hedwig oder das Kaiserbrötchen? Ich dank Dir so für all Deine Zeit und Dein Herz, für Deine ernsten und Deine guten Worte mit mir. Wenn meine Tränen trocknen, schreiten wir weiter. Du bist mir Mut und Stärke, meine kleine liebste Omi, und ich weiß, tief in mir bist Du dabei. Eck hev Di sou leev

Dein Heinz.

Großväter werden demgegenüber eher kurz abgefertigt, wobei die Daten manche Frage aufwerfen.

18. Februar 1985 - 15. September 1986

Opa wird nicht mehr gebraucht

Opa kann gehen

Vielen Dank Ingrid

Weniger herzlos wird der fast 80-jährige Hans G. von seinen Angehörigen verabschiedet. Und doch hat jeder von ihnen nur einen müden Satz für ihn übrig.

Hans G

* 24. Juni 1926 † 5. Juni 2006

Irmgard: „Ruh dich aus mein Hannes, von einem langen Leben."
Jan: „Schlaf gut mein Soldat."
Janina: „Du Opaaa, danke für die Zeit mit dir."
Petra: „Tschüß mein Hans!"
Thomas: „Dein Platz ist leer, mach's gut mein Kleiner."
Ecki: „Trauern ist liebevolles Erinnern."

Die Perle fiel aus der Familienkrone

Ihrem Wunsch entsprechend haben wir am 29. September 1980 in aller Stille unsere liebe und gute Mutter, Großmutter und Schwiegermutter, Frau

Sofie D

geb. G

zum Grabe begleitet.
Allen denen, die ihr die letzte Ehre erwiesen haben, sei recht herzlich gedankt.

Ob es sich um Oma, Opa, Erbonkel oder -tante handelt, nicht immer ist es ganz einfach, den Verlust eines geliebten Familienmitglieds sprachlich zu fassen.

In schwerer Stunde rückt die Familie näher zusammen. Gerade diejenigen, die allein zurückbleiben, brauchen Unterstützung und Trost. Daher ist die Bereitschaft, am Grabe gute Worte zu spenden, häufig nicht gering. Und so ergibt sich manchmal auf der Trauerfeier unerwartet Gelegenheit, höchst willkommene Komplimente entgegenzunehmen.

Danksagung – Statt Karten

Die überaus große und liebevolle Anteilnahme anlässlich des plötzlichen Todes meiner von mir so sehr geliebten Schwester

Anna-Christiane Sch

hat mich sehr angerührt und bewegt.

Ich habe von schönsten Erlebnissen und guten Gesprächen mit meiner Schwester erfahren, die mir ganz unbekannt waren.

Außerdem ist mir bisher gar nicht so bewusst gewesen, mit welcher feinen, innigen Einfühlung die ungewöhnlich selten schöne Beziehung zwischen meiner Zwillingsschwester und mir immer wahrgenommen worden ist.

Ich möchte mich an dieser Stelle von ganzem Herzen bedanken.

Uta-Ulrike Sch

Immer sind irgendwo Spuren Deines Lebens.
Gedanken, Bilder, Augenblicke und Gefühle.
Sie werden mich immer an Dich erinnern,
und Dich dadurch nie vergessen lassen.

Nachruf
für meinen Onkel

Erich H

19. 5. 1922 † 9. 7. 2006 (gefunden)

Onkel Erich, Deine freundliche Art und Deine Hilfsbereitschaft mit der Du **jedem** geholfen hast, bleibt stets unvergessen.

Die unwürdige Bestattung hattest Du nicht verdient.

Leider wurde mir verwehrt, Dir zu helfen. Ebenso wurde ich daran gehindert, Dich auf Deinem letzten Weg zu begleiten

Doch Dein Geist wird weiterleben.

In stiller Trauer
Franz S

Meiderich im August 2006

Doch in vielen Familien gibt es Spannungen, Zerwürfnisse, Streit. Das lässt sich hin und wieder auch an den Traueranzeigen ablesen.

Enkelin Nina nutzt die Anzeige für die »liebe Oma«, um sich von ihren ungeliebten Anverwandten sprachlich nicht ganz störungsfrei abzusetzen.

Eine liebe Oma hat ihren Frieden gefunden.

Frieda K

In stillem Gedenken:
Nina

Ich distanziere mich, mit Bruno K und Karin R in Verbindung gebracht zu werden.

Kassel, im Januar 1989

Manchmal ist es aber auch der Verstorbene selbst, zu dem die Verwandtschaft leicht, aber doch erkennbar in Distanz tritt, wie bei Raucher Bernhard Hermann E.

DIE LETZTE ZIGARETTE IST GERAUCHT. ER HATTE ES NICHT IMMER LEICHT. ABER WIR AUCH NICHT MIT IHM.

BERNHARD HERMANN E

* 10. NOVEMBER 1927 † 26. AUGUST 2008

91097 OBERREICHENBACH

SYDNEY, KIRCHROTH

CORNELIA UND ROBIN S
BERNHARD UND ZIGGY E
MICHAEL UND ALEXANDRA
JENNY, ANDY UND SANDRO E

Wenig harmonische Familienverhältnisse offenbaren sich auch in dem Nachruf auf zwei Väter, den wir dem Schaumburger Wochenblatt entnommen haben. Man würde die Zeitung wohl bekümmert beiseitelegen, wäre da nicht dieses unvermittelt gut gelaunte Postskriptum, das sich womöglich an einen dritten Vater wendet.

NACHRUF

KARL-HEINZ T

* 01.12.1928 † 28.03.2006

Erst jetzt habe ich durch wahre Freunde vom Tod meines Vaters erfahren. Im Gegensatz zu anderen hielt ich ihn nicht nur für lieb, sondern ich habe ihn auch geliebt, trotz allem.

Bei meinem leiblichen Vater

Herrn George I

* 11.10.1930 † 23.04.1994

den ich suchen mußte, da er nichts von meiner Existenz wußte und den ich am 13.09.1992 schwerkrank vorfand, durfte ich nicht bei der Beerdigung dabei sein, da ich keine Rechte hatte.
Jetzt durfte ich auch nicht beim Abschied dabei sein, da ich „nur" die rechtliche Tochter bin.

Lieber Gott, was sind das nur für „Menschen"?

Sigrun Tauber, Carl-Wilhelm-Straße 35, 47798 Krefeld

P.S. Oskar, das waren noch Zeiten!

Den Verlust ihres Vaters muss auch die kleine Linda beklagen. Doch auch wenn es nur **ein** Vater ist, so gehört die Anzeige mit dem von ihr verfassten Abschiedsgruß zu den herzzerreißenden Stücken dieser Sammlung.

du schaust mir in die augen
ganz ganz feste du Hast untz gantz
lieb gehabt und fir dich auch.
die grossen Hände – jetzt sind sie weg
pass gut auf dich auf
Linda

Volker B

* 18. 04. 1955 † 30. 09. 1999

In Liebe und Dankbarkeit
Marion und Linda

Dagegen lässt einen die folgende Anzeige mit dem etwas eigenartigen Kompliment eher schmunzeln – umso mehr, da die Familie angibt, Heinz P. habe sich »zu früh« davongemacht.

zu früh

Heinz P

Er war das Beste, was einer Familie passieren kann.
Wir werden ihn nie vergessen.

NACHRUF

"Arne" "Name", an rauher Nordsee/**"Ringkoebing"**
gefunden! Für Deine Geburt mitgebracht "1959"
dein Leben, kurz wie ein Traum des Dasein´s
verflogen am 30. 1. 2003,
kurz nach Deines Onkel Jacky´s Tod 26. 11. 2002.

3. 12. 2002 **"am Ring"!** Ich stand bei "Rot", Du
gegenüber bei "Rot"! - - - "Grün", - ich ging, - -
Du wartend auf mich! Ich sprach vom Tod Jacky´s!

Schmerzlichstes Zusammentreffen vor
auferzwungenen, verschiedenen Richtungen!
Herzen fehlen Fenster!
Deine lieben Worte, "du hast mir viel bedeutet",
lassen alles Gute und Sinnvolle aufleben,

zum so schmerzlichsten und so plötzlichen **Abriß!**

In innigster Liebe für Euch beide,
Deine Oma und seine Schwester

2. 2. 2003 Zum Gedenken an: **"Arne T "**

Werden familiäre Interna ausgebreitet, dann sind Außenstehende häufig überfordert, den Worten noch zu folgen. Ein schwer zu überbietendes Beispiel ist der obige Nachruf von »deiner Oma und seine Schwester«.

Todesanzeigen künden vom Verlust eines Familienangehörigen. Doch kommen gelegentlich ja auch neue Mitglieder hinzu. Sich das in Erinnerung zu rufen, kann manchmal ganz trostreich sein. Selten gelingt die Verbindung von Geburt und Tod so sinnfällig wie in unserer letzten Anzeige.

†

Der Herr gab, der Herr nahm.

Während der Geburt der 1. Urenkelin verstarb

Ernestine S

*** 8. 8. 1913 † 4. 7. 2004**

In stiller Trauer:

Christa S
und Kinder

Die Trauerfeier ist am Freitag, dem 9. Juli 2004, um 13.00 Uhr in der Trauerhalle des Friedhofes in Wiesbaden-Bierstadt.

10

»Ich werde für dich ein paar Zeilen verfassen«

Lyrisches Intermezzo

Auch in den übrigen Kapiteln finden sich manche Verse auf den, die oder das Verstorbene, allerlei Gereimtes und öfter noch Ungereimtes. Doch ist die Anzeigenlyrik ein ganz eigenes Thema, sodass wir unbedingt ein eigenes Kapitel einrichten mussten, um die schönsten Stücke in einem angemessenen Rahmen zu präsentieren. Den Auftakt macht ein kleines Gedicht, mit dem Tochter Liane an ihren Vater Nafis A. erinnert, an dessen Gesundheit sie »feilen« wollte. Gerade die unbekümmerten Reime und das fröhlich verstolperte Versmaß machen diese Anzeige liebenswert.

Zur Erinnerung an meinen Vater

Nafis A.

† 24. 10. 1997

Vor zwei Jahren hast Du uns verlassen, ich werde für Dich ein paar Zeilen verfassen. Ich wollte mein Leben mit Dir in Wiesbaden teilen und an Deiner Gesundheit feilen. Du gabst mir leider die Möglichkeit nicht, denn Du hast die Augen geschlossen und somit Dein Licht. Schwer war es damit zu leben, mein Herz kam oft ins Beben. Tränen zu stoppen das war schwer, ich liebe Dich immer noch sehr.

Deine Liane

In manchen Fällen hat der Verstorbene selbst zur Feder gegriffen, um sich in Versform von seinen Freunden zu verabschieden. Auch wenn Peter F. sicher kein begnadeter Dichter gewesen ist, bekommt sein letzter Gruß durch die Reimerei eine sympathische Leichtigkeit.

Der am 5. März 2003 verstorbene

Peter F

gedenkt mit diesem letzten Gruß
seiner Freunde.

Wer mich gekannt, auch gern gesehen,
dem sei zur Nachricht, dass ich nicht mehr bin.
Ich ging den Weg, den alle müssen gehen.
Für jeden ist die Zeit einmal dahin.
Drum seid gegrüßt noch einmal, liebe Freunde,
und bleibt bei dieser Nachricht nur ein
Weilchen still.
Bleibt immer ehrlich und macht euch
stets nur Freude.
Denkt öfter mal an mich
und vergesst den Peter nicht.

Vom lyrischen Schwung lässt sich Hans K. deutlich höher hinaustreiben. In federnden Jamben strebt er dem Himmel zu, um von dort als leuchtendes Gestirn uns irdischen Trost zu spenden.

Ihr sollt nicht um mich weinen.

Ich habe ja gelebt.

Der Kreis hat sich geschlossen,
der zur Vollendung strebt.

Glaubt nicht, wenn ich gestorben,
dass wir uns ferne sind.

Es grüßt euch meine Seele
als Hauch im Sommerwind.

Und legt der Hauch des Tages
am Abend sich zur Ruh',
send' ich als Stern vom Himmel
euch meine Grüße zu.

Hans K

Vom Versmaß recht ähnlich, in der lyrischen Grundstimmung deutlich anders präsentiert sich das folgende Gedicht. In weitgehend vierfüßigen Jamben verarbeitet ein Ehepaar den tödlichen Motorradunfall ihres Sohnes Wolfgang. Auf so eine Idee muss man erst einmal kommen.

Vor einem Jahr in Neuendeich
holte Gott Dich heim ins Himmelreich.
Motorradfahren war Deine Lust
wir haben es sehr früh gewußt.

Du drehtest auf – es langte nicht
zu halten in der Kurve Dich.
Vorbei Dein Lachen und Dein Scherzen
tief nagt der Schmerz in unseren Herzen.

In Gedenken an unseren lieben Sohn

Wolfgang

Mein Gott, Walter,
es ist wirklich wahr
15 Jahre Rollstuhl
Dein Rentenalter war.

An Deinem 86. Geburtstag
am 19. Februar
kamst Du ins Krankenhaus,
oh Graus - nach 3 Monaten
als Schwerstkranker kamst Du nach Haus.

Doch Dein Lebenslicht ging am
11. Juli 2001 für immer aus.

In schmerzlicher Erinnerung

Deine Frau Trudi

Auch Ehepaare schmieden einander Verse, wenn der Tod sie scheidet. So reimt Trudi ihrem Walter ein Abschiedsgedicht, in dem sie die wichtigsten Eckdaten unterbringt. Auch wenn das nicht ganz geschmackssicher vonstatten geht, so muss man doch zugestehen, dass die jammervolle Geschichte durch die Reimerei viel von ihrem Schrecken verliert.

Bodenständig und alltagsnah sind auch die Reime, mit denen Sohn Achim das Lebenswerk seines Vaters Willy zu würdigen weiß. Obwohl man manchen Zeilen anmerkt, dass Achim darüber ebenso geschwitzt hat wie Willy über seinen Lottoscheinen, so können Profidichter neidisch werden auf die Zeile: »Dein Leben waren Asbach und Kippen«. Erstaunlich nur, dass Willy unter solchen Umständen das hohe Alter von 83 erreicht hat.

Willy

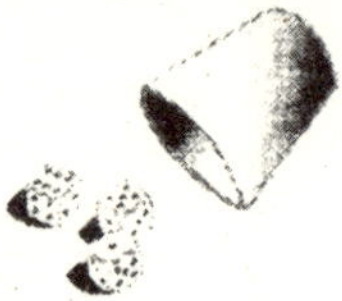

Der Tod gewann schneller als gedacht,
dein letztes Würfelspiel ist gemacht.
Du wirst nicht mehr über dem Lottoschein schwitzen
und nie wieder in geselliger Runde sitzen.
Dein Leben waren ASBACH und KIPPEN
du zogst durch die Kneipen, trotz nichts auf den Rippen.
Statt den Zeichenstift zu schwingen,
wirst du - WILLIAM TRIX - nun zur Harfe singen.
Du hast mit viel Freude genossen dein Leben,
viel Spaß und gute Laune uns gegeben.
Du warst der beste Freund und Vater
und für mich ein guter Berater.
Du wurdest nur 83 Jahr',
in dieser Zeit warst du immer für uns da.

In tiefer Trauer und ewiger Erinnerung:
Dein Sohn Achim und Familie

Die Beisetzung fand in aller Stille statt.

Doch müssen es nicht immer die engeren Angehörigen sein, die sich etwas zusammendichten. Mitunter werden auch alte Schulkameradinnen von dem Wunsch überwältigt, ihre Trauer lyrisch zu verarbeiten.

Jo P

† 25. 12. 1994

Du warst ein Klassenkamerad,
immer gut gelaunt und froh,
frech und cool war Deine Art –
ja, das warst Du, lieber Jo.

Heute warf ich Blumen auf Deinen Sarg,
das tat so weh in meinem Herz,
doch die Sonne schien, ein schöner Tag –
Du warst bei uns im größten Schmerz.

Deine ehemalige Klassenkameradin
Carmen N

Aber es gibt nicht nur Gedichte, die in Eigenarbeit erstellt wurden. Manche verlassen sich lieber auf die Verse von anerkannten Profis. Rilke, Hesse oder Goethe sind da die Standardlösung. Dass sich eher mit anderen Dichtern ungewöhnliche Akzente setzen lassen, zeigt das folgende Beispiel.

Eines Morgens sprach die Made:
„Liebes Kind, ich sehe grade,
drüben gibt es frischen Kohl,
den ich hol. So leb denn wohl!"
Heinz Erhardt

PEPE
Peter M

Wir haben einen wertvollen Freund verloren.

Wenden wir uns wieder dem Selbstgeschriebenen zu, so zeigt sich, dass für manche dichterisch veranlagten Menschen der Tod ein zu trister Gegenstand zu sein scheint, um sich in einer Traueranzeige reimend daran abzuarbeiten. Und so schickt Peter G. als »letzten Gruß« aus dem sonnigen Gran Canaria lieber ein Poem, das in verschränkten Reimen die reizvollen Kontraste der Hauptstadt preist.

Als letzten Gruß aus der Ferne für meinen verehrten Lehrer

Prof. Dr. Rudolf H

(1922 – 2004)

Las Palmas

So wie zwei ausgestreckte Hände liegt
Las Palmas auf Vulkangestein im Meer.
Die Hauptstadt meiner Insel hat sich sehr
kontrastreich an die Berge angeschmiegt.

Die glatte Seite, das ist Jakobs Hand:
die Promenade, Palmenkübel, Schwellen-
brandung, weißer Sand und sanfte Wellen,
Restaurants, Hotels, der feine Strand.

Die raue Seite, das ist Esaus Hand:
die Altstadt, Plätze, Straßen, Schluchten, grellen
Häuserblocks, mit Hafen, Kais, Kastellen,
Palmensaum und schroffer Felsenwand.

Die Großstadt dieses Kontinents im Kleinen
versteht es, Gegensätze zu vereinen.

Peter G ©

»Auf dem Wege der Besserung verstorben«

Optimistisches

Bekanntlich hat jedes Unglück auch seine positiven Seiten. Allerdings ist es unüblich, in Todesanzeigen eigens darauf zu sprechen zu kommen. Wem beispielsweise eine nennenswerte Erbschaft zufällt, der behält das lieber für sich und gibt sich stattdessen besonders zerknirscht. Todesanzeigen heißen ja nicht grundlos Traueranzeigen.

Und doch gibt es sie, die unverwüstlichen Optimisten, die – auch wenn sie einen geliebten Menschen verlieren – noch immer heiter bleiben. Bei unserem ersten Beispiel ist freilich nicht ganz klar, wer sich hier eigentlich freut: Ist es Uwe W., der seinen Hinterbliebenen einen knappen, aber gut gelaunten hannöverschen Abschiedsgruß zukommen lässt? Oder ist es die Familie, die Uwe W. mit diesen Worten entlässt, weil ihr gerade eingefallen ist, dass man sich ja im Himmel wieder begegnet?

Wiedersehn, ach wie schön

Uwe W

* 21. 9. 1940 † 23. 2. 2006

In Liebe und Dankbarkeit
Karla W
Kinder und Großkinder

30163 Hannover

Die Trauerfeier findet am Samstag, dem 4. März, um 16 Uhr in der Neuapostolischen Kirche, Ackerstraße, statt.

Bei unserer nächsten Anzeige, aus dem mittelfränkischen Heroldsberg, spricht alles dafür, dass es der Verstorbene ist, der hier ein rundum positives Resümee zieht. Und das im heimischen Dialekt, in den man besonders gern verfällt, wenn das Gesagte direkt vom Herzen kommt.

Wall's schäi woar!

Heinrich R

90562 Heroldsberg,

Thorsten und Sandra R
Conny
Amboß

Einäscherungsfeier: Mittwoch, den 27. Oktober 1993, um 10.30 Uhr im Krematorium Westfriedhof, Halle I. – Für zugedachte und erwiesene Anteilnahme herzlichen Dank.

Aber auch manche guten Freunde zeigen sich nicht allzu beunruhigt, wenn sich einer von ihnen davonmacht. Vielmehr scheinen sie bloß anerkennend durch die Zähne zu pfeifen, so wie Wolf P. und Josh H. Dass eigens darauf hingewiesen wird, dass sich ausschließlich Lilo S. »in Trauer« befindet, macht nur allzu deutlich: Die beiden andern bleiben locker.

Er hat's geschafft,
hätten wir ihm nie zugetraut!

Dr. Jürgen P

* 30. 12. 1937 † 4. 12. 2008

Wolf P und **Josh H**
In Trauer: **Lilo S**

Ebenso wenig zerknirscht zeigen sich die Angehörigen von Dr. Elfriede G. Sie verabschieden sich von ihrer Anverwandten mit einem Wunsch, den man häufiger unter Arbeitszeugnissen als in Todesanzeigen liest. Man möchte kaum glauben, dass sie wirklich gestorben ist.

Dr. Elfriede G

geb. W

*** 5. 6. 1914 † 12. 1. 1996**

ist von uns gegangen.

Wir wünschen ihr alles Gute.

Die Angehörigen

Die Freunde von Rita bekunden hingegen ihre Trauer. Und doch kommen auch sie nicht umhin, einen positiven Aspekt hervorzuheben. Bei näherer Betrachtung erweist sich der allerdings als recht eigenartig. Denn es heißt, Rita hätte sich gefreut, wenn sie »diese Nachricht« hätte lesen können. Allerdings lautet diese Nachricht: »Dein letzter Kampf ist verloren.«

Dein letzter Kampf ist verloren.

Lesen kannst Du diese Nachricht nicht mehr
— aber — Du hättest Dich darüber gefreut

Rita

*** 22. 2. 1950 † 23. 1. 1992**

Wir sind sehr traurig.

Die Angehörigen von Boris E. sind hingegen überzeugt, dass zumindest der Sterbeort ganz nach dessen Geschmack geraten ist. Weiterhin nicht alltäglich: Unter den Trauernden befindet sich eine Katze.

Boris E

Berlin - Ibiza

Boris liebte die Sonne und das Meer. Dass er an einem der schönsten Strände starb, mag ihn überrascht haben. Doch die Vorstellung hätte ihm gefallen.

Wir sind unendlich traurig.

Birgit
Nana, Marius und Paula
Cordelia und Frank
Katze „Eivissa"

In der nächsten Anzeige ist es die Trauerfeier, die von der Familie mit einem etwas saloppen Kommentar gewürdigt wird. Man könnte meinen, Manfred H. habe höchstpersönlich seine Abschiedsparty geschmissen.

Manfred H

† 17. Juni 2008

„Er hat sich toll verabschiedet."

Herzlichen Dank

sagen wir allen, die uns am 10. Juli 2008 begleitet haben und ihre Anteilnahme durch Wort, Schrift und Blumen zum Ausdruck brachten.

Einen stark entwickelten Sinn, das Positive zu entdecken, offenbart sich auch in folgender Anzeige. Immerhin geht es hier um eine Krankheit, die nach kurzer Zeit tödlich endet. Und doch konnte man mit ihrem Verlauf gar nicht unzufrieden sein.

Mein lieber Mann, unser fürsorglicher Vater, mein Bruder und Onkel ist plötzlich und unerwartet nach kurzer Krankheit auf dem Wege der Besserung verstorben.

Ganz ähnlich die Einschätzung der Hinterbliebenen von Alfred H.: Operation gelungen – Patient tot. Verstorben an dem plötzlichen Verschluss eines Blutgefäßes, in der Medizinersprache: Embolie. Für die Familie ist das so unbegreiflich, dass sie der Todesursache einen eigenen Namen gibt, der viel klangvoller ist: Einbolle. Eine Embolie ist nur ein Fremdwort. So könnte auch eine italienische Stadt heißen. Oder eine Theaterfigur aus einem Drama von Schiller. Gab es da nicht irgendwo eine Prinzessin von Embolie? Eine »Einbolle« hingegen ist unzweifelhaft etwas Ernsthaftes und schmerzt bereits beim Lesen. Es durchbollert förmlich unsere Eingeweide, und wir nicken wissend: Natürlich, eine Einbolle, da hatte das innig geliebte Väterchen auch bei Aufbietung aller ärztlichen Kunst keine Chance.

Stuttgart, den 9. Juni 1972

Nach geglückter Operation starb an einer Einbolle unser ganz innig geliebtes Väterchen

Alfred H

Die Erinnerungsanzeige für Jupp H. überrascht hingegen mit einem dreifachen Jubiläum. An einem Tag Hochzeitstag der Eltern, Tauftag und Todestag – wenn das kein Grund zum Feiern ist.

Jupp H

zum 22. Mai 2006

22. Mai 1920

Vor 86 Jahren war der
Hochzeitstag deiner Eltern.

Der Herr segne
und behüte euch;

22. Mai 1921

Vor 85 Jahren
war dein Tauftag.

er lasse sein Angesicht
über dir leuchten

22. Mai 2005

Vor 1 Jahr
war dein Todestag.

und schenke dir
seinen Frieden.

Und heute?

Gottes Verheißung hat sich erfüllt:
Du bist von seinem Frieden umhüllt,
schaust Gott in seinem himmlischen Licht
von Angesicht zu Angesicht.

Und mit ihm hältst du gewiss im Blick
hier auf Erden unser Geschick.
Hab weiterhin liebevoll auf uns Acht
bitten *Waltraud, Sigrid und Luitgard.*

Auch bei unserer letzten Anzeige geht es um ein denkwürdiges Jubiläum. Mit ihm leiten wir schon über in das nächste Kapitel, das dem Eheleben gewidmet ist. Die sechs Kinder von Katharina und Wilhelm T. gratulieren »ganz herzlich« zur goldenen Hochzeit – allerdings nur ihrer Mutter, denn der Herr Vater ist bereits verstorben.

Das Fest der goldenen Hochzeit
ist Euch leider versagt geblieben

17. April 1946 – 17. April 1996

KATHARINA geb. HAUPT und WILHELM (†) T

Unserer lieben Mutter gratulieren wir ganz
herzlich zu diesem besonderen Jubiläum.

In großer Dankbarkeit und Verehrung

»Man muss erst Witwer werden«

Eheleben

Wie es mit dem Eheleben bestellt ist, das lässt sich ein wenig auch an den Todesanzeigen ablesen. Denn Ehe und Tod haben mehr miteinander zu tun, als man im ersten Augenblick meint. Darauf deutet schon die altehrwürdige Trau- und Treueformel hin: »Bis dass der Tod euch scheidet«. Nun tritt die Scheidung in vielen Fällen bereits vor dem Tod ein, nach langen Jahren gemeinsamer Anstrengung, die Ehe gründlich zu zerrütten. Umso dankbarer liest man Annoncen, die von einem langen, harmonischen und bis an die letzte Schwelle einvernehmlichen Eheleben künden. So wie bei den Eheleuten F. aus der Nähe von Marburg.

Sie lebten in Harmonie – sie gingen wie verabredet

Arthur F
* 7. 2. 1911 † 29. 9. 1996
Alten-Pflegeheim Elisabeth, Niederweimar

Gertrud F
geb. F
* 21. 12. 1915 † 30. 9. 1996
Diakonie-Krankenhaus, Marburg-Wehrda

In stiller Trauer:
Günter G und Frau Karin mit Lucien und Ronnie
Hans S und Frau Pia mit Andreas
Frank S und Silke J mit Paul Danilo
Helmut W und Frau Elfriede

Die Trauerfeierlichkeiten finden am Dienstag, dem 8. Oktober 1996, um 14.00 Uhr in Niederweimar, evangelisches Gemeindezentrum, statt.

Eine Überdosis inniger Verbundenheit trieft hingegen aus der folgenden Anzeige, die ein Mann, der sich »Knuffel« nennt, für seine Frau aufgegeben hat, die er dem Lesepublikum als sein »über alles geliebtes kleines Schneegänschen« vorstellt.

Mein über alles geliebtes kleines

Schneegänschen

Ich vermisse Dich so sehr.
Ich kann und werde es nie begreifen.
Du warst immer für mich da, zu jeder Zeit.
Du warst die Sonne in meinem Herzen.
Du hast mir die Wärme und das Licht gegeben.
Ohne Dich ist alles so unendlich sinnlos und leer geworden.
Jeden Tag, jede Stunde denke ich an Dich,
heute tue ich es besonders schmerzlich,
weil ich viel, viel lieber bei Dir sein,
Dich in meine Arme nehmen und Dir sagen möchte
„ich hab Dich lieb"!

Mein kleines Gänschen,
mache Dir um **unser** Bienchen keine Sorgen.
Wir werden zusammenhalten, egal was kommt.
Ich werde immer für Bienchen dasein
und auf es aufpassen.
So, wie Du, mein kleines Gänschen es immer getan hast.

Ich möchte jetzt nur noch DANKE sagen.
Danke für all die schönen Stunden, die ich bei Dir sein durfte.

Dein Dich ewig liebender Knuffel

Für eine gewiss nicht weniger überzeugende Liebeserklärung an Eleonore U. genügen ihrem Mann ganze drei Zeilen.

Ich war der Bottich,
Du drin der Hering,
und das Salz zwischen uns war die Liebe.

Eleonore U

Eher differenziert, doch mit sehr viel Sympathie formuliert die Ehefrau die Anzeige für ihren Mann und ihre Jugendliebe, »Herrn Werner«. Ein »Kerl wie ein Baum«, der doch ein »gutes, ganz kleines« Herz besaß. Allerdings trifft einen der letzte Satz regelrecht ins Mark.

Mein Mann, meine Jugendliebe

Herr Werner

ein Kerl wie ein Baum, voller Widerstand und unbeugsam, aber mit einem guten ganz kleinen Herzen, erlag, nur 54 Jahre alt, in tiefer Demut der Macht des Todes, mit der er fast ein Jahr in größten Schmerzen, seelischen Qualen, schwankend zwischen Hoffnung und auswegloser Verzweiflung kämpfte.

Unsere Harmonie war nie besser als in der Zeit des Leidens.

Glückliche, wunderbare Erhabenheit verschönte sein Gesicht, als er diese Welt verließ.

Bis zuletzt gedachte er seines toten Hundes, seines Ströppchens, das er nicht vergessen konnte.

Viele haben ihn belacht, wer wird ihn nun beweinen.

Noch ernüchternder fällt die folgende Anzeige aus. Dabei ist zu bedenken, dass hier die geschiedene Frau um ihren Mann trauert.

Ich trauere um

den Gefährten meiner Jugend,
den Vater meiner Kinder,
den Ernährer der einstigen Familie

Dr. Wolfgang V

* 15. 4. 1925 † 26. 1. 2005

Möge ihm die Erde leicht sein.

Ebenfalls von der geschiedenen Ehefrau wurde die Anzeige für den Handballer Erich K. aufgegeben. Doch wie sich zeigt, verbirgt sich hinter der unauffälligen Traueranzeige eine regelrechte Familientragödie.

Wir denken anläßlich des 1jährigen Todestages und Vollendung des 48. Lebensjahres an unseren Vater und geschiedenen Ehemann,

den Handballer

Erich K

* 22. 4. 1935 † 17. 4. 1982

Er war uns immer ein pflichtbewußter, treusorgender Vater, ein ehrgeiziger, erfolgreicher Sportler und Trainer sowie ein guter Ehemann.

Sein Tod bleibt unverständlich, aber er wird uns immer unvergeßlich sein.

Gisela K
Antje und Carsten

Kassel,

Es muß einmal gesagt werden!!!

Anläßlich des 1. Todestages meines geschiedenen Mannes möchte ich folgendes klarstellen: Durch meine Tätigkeit im Außendienst sowie durch häufige Besuche vieler Lokale in Kassel muß ich bei Nennung meines Namens immer wieder feststellen, daß man mich fragt: »Sind Sie die Frau K vom Handballer K «; und wenn ich diese Frage bejahe, folgt meist ein zweideutiges Grinsen oder ich muß Kommentare zum plötzlichen Ableben meines verflossenen Ehemannes abgeben. Hiermit gebe folgendes im Namen meiner beiden Kinder und in meinem Namen bekannt: Ja, ich fühle mich an seinem plötzlichen Tod schuldig, wenn man es als Schuld ansieht, daß ich mich nach 14jähriger Handball-Ehe scheiden lassen wollte — unter Verzicht auf Unterhalt. Leider ist den meisten lieben Mitmenschen nicht bekannt, daß ich als sogenannte »femme fatale« (dank zeitweiser Tätigkeit in Bars als Animierdame sowie als Tänzerin), mir schon vor Jahren aus Unverständnis meiner Familie gegenüber das Leben nehmen wollte. Ich habe mich als Frau mit zwei kleinen Kindern, einem Zweifamilienhaus, einer plötzlich verwitweten Mutter und 14jähriger Berufslosigkeit gegenüber einer Männerwelt und sehr viel Gehässigkeit durchkämpfen müssen, wobei mir niemand geholfen hat. Meine Familie, das heißt mein eigener Bruder und Vater, hat mich hinter meinem Rücken unter Pflegeschaft stellen lassen und hätte mich liebend gern in eine Nervenheilanstalt bringen lassen, um meiner Familie die Schande wegen meiner Bartätigkeit zu ersparen, die bei den meisten Mitmenschen mit der Tätigkeit als Hosteß gleichgesetzt wird. Ich habe mir meine persönliche Freiheit und meinen beruflichen Erfolg hart erkämpfen müssen. Deshalb bin ich nicht mehr bereit, mir Sachen unterstellen zu lassen, die nicht den Tatsachen entsprechen und ich werde in Zukunft jeden diesbezüglich wegen Beleidigung belangen."

Gisela K **3500 Kassel.**

GELIEFDE VROUW
NEEM MIJ NU MEE
DE WEG VAN T'GELUK
IN EEUWIGHEID
GA IK MET JOU
GELIEFDE VROUW

GELIEBTE FRAU
NIMM MICH NUN MIT
ICH KENN DEN WEG
DER EWIGKEIT
DES GLÜCKS GENAU
GELIEBTE FRAU

Mein lieber Ehemann

Horst J

* 16. 9. 1914 † 10. 3. 1988

ist mir in den Schoß der Ewigkeit gefolgt.

Trijntje Marretje J
(gestorben am 18. 8. 1976)

Hochdahl-Millrath

Die Trauerfeier findet am Mittwoch, dem 16. März 1988, um 11.00 Uhr in der Neanderkirche in Hochdahl statt. Anschließend ist die Beisetzung auf dem dortigen Neanderfriedhof.

Was hingegen eine richtig gute Ehe ist, so überwindet die nicht nur nationale Grenzen, sondern auch die Schwelle des Todes. Darauf deutet zumindest die erstaunliche Anzeige für den »lieben Ehemann« Horst J. hin. Aufgegeben hat sie seine holländische Gattin Trijntje Marretje, die elf Jahre zuvor vorangegangen ist.

Aus einem ganz anderen Grund fällt die Anzeige für Brigitte Dagmar A. aus dem gewohnten Rahmen. Gatte Karl-Heinz hat eine ungewöhnlich ausführliche Danksagung verfasst, in der er nicht nur seinem Schöpfer für dreißig Ehejahre dankt. Er vergisst auch das Reisebüro Schwarz nicht, das kurzfristig eine Bahnreise mit dem Eurostar zu einem Verwandtenbesuch in London arrangierte. Und nicht nur das ...

Danke, Gott dem Schöpfer, für 30 gemeinsame Jahre mit meiner gütigen Frau

Brigitte Dagmar A

geb. B

*** 1941 † 1997**

Danke für die 16 Monate, die uns seit Ausbruch ihrer schweren Krankheit noch für gemeinsame Unternehmungen mit unseren Freunden blieben.

Danke Herrn Dr. Hufschmid, Interlaken, dem Spital Interlaken, der Rettungsstaffel für den schnellen Transport nach Bern, den Ärzten, Schwestern, Helfern des Insel-Spitals der Universitätskliniken Bern für die Operation und das außergewöhnliche soziale Umfeld, das den Aufenthalt meiner Frau und meinen Aufenthalt in der Klinik sehr erleichterte, den Schweizer Bürgern, die sich um meine Frau bemühten, ihren besten Freunden Fritz Lehr und Frau, denen auch der Weg nach Bern nicht zu weit war, um meiner Frau nahe zu sein, Herrn und Frau Zingg, die sich um uns bemühten, dem ADAC für den Rücktransport, Herrn Prof. Dr. Remmele und Frau Dr. Remmele für die jahrzehntelange Verbundenheit, Frau Dr. Lotz von den Dr.-Horst-Schmidt-Kliniken, Wiesbaden, Herrn Dr. med. Daltrop für seine Bemühungen, der Strahlentherapie des St.-Josef-Hospitals, Frau Eva Christ für die Beratungen mit Herrn Dr. Nowicky, Wien, und Herrn Dr. Aschoff, Edenkoben, Herrn Prof. Dr. Scherber in Regensburg für die Jomol-Therapie, der Deilmann-Reederei für die bevorzugte Behandlung auf unseren Reisen in Südfrankreich, Österreich, Ungarn, der KD-Kabinenschiff-Besatzung auf der Reise mit der Austria, dem Reisebüro Schwarz für die kurzfristige Organisation der Bahnreise mit dem Eurostar zu einem Verwandtenbesuch nach London, der Reise Davos, St. Moritz, Montreux mit Glacier-Express und SBB. Danke Freunden für Theaterbesuche und Fahrten auf dem Rhein, Schweizer Freunden für das schöne Fest am Zuger See und Bootsfahrten auf dem Vierwaldstätter See, die schöne Zeit in Interlaken und in Montreux. Danke Herrn Dengel und Frau, den Nachbarn, die zu Freunden wurden, unserer Frau Oppermann, die ihr Bestes gab, Frau Gudrun Wallers für die Pflege, die den Aufenthalt meiner Frau bis zuletzt in der Wohnung möglich machte, Uwe und Karin Teichmann, Frau Langer und Frau E. Holl-Blanchouin aus Paris für die Unterstützung in schwerer Stunde, den Mitarbeiterinnen und Mitarbeitern von Elektro-Holl GmbH, Frau Inge Ott, den Nachbarn, Freunden und Bekannten für Besuche und Blumengrüße, Frau Wallers und Frau Beatrix Angermann, die ihrer Patentante und mir in der Sterbestunde beistanden, allen lieben Menschen, die für meine Frau beteten und ihrer gedachten, dem Bestattungsinstitut Carl Becht und Frau Pfarrerin Plaschke für die Beerdigung auf dem Waldfriedhof in Wiesbaden-Dotzheim in der Grabstätte Altenhofen, im Nordwesten, ca. 200 Schritte von der Trauerhalle nach links zu erreichen.

Im Sinne meiner verstorbenen Frau habe ich mir übergebene Geldspenden an die von-Bodelschwinghsche Anstalten Bethel, Sparkasse Bielefeld, Konto 6 42 01 03, BLZ 48 050 161, für behinderte Kinder überwiesen. Vielen Dank.

Karl-Heinz A

Ein wenig weit ausholend ist auch die folgende Anzeige, die uns mit einer alten jüdischen Überlieferung bekannt macht. Und doch liegt gerade in dieser Umständlichkeit etwas Grundsympathisches. Zumal an der Schlussfolgerung von Hans Hermann T. gewiss nicht zu zweifeln ist.

Eine alte jüdische Überlieferung erzählt folgendes:

Es waren einmal ein frommer Mann und eine fromme Frau. Weil sie kinderlos waren und meinten, Gott darin keinen Dienst zu erweisen, trennten sie sich. Der Mann ging hin und heiratete eine schlechte Frau, und sie machte ihn schlecht. Die Frau ging hin und heiratete einen schlechten Mann, und sie machte ihn gut. Also hängt alles, so schließt diese jüdische Weisheit, also hängt alles von der Frau ab.

D A N K E

Glücklich kann sich der schätzen, der eine gute Frau an seiner Seite hat,
da macht es nichts aus, wenn er selbst nicht ganz und gar gut ist,
nicht stark aus sich heraus, Hauptsache, die Frau, die mit ihm ist,
hat einen wachen Geist, einen klaren Verstand und ein gutes Herz.

Allen, die mit viel Einfühlsamkeit, tröstenden Worten und Mitgefühl, einen würdigen Abschied ermöglicht haben.

Besonderen Dank sagen wir Herrn Pfarrer Dr. V und unseren Freunden Klaus und Irene R

Helga T

Hans Hermann T
Ralf T und Manuela
Holger T , Anette, Lisa und Julia

63150 Heusenstamm-Rembrücken, im März 2006

Eine Todesanzeige für den Ehepartner eignet sich jedoch nicht nur dazu, das langjährige Einvernehmen zweier Menschen zu dokumentieren. Der 88-jährige Wilhelm B. nutzt die Gelegenheit, das geneigte Publikum auf einen exquisiten literarischen Leckerbissen aufmerksam zu machen.

Meine liebe Frau und Mutter

Johanna Maria B

geb. S

entschlief nach vielen Monaten erduldeter Schmerzen am Sonntag, dem 10. März 1996, 5 Tage vor ihrem 62. Geburtstag.

Aus tiefster Traurigkeit heraus teile ich, ihr 88jähriger Mann, den sie immer Bill nannte, mit, daß ich ihr, meiner geliebten und charmanten Hanny, ein literarisches Denkmal unserer 43jährigen gemeinsamen Ehe, mit ihren Freuden und Leiden für die Nachwelt geschaffen habe, wo auch die glücklichen Stunden in ihrer 2. Heimat Spanien Erwähnung fanden. Dies ist nachzulesen in dem als literarische Seltenheit erschienenen Buch „DER TRANSITARIO", das besonders im deutschsprachigen Ausland als einmaliges Werk anerkannt und hervorgehoben worden ist.

Einblicke in das fein aufeinander abgestimmte Eheleben eines Reiterpaares eröffnet hingegen die folgende Anzeige. Sie zeigt, wie sich Mensch und Tier in schwerer Stunde aufs Vortrefflichste ergänzen.

Statt Karten

Ich gebe Kenntnis, daß mein Mann

Dr. Herbert S

* 3. 7. 1922

am 25. April 1992 gestorben ist.

Seine Pferde haben die erste Totenwache gehalten.

Dr. Jutta S

Nach einer entwicklungsreichen Ehe-Partnerschaft ist meine große, geistige und spirituelle Liebe

Freiherr
Eberhard von G

durch Gottes Gnade und einen leichten Tod in die jenseitige Welt gegangen.

Als erste und allerbeste Vertraute werde ich ihm in tiefer Liebe helfen, mit seiner Seele und seinem Geist in Gottes Licht zu streben.

Seine individuelle Persönlichkeit zeigte immer eine großherzige, würdevolle, wohlwollende, liebevolle Art im Umgang mit seinen Mitmenschen.

Ich hoffe, dass sein tiefer Wunsch, das aus seinem Landgut Rineck ein göttliches, spirituelles Zentrum wird, sich erfüllen wird.

Die Beisetzung findet im engsten Familienkreis in Mannheim statt.

Gertraud R
und unser Berner Sennhund Simba

Und da wir – wie fast in jedem Kapitel – nun wieder bei den Tieren angelangt sind, darf hier die Anzeige für Freiherr Eberhard von G. nicht fehlen. Denn sie macht uns nicht nur mit der spirituellen Nähe der Eheleute bekannt, die im Jenseits fortdauert, sondern sie ist auch vom Berner Sennhund Simba unterzeichnet.

Man muss Witwer werden, ehe man herausfindet, wieviel Arbeit die Frau machte.

Das Ende einer interessanten Reise.

Karl P. E

* 14. Mai 1928, Erding † 2. November 2008, Palm Springs/Kalifornien

Kriegsteilnehmer 2. Weltkrieg, Luftwaffenoberhelfer (1/475)
Träger des Flak-Kampfabzeichens
und der Kriegsverdienstmedaille II. Klasse mit Schwertern
Angestellter im Süddeutschen Verlag, Süddeutsche Zeitung und Abendzeitung
nach Auswanderung in die USA Colonel in der Confederate Air Force

Karl liebte Opern, Sport und Fotografie. Er liebte Reisen, meistens mit seiner Frau Virginia (Ginny † 8. September 2005) und besuchte Baja/Mexiko, drei Kreuzschifffahrten in der Karibik, Kolumbien/Südamerika, Panama-Kanal, Barbados, Australien, Tahiti und Neuseeland, 22 Länder in Europa, sechs kanadische Provinzen und sein größter Stolz, alle 50 Hauptstädte in den USA.

Vorausgegangen sind ihm seine Eltern **Karl** und **Therese**
Brüder **Fritz** und **Dieter**
Schwester **Maria**

In Trauer: Tochter **Karly L** mit Ehemann **Kevin** und Sohn **Zachary**, Sisters/Oregon
Bruder **Siegfried** mit Frau **Katharina** und Tochter **Sabine**, München
Schwester **Elisabeth M** mit Söhnen **Steven** und **Sean**, Ulm
und viele liebe Verwandte und Freunde

Traueradresse: Mrs. Karly L

Nicht so sehr in Gottes Licht entschwebt ist Karl E. Vielmehr präsentiert er sich als Mann vom alten Schlag. Sein Motto dürfte nicht überall Zustimmung finden, auch wenn man die doppelte Bedeutung von »Arbeit machen« zu seinen Gunsten auslegt, nämlich im Sinne von Arbeit erledigen (und nicht: Arbeit verursachen). So hat er es ganz gewiss auch gemeint. Darüber hinaus haben uns seine militärischen Auszeichnungen beeindruckt, vor allem in Kombination mit seinen Hobbys und seiner stolzen Reisebilanz, der ein gewisses Bemühen um Systematik und Vollständigkeit anzumerken ist.

Josef W., genannt »Peps«, erledigt die Trauerarbeit gleich im Dreierpack und gedenkt seiner Frauen in einer ungewöhnlichen Sammelanzeige.

IN LIEBER ERINNERUNG

an meine leider viel zu früh verstorbenen Lebenspartnerinnen

Frau Centa W

verst. 25. 7. 1974

Frau Erni W

verst. 3. 12. 1991

Frau Paula M

verst. 3. 12. 1994

Es ist sehr schwer, sich von so lieben, netten Menschen, die herzensgut, fleißig und treu waren, für immer trennen zu müssen. Tapfer und geduldig haben sie bis zum Tode gegen ihre Krankheit angekämpft und auf Besserung gehofft. Unsere gemeinsamen Bemühungen waren jedoch vergebens.

Nochmals ein herzliches Dankeschön für die gemeinsamen glücklichen Jahre, die ich mit jeder von euch erleben durfte. Ihr fehlt mir so sehr!

85238 Petershausen,
im Dezember 1995

Josef (Peps) W

Wer meint, »Peps« habe hier vielleicht am falschen Ende gespart und hätte jeder seiner Damen eine eigene Annonce spendieren sollen, der sei auf unser letztes Stück verwiesen. Thomas D. kombiniert hier zwei Anzeigengenres, die ganz gewiss nicht zusammengehören. Der Verdacht liegt nahe, dass es sich um einen geschmacklosen Scherz handelt. Auf der anderen Seite könnte man meinen: Wenn schon eine Anzeigenabteilung so ein Inserat passieren lässt, warum sollte es dann da draußen nicht einen Thomas D. geben, der so eine Kombianzeige für eine richtig gute Idee hält?

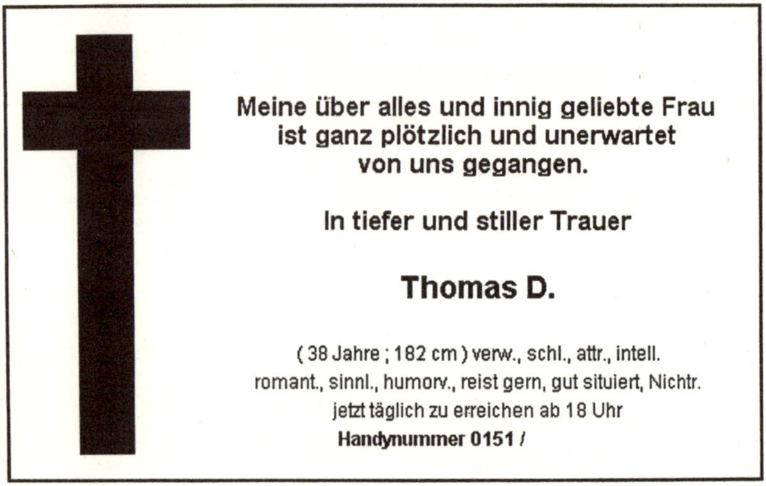
Meine über alles und innig geliebte Frau ist ganz plötzlich und unerwartet von uns gegangen.

In tiefer und stiller Trauer

Thomas D.

(38 Jahre ; 182 cm) verw., schl., attr., intell. romant., sinnl., humorv., reist gern, gut situiert, Nichtr. jetzt täglich zu erreichen ab 18 Uhr
Handynummer 0151 /

13

»Nie wieder Helgoland!«

Enigmatisches

Wir erreichen nun ein Kapitel, bei dem unser Herz höherschlägt. Denn es ist jenen Anzeigen gewidmet, die uns geheimnisvoll und rätselhaft erscheinen. Mit einem Wort: enigmatisch. Der besondere Reiz dieser Inserate besteht darin, dass wir uns selbst zusammenreimen müssen, was sich hinter den dunklen Worten verbirgt. So mag man sich fragen, was es zu bedeuten habe, dass Karin K. – vermutlich die Ehefrau – den Verstorbenen »den Schreier« nennt. In einem gespenstischen Kontrast dazu steht die Mitteilung, er sei »gefasst und still« seinen letzten Weg gegangen. Und der dritte Satz hat in seiner Vieldeutigkeit geradezu literarische Qualitäten. Ein Roman könnte so enden.

Der Schreier ist tot.

Gefasst und still ist

Gerhard K

seinen letzten Weg gegangen.
Er bleibt vielen in Erinnerung.

Karin K

Landsberg am Lech, 5. September 2005

Der Endler ist tot.

Am 9. September 1999 ist Hellmut Endler in seinem Haus in Peretshofen für immer friedlich eingeschlafen.

Die Trauerfeier mit anschließender Beerdigung findet am 16. September 1999 um 11.00 Uhr in Peretshofen statt.

Unsere zweite Anzeige schließt sich formal an die erste an. Doch scheint sie ohne Umschweife zur Sache zu kommen. Aber gerade das macht sie so rätselhaft. Es gibt niemanden, der seiner Trauer Ausdruck verleiht oder überhaupt nur irgendetwas Näheres über »den Endler« verrät. Aus der dürren Mitteilung, dass er »für immer friedlich eingeschlafen« ist, könnte man einen Anflug von Erleichterung herauslesen. Es gibt niemanden, der in dieser kargen Anzeige auch nur seinen Namen hinterlässt. Wer mag sich da wohl zur Trauerfeier einfinden?

Eine noch ausgeprägtere Sympathie für das Ableben des Betreffenden lässt die Anzeige für Waly H. aus Zürich erahnen. Und hier sind es gleich fünf, die sich »einverstanden« erklären.

Waly H

starb am 21. April 2008. Einverstanden.

Kees

Urs Lisa Dario Tim
Lukas

Dass Gedichte nicht immer restlos zu entschlüsseln sind, wissen wir noch aus dem Schulunterricht. Doch manchmal sind es auch die Illustrationen, die tiefe Rätsel aufgeben – zumal wenn sie mit einem Fragezeichen versehen sind.

ein altes lied dringt
herüber zu mir
bringt schmale resonanz
klingt noch ein wenig nach
mit etwas melancholie
klingt aus
und stille
ein neues lied
ein neuer klang
ohne dich

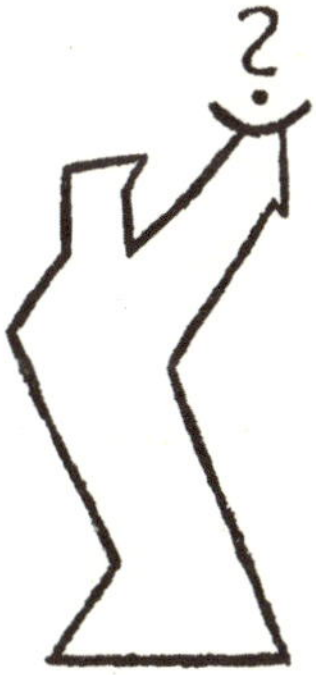

Wir trauern um

Michael K

Silke, Andreas, Christian, Thomas, Wolle, Melanie, Andreas

Bei der folgenden Anzeige sind wir es, die viele Fragezeichen setzen müssen. Doch offenbar hat Rosemarie S. nach ihrem Erdendasein auf dem Planeten Marduk eine neue Heimstatt gefunden. Was dankenswerterweise durch zwei Bilder hinreichend dokumentiert wird.

In memoriam

Nur die Liebe
wärmt die Seele

auf Erden

Rosemarie S

† September 1990
– September 1996

Kassel,
den 4. September 1996

Planet Marduk

Der Geist hat den Mantel gewechselt
am 27.3.1985 bei Sonnenaufgang

»Nezah«
Hans Andreas Christian M

Erforscher und Begründer der Pentalogisch-Pentadischen Lehre
Ingenieur und Maler (psychodynamisch)
» 5. 12. 1898 — 27. 3. 1985 «

Der Geist schafft das Leben
kleidet sich in Raum und Gestalt
bis der Vorgang — der Tod —
wieder entkleidet und trennt —

Verlag Hans M
Iris S
Edith M
Helmut M
und alle Anverwandten
und Freunde

Die achte Kraft ist der umgestaltende -- schwerelösende Wille
Hans M
aus SO4

Die Feierlichkeiten finden am Samstag, dem 30. 3. 1985, auf dem alten Friedhof, Probsteistraße, 6640 Merzig, um 13.45 Uhr statt.

Anzeigen mit einem krude esoterischen Hintergrund finden sich in wachsender Anzahl, was ihren Unterhaltungswert spürbar senkt. Daher beschränken wir uns darauf, als herausragenden Vertreter dieser Gattung die Anzeige von »Nezah« Hans Andreas Christian M. aufzunehmen. Einmal weil uns das Bild vom »Mantel wechselnden Geist« außerordentlich gut gefällt. Dann aber auch weil der Ingenieur und »psychodynamische« Maler M. die »Pentalogisch-Pentadische Lehre« nicht nur erforscht, sondern auch begründet hat, was sogar im Bereich der Esoterik ziemlich einzigartig sein dürfte.

in Memoriam

Helga S

+ 04.02.1992

Seit einem Jahr ist leer Dein Platz,
und ich vermiss' Dich ach so sehr!
Doch was ist los mit Dir, mein Schatz?
Seit Wochen schon kein Zeichen mehr!

Wolfgang G. S

60322 Frankfurt

"Nie wieder Helgoland!"
"You're the first, the last, my everything!"

Auf einen vage spiritistischen Hintergrund deutet die Anzeige für Helga S. hin, die zwar seit einem Jahr verstorben ist, doch schon seit Wochen »kein Zeichen« mehr sendet. Immerhin ist die Ortsmarke mit »Helgoland« noch vergleichsweise vertraut – auch wenn uns die Botschaft ähnlich unzugänglich ist wie Mitteilungen »aus SO 4« oder vom Planeten Marduk.

Von Helgoland nach Danzig – und gleich haben wir viel festeren Boden unter den Füßen. Der dreimal fanfarenartig herausgestoßene Städtename bezeichnet die Heimat von Agnes B. Und doch bekommt er durch die schmucklose Wiederholung auch etwas von einer Beschwörungsformel.

DANZIG
DANZIG
DANZIG

AGNES B

† 7. Juli 2007

IHRE LIEBE UND FÜRSORGE GALT IHRER FAMILIE UND UNVERGESSENEN HEIMAT

IN DANKBARKEIT UND TIEFER TRAUER

Auch die Anzeige für Liesel H. ist wohl weit bodenständiger, als es zunächst den Anschein hat, wenn wir lesen müssen, die Verstorbene habe sich zu ihrem »großen Li-Flug« erhoben.

Nicht auf das ewige Leben
kommt es an,
sondern auf die ewige
Lebendigkeit.

Unsere Mutter, Schwiegermutter und Momu

Liesel H

* 23. 2. 1935 † 11. 1. 2003

hat sich zu ihrem großen Li-Flug erhoben.

Bei Hermann B. begegnet uns hingegen das große Raunen. Zunächst erscheint der Verstorbene wie ein alter großer Baum, der »unendlich – still – leise – sanft« zu Boden fällt. Dieses eindrucksvolle Bild wird durch die folgenden vier Sätze eher zurückgenommen als bestärkt. Denn warum sollte nun, da »der Große« gefallen ist, »heilen, was verwundet war«? Heilung womöglich in der »neuen Dimension«, die »beginnen« kann (eine für eine Dimension recht ungewöhnliche Tätigkeit)? Das erinnert nun wieder sehr an »SO 4« und den »Planeten Marduk«.

DER GROSSE FÄLLT
unendlich – still – leise – sanft
JETZT KANN HEILEN WAS VERWUNDET WAR
JETZT KANN EINE NEUE DIMENSION BEGINNEN
JETZT IST ER IN DIE EWIGKEIT UNS VORAUSGEGANGEN
JETZT IST ER ZU HAUSE

HERMANN B

Mit Esoterik hat die folgende Anzeige vermutlich nichts zu tun. Verstörend ist sie trotzdem, wenn der Tod des knapp dreijährigen Otto P. mit einem eher launigen »Heia Safari« begleitet wird. Im Hinblick auf den etwas antiquierten Vornamen könnte man auch vermuten, dass sich beim Geburtsdatum ein Zahlendreher eingeschlichen hat und Otto P. nicht erst 1990, sondern bereits 1909 sein irdisches Leben begonnen hat. Dann wäre das Motto nun wieder als Hinweis auf die beachtliche Vitalität zu werten, die sich Otto P. bis ins hohe Alter bewahrt hat.

Grenzstein des Lebens
doch nicht der Liebe.

Heia Safari

Otto P

* 14.9.1990 † 12.8.1993

Von der Großwildjagd der alten weißen Männer zu den ewigen Jagdgründen, die ja eher der Welt der Indianer entstammen: Dabei ist die Anzeige für »Sternchen« auch mit den raffiniertesten Zahlen- und Buchstabendrehern nicht verständlicher zu machen.

Anläßlich Sternchen's Gang in die ewigen Jagdgründe, bedanke ich mich für die herzliche Anteilnahme und Unterstützung der Gutenberg- und Ludwigstraße.

Besonderen Dank an Familie H

PIT

Doch wird Pit mühelos in den Schatten gestellt von TT, seiner »Nichte 1913« und dem lebenden Kristallkörbchen.

An

TT

1903

Nun bist Du tot - - sodoch,
Dein Kristallkörbchen zu meiner Kommunion
lebt immernoch.

In treuem Gedenken an Dich
Deine Nichte 1913

Hingegen grübelt man bei der Anzeige für den »lieben Boss« Erwin S. nur darüber nach, was mit dem »elefantösen Gruß« der Damen gemeint sein mag. Aber irgendwie ahnt man es schon.

Unserem lieben Boß

Erwin S

einen letzten elefantösen Gruß
von seinen Damen

Frau Wolfram, Petra, Sigrid, Marion,
Andrea, Heike, Gisela, Kerstin, Doris,
Nicole, Anna, Brigitte, Tanja, Britta

Freya K

Pianistin

* 15. Oktober 1911 † 22. September 1995

Ihr positiv gelebtes Leben ist durch einen sanften Tod in Frieden erfüllt.

In stiller Trauer
Gerda K
Elfriede und Wolfgang S
Renate und Harald H
Anke und Fritz M
und alle Angehörigen

Hamburg-Othmarschen

Beerdigung am Donnerstag, dem 28. September 1995, um 13 Uhr von der Kapelle des Groß Flottbeker Friedhofes, Stiller Weg.

Am 22. September 1995 verstarb unsere Pensionärin Frau

Freya K

im 84. Lebensjahr.

Mehr als 10 Jahre war Frau K in der Vertriebsabteilung des Hamburger Abendblattes tätig. Während dieser Zeit haben wir sie als eine zuverlässige und pflichtbewußte Mitarbeiterin kennengelernt.

Wir werden Frau K ein ehrendes Andenken bewahren.

AXEL SPRINGER VERLAG

Die Anzeigen für Freya K. sind für sich betrachtet ganz und gar konventionell. Doch offenbaren sie in der Synopse ein Doppelleben, das gewiss seinen Reiz gehabt haben mag.

Uns hat oft eine Geste, eine Umarmung
mehr gesagt, als tausend Worte.

Wir haben uns fürs erste voneinander verabschiedet von

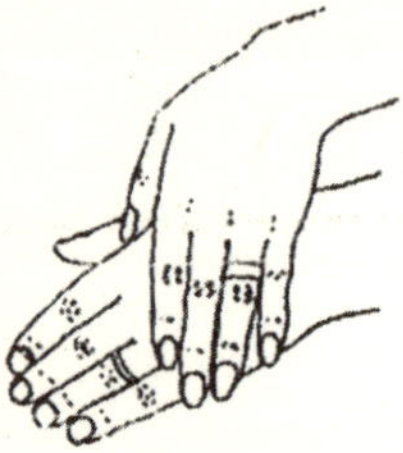

Rudolf Z

* 10. 5. 1933 † 5. 12. 1995

Edith Z
Fam. Karl-Heinz Z

Die Beerdigung findet am Freitag, dem 8. Dezember 1995, um 8 Uhr auf dem Westfriedhof statt.

Nicht immer sind es die Worte, die uns Rätsel aufgeben. Manchmal sind es auch die Gesten, die wir nicht recht entschlüsseln können. Vor allem wenn ihnen zugedacht ist, mehr als tausend Worte auszusagen – wie die geheimnisvollen linken Hände in der Anzeige von Rudolf Z.

Unsere letzte enigmatische Anzeige fällt wiederum in die Kategorie »kurz, aber verstörend«. Unter einer Evasion versteht man eine Ausweichreaktion. So sprechen die Zoologen von Evasion, wenn eine Population von Tieren ihr angestammtes Gebiet verlässt, weil sie dort keine Nahrung mehr findet. Ebenso erklärungsbedürftig ist die Auskunft, Lothar W. habe »wie« ein Mensch gelebt und sei »wie« ein Mensch gegangen. Denn wenn irgendetwas »wie« etwas anderes ist, dann heißt das: Es ist ähnlich, aber nicht gleich. Wer frisst wie ein Scheunendrescher, ist selbst keiner. Ist Lothar W. also kein Mensch gewesen? Sondern womöglich ein zugewanderter Bewohner des Planeten Marduk, der nur bei uns auf Erden war, weil er auf ergiebigere Weidegründe ausgewichen ist?

EVASION

Lothar W

1937 - 1995

Er hat wie ein Mensch gelebt.
Er ist wie ein Mensch gegangen.

14

»Apollonia Ochs, geb. Stier«

Namen

Wir haben es bereits im Adelskapitel (S. 27) bemerkt: Manche Anzeigen fesseln unsere Aufmerksamkeit allein wegen der Namen, die darin vorkommen. Dabei muss man zugestehen, dass da ein Bürgerlicher gegenüber den erlauchten Fürsten und Prinzessinnen weit weniger glanzvoll abschneidet. Wie unsere erste Anzeige belegt.

Aus einem arbeitsreichen Leben wurde nach schwerer Krankheit unser sehr verehrter Geschäftsführer

Herr

Hermann Schrumpf

am 9. März 1972 im blühenden Alter von 59 Jahren aus unserer Mitte abberufen.

Auch wer sich als Alt-Tapezierermeister einen Namen gemacht hat, löst damit bei der Nachwelt womöglich nur ein breites Grinsen aus. Dabei verrät ein Blick auf die Liste der Trauernden, dass sich der K-Name als Bestandteil eines Doppelnamens großer Beliebtheit erfreut und dass es in Dübendorf bei Zürich noch reizvollere Kombinationen gibt.

8600 Dübendorf, 29. Dezember 1982

†

Unser Vater ist nicht mehr,
sein Platz in unserem Kreis ist leer.
Er reicht uns nicht mehr seine Hand,
der Tod zerriss das schöne Band.

TODESANZEIGE

Gott, der Herr des Lebens, hat heute abend meinen lieben Gatten, unseren guten Vater, Schwiegervater, Bruder, Schwager und Onkel

Eduard Kotz-Werz

Alt-Tapezierermeister

in seinem 73. Lebensjahr, versehen mit den heiligen Sterbesakramenten, von seiner schweren, mit grosser Geduld ertragenen Krankheit erlöst.

Sein Leben war erfüllt von Liebe und Sorge für seine Familie und treuer Pflichterfüllung. Wir bitten, dem lieben Verstorbenen ein ehrendes Andenken zu bewahren und seiner beim heiligen Opfer und im Gebet zu gedenken.

In christlicher Trauer:
Anna Kotz-Werz, Gattin
Marlis und Leonz Güntert-Kotz, Uster
Regula und Kurt
Rita und Helmut Schilling-Kotz, Aathal
Christian, Roland und Reto
Rolf und Maria Kotz-Schön, Dübendorf
Geschwister und Anverwandte

Beerdigung und Trauergottesdienst: Dienstag, 4. Januar 1983, 14.20 Uhr in der kath. Kirche Dübendorf. Besammlung beim Friedhofgebäude um 13.50 Uhr.
Dreissigster: 30. Januar 1983, 10.00 Uhr.

Hin und wieder stößt man auch auf sprechende Namen. Wie Herrn Leberecht Lange aus Hannover, der immerhin ein Alter von 82 Jahren erreicht und so seinem Namen alle Ehre gemacht hat.

Hebräer 11,1

Für mich war er alles

Leberecht Lange

* 4. 2. 1916 † 20. 8. 1998

In unendlicher Liebe:
Elli Lange geb. Kunde
Fred und Mimi Kunde
Gisela und Achim Seidel

30171 Hannover, Schlägerstraße 13

Die Beerdigung findet am Dienstag, dem 25. August, um 13.30 Uhr von der Kapelle des Friedhofes Marienwerder, Garbsener Landstraße, aus statt.
Ausführung: Bestattungsinstitut Adolf Babst, Oesterleystr. 14, 30171 Hannover.

Allerdings kann einem der Nachname bei den beruflichen Ambitionen auch in die Quere kommen. Wie das folgende Beispiel zeigt, das wir einer Sammlerin verdanken, die leider den Rest der Anzeige weggeschnitten hat. Womöglich wäre auch hier ein Blick auf die Liste der Hinterbliebenen ganz reizvoll gewesen. Vielleicht hätte auch hier ein Doppelname den des Pfarrers noch überboten.

Pfarrer Fridolin Bigott

Interessante Kombinationen können sich ebenso ergeben, wenn Geburts- und Ehenamen zusammenkommen. So kündet die folgende Anzeige aus dem hessischen Niedernhausen von der einstigen Vermählung von Ochs und Stier.

Am 23. Mai 1972 verstarb im 88. Lebensjahr, nach schwerer Krankheit, meine liebe Mutter, Schwiegermutter, unsere liebe Großmutter und Urgroßmutter

Frau Apollonia Ochs

geb. Stier

Im Namen der Hinterbliebenen:
Georg Ochs

6272 Niedernhausen/Taunus,

Die Beisetzung findet am Freitag, dem 26. Mai 1972, um 14.00 Uhr, ihrem Wunsch entsprechend, auf dem Friedhof in Niedernhausen/Taunus, statt.

Für Josefine Zeh aus Heidelberg hingegen muss die Annahme des Ehenamens einer Amputation gleichgekommen sein.

Beim Heimgang unserer lieben Mutter

Josefine Zeh

geb. Zehe

wurden uns viele Beweise inniger Verbundenheit zuteil. Besonderen Dank den Ärzten und Schwestern des St.-Josefs-Krankenhauses, Frau Dr. L und Herrn Dr. L in Rohrbach für die liebevolle Pflege sowie all denen, die sie zur letzten Ruhe begleitet haben.

Die Kinder

Heidelberg-Rohrbach, im Februar 1977

Wenn der oder die Verstorbene einen ungewöhnlichen Namen trägt, ist bei der Formulierung der Anzeige besondere Vorsicht geboten. Sonst ergibt sich womöglich ein ungewollter »Hintersinn«.

Gott, dem Herrn, hat es gefallen, unsere Mutter

Ilse von Hinten

geb. Moldt

* 7. 11. 1904 † 15. 11. 1999

zu sich zu nehmen.

In Liebe und Dankbarkeit:
Ullrich und Ursula A

sowie Großkinder und Urgroßkinder

Gleiches gilt auch für die Auswahl des Mottos, wobei die Trost spendenden Worte des Propheten bestimmt nicht zufällig gewählt wurden.

Fürchte dich nicht, denn ich habe dich erlöst;
ich habe dich bei deinem Namen gerufen:
du bist mein.

Jesaja 43/1

Fritz Fleischfresser

Gewiss wäre auch Günter beim Graben ein Kandidat für einen himmlischen Ruf. Zumindest aber kann er darauf vertrauen, dass hier auf Erden, vor allem in den Reihen der Altenbrucher Schützen, sein Name nicht so schnell in Vergessenheit gerät.

Am 13. August 2002 ist unser Schützenbruder

Günter beim Graben

im Alter von 72 Jahren von uns gegangen.

Er war 34 Jahre Mitglied im Schützenverein Altenbruch.

Sein Name wird in den Reihen der Altenbrucher Schützen unvergessen bleiben.

Schützenverein Altenbruch von 1910 e.V.
Der Vorstand

Antreten zur letzten Ehrerweisung am Freitag, dem 16. August 2002, um 13.30 Uhr im Vereinslokal Hotel »Deutsches Haus«.

Vom Schützen- zum Karnevalsverein ist es nur ein kleiner Schritt. Und auch hier finden sich Namen, die nicht nur in den eigenen Reihen noch lange nachklingen dürften. Wie etwa im Fall des Kasseler Vereinspräsidenten Werner Wurst, der sein »närrisches Zepter für immer aus der Hand gelegt« hat, nicht ohne zuvor der tanzenden Vereinsjugend »seine besondere Aufmerksamkeit und Kraft« geschenkt zu haben.

Der Narr ist weise, drum liebt ihn Gott!

Unser Präsident und väterlicher Freund

Werner Wurst

hat sein „närrisches Zepter" für immer aus der Hand gelegt. Er konnte führen, da bei ihm der Frohsinn über allem stand. Er liebte seine Mitmenschen und war glücklich, wenn sie sich vergnügten. Seine besondere Aufmerksamkeit und Kraft schenkte er seiner tanzenden Jugend in der GKK. Wir sagen Danke zum Abschied. Er wird einen Platz in unseren Herzen und somit in der „Narrhalla" haben.

Gemeinschaft
Kasseler Karnevalgesellschaften

Manchmal sind es aber auch die Spitznamen, die aus dem Rahmen fallen. So löst es eher ungläubiges Staunen als tiefe Betroffenheit aus, wenn der Verstorbene mit einem Namen aufwarten kann, der einem Horrorfilm zu entstammen scheint.

Tief betroffen nehmen wir Abschied von

Butcher

Deine „Südkurve"
Cordula, Jan und Andreas

Tief erschüttert und unsagbar betroffen geben wir bekannt, daß unser Freund und Schulkamerad (Abiturjahrgang 1962)

Alexander D

* 27. 1. 1942 † 8. 7. 2004

uns nach langer Krankheit für immer verlassen hat.

Wir haben gemeinsam die Schulbank gedrückt und überaus glückliche Jugendjahre erlebt. Dank unserer Lehrer, u. a. Herrn Dr. M und Herrn Dr. N alias „die Ente", wurden wir gut auf das Leben vorbereitet. Nach dem Abitur ließ sich Alexander von der Deutschen Bank zum Bankkaufmann ausbilden und arbeitete zielstrebig an seiner Banklaufbahn, die er mit der Geschäftsführung der Barclays Bank Deutschland beendete.

Mit Alexander verlieren wir einen guten Freund, einen Mann mit Ecken und Kanten, der es niemals allen recht machen wollte, mit einem analytischen und brillanten Geist, dem wir großen Respekt zollen. Wir waren Weggefährten über Jahrzehnte in einer unruhigen Zeit.

Unser herzliches Mitgefühl gilt seiner lieben Frau Elke, die ihm aufopferungsvoll bis zu seiner letzten Stunde zur Seite stand.

Dr. Joachim A. B
Frau Rosemarie und Bette
B
Frankfurt am Main

Dr. Hans-Günter H
Frau Susanna und Laura
H
Egg, Schweiz

Doch nicht immer muss es der Verstorbene sein, der mit einem ungewöhnlichen Spitznamen bedacht wird. So stoßen wir in der Anzeige für den Bankkaufmann Alexander D. auf einen seiner Lehrer, einen gewissen Dr. N. Diesem erfahrenen Pädagogen verdankten seine Schüler eine gründliche Vorbereitung auf den Ernst des Lebens, was sie ihm offenbar mit einem passenden Beinamen vergalten.

Im Sinne generationenübergreifender Kontinuität ist es in manchen Familien üblich, dem ältesten Sohn als dem Stammhalter den gleichen Namen zu geben wie dem Vater. So war es beispielsweise bei Altbundeskanzler Konrad Adenauer. Doch zeigt sein Beispiel auch, dass dieser Brauch gelegentlich für Verwirrung sorgen kann.

In memoriam

Konrad Adenauer
(Urgroßvater)
† 10. März 1906 in Köln

Konrad Adenauer
(Großvater)
* 5. Januar 1876 in Köln

Konrad Adenauer
(Vater)
* 21. September 1906 in Köln

Köln, den 21. September 2006

Konrad Adenauer

Unsere letzte Anzeige führt uns zu der trostreichen Einsicht, dass Namen kein Schicksal sind. Wie sonst wäre es zu erklären, dass jemand mit dem Namen Zweifel »ohne Furcht« ging?

Gott dem Herrn hat es gefallen.

Herrn Hans-Heini Zweifel

in seinem 65. Lebensjahr heimzuholen in die Ewigkeit.

Er ging ohne Furcht.

»He Uli, es war schön mit Dir«

Freunde

»Für einen Freund isst man auch ein rohes Hühnchen«, sagt ein türkisches Sprichwort. Nicht überraschend also, dass man immer wieder auf Anzeigen stößt, in denen sich die Freunde vom Verstorbenen verabschieden und in denen häufig ein etwas lockerer Ton angeschlagen wird. Ein fast schon klassisches Beispiel gilt einem Kumpel mit dem Kampfnamen Büffel. Das eingängige Motto ist uns bereits in mehreren anderen Anzeigen wieder begegnet.

Er kam oft zu spät,
aber ging viel zu früh.

Tschüss Büffel

Alle Deine Freunde

Durchaus entspannt und ohne einen Anflug von Sentimentalität verabschieden sich die Freunde von Ulrich K.

Ulrich K

He Uli, es war schön mit Dir.
Deine Freunde

Hein Stephie Junker Annette Uwe Margret Fred Birgit
Heiko Evelyn Franco Juppes Fitschi Freddy Elke Feile
Karin Klaus Anne Tom Katrin Harry Petra Rolli
Hanne Ludger Birga Günther Waltraud Günther Helga
Sieghardt Eva **Micha** Annelore Quax
Dali Ulrike *bleibt in unserer Mitte* Roland Christiane
Beate Wolfgang Ralph Ralf Mänes Conny Winand
Susi Karl Brigitte Enno Heinzi Trudi Aquille
Jupp Ilona Lupita Rita Bobby Peter Moni
Rainer Wilhelm Cristiane Martin Andrea

Köln, im November 2005

Die Verbundenheit mit dem verstorbenen Freund lässt sich womöglich besser mit grafischen Mitteln zum Ausdruck bringen. Ein besonders gelungenes Beispiel ist die Anzeige für Micha aus Köln.

Wohl nur vom Verstorbenen selbst richtig zu deuten ist die Anzeige von Freund Armin. Dabei handelt es sich um eines der raren Exemplare, in denen der Verstorbene namentlich nicht genannt wird. So ist zu hoffen, dass sich auch der richtige Arminfreund angesprochen fühlt, um den Logensitz im Himmel schon mal vorzuwärmen.

Mein Lieber, halte mir – wie immer –
den besten Platz frei.

Armin

Kommunikationsprobleme gibt es selbst unter guten Freundinnen. Doch besteht Aussicht, dass die sich eines Tages in einer klärenden Aussprache bereinigen lassen.

Sabine

**Wir haben oft aneinander vorbeigeredet, aber ich glaube, daß wir uns irgendwann trotzdem viel zu sagen haben.
Ich habe eine meiner besten Freundinnen verloren.**

Meike

In vielen Anzeigen versuchen die Freunde die besonderen Qualitäten des Verstorbenen einzufangen. Von geradezu enzyklopädischem Eifer getrieben sind die Freunde von Ralph T., die ihn von A bis Z mit den unterschiedlichsten Benennungen bedenken: Vom Advokaten über den Porschologen bis zum Zähneblecker kommt da allerhand zusammen.

How deep is the ocean / how high is the sky

Ralph T

* 13. Juni 1948 † 17. März 2004

Wir trauern um Dich. Du warst unser

Advokat, Altachtundsechziger, Angstnehmer, Berater, Besserwisser, Biker, Clubmitglied, Dillinger, Driver, Feinschmecker, Förderer, Frauenfreund, Freundlicher Kinderschreck, Furchtloser Trotzkopf, Gambler, Genießer, Grenzgänger, Herr über Wind und Meer, Hobbyist, Jäger, Jeepler, Jetsetter, Käpt'n, Kellermeister, Korrigierer, Kritischer Konstruktivist, Küchenfreund, Kunstfreund, Lacher, Lebensberater, Lebensfreude-Purist, Liebhaber, Literat, Maître, Männerfreund, Mitspieler, Mitspinner, Moaner, Molinarist, Motorsportsfreund, Musikfreund, Mutmacher, Never-Loser, Nonkonformist, Polyglotter Weltbürger, Porschologe, Radler, Rechtsbeistand, Regattafan, Reiseleiter und -begleiter, Retter, Sammler, Saufkumpan, Segelfan, Skatbruder, Skihas', Skipper, Skurrilologe, Streithahn, Tee-o-phil, Träumer, Überholer, Väterlicher Freund, Vereinsmeier, Verschwender-in-Maßen, Wächter, Wahl-Pariser, Weinkenner, Weltumsegler, Wissensdurstiger, Yachter, Zähneblecker

und das alles von A–Z und ohne Wenn und Aber.

Und Du sollst uns jetzt nicht fehlen? Fare Thee Well!

Deine Freunde

Wir haben einen bedeutenden Freund verloren.

Dr. Irmfried H
„Immi"

* 13. 5. 1915 † 20. 10. 2004

Wir verabschieden einen großen Gentleman, der uns immer mit Charme, Schirm und Monokel gesellschaftlich und sportlich ein großes Vorbild war.

Auf seinem letzten Weg ehren wir Irmfried H mit einem kräftigen Bumalaga.

Rugby-Abteilung

Sport-Club „Frankfurt 1880" e.V.

Auf wenige charakteristische Attribute konzentriert sich hingegen die Rugby-Abteilung des Sport-Clubs Frankfurt von 1880. Auf diese Weise gelingt ihr ein meisterhaftes Porträt ihres Freundes und Förderers Dr. Irmfried H., der mit Charme, Schirm und Monokel in einem reizvollen Kontrast zum Rugbysport steht, bei dem ja auch andere Qualitäten als die eines Gentlemans gefragt sind.

Anrührend, doch nicht weniger gelungen ist die Anzeige für den obdachlosen »Tüten Alfred« von der Bahnhofsbank.

Die Bahnhofsbank ist leer, Du fehlst uns sehr.
Warst immer da, bei jedem Wetter

„Tüten Alfred“

Du warst ein Netter.
Nun hast Du Deinen Frieden, mögest Du im Himmel auch Dein Körnchen kriegen.
Mach's gut!

In ein ähnliches Umfeld gehört die warmherzige Annonce für den verbummelten Heinz-Willy Z., der gewiss nicht bei jedem so viel Sympathie geerntet hat wie bei Felicitas und Christa.

„Weltenbummler“

Heinz-Willy Z

lautstarkes Original mit goldenem Herzen vom Kasseler Königsplatz, hat seine letzte große Wanderung angetreten. Gute Reise und Gott befohlen, lieber Willy!

Felicitas + Christa
für alle, die dich so akzeptierten und schätzten, wie du warst

Mit der Anzeige für »Fitti« stoßen wir hingegen von der Straße in geschlossene Räumlichkeiten vor, was sich schon darin zeigt, dass hier die Freunde aus einem Lokal mit dem appetitlichen Namen »mampf« inserieren. Wenn man sich anschaut, was ihnen für ein schönes Porträt gelungen ist, könnte man auf die Idee kommen, sich öfter in der Gastwirtschaft blicken zu lassen.

Fitti

Friedrich Wilhelm O
† 06.11.2001

Das schallende Gelächter auf Deine haltlos derben, irrwitzigen Späße hat uns ergötzt und wird uns fehlen.
Deine Liebe zu Jazz bei Alkohol mit Texten war hell und klar, wie ein Herrengedeck.
Möge der Herr Dir ein guter Wirt sein.

Die Freunde aus dem mampf

Doch nicht alle Anzeigen singen das Hohelied auf Alkohol und Zigaretten, zumal damit zwei Faktoren genannt sind, die das Leben stark verkürzen können – was dann unter Freunden auch wieder nicht recht ist. Eine kleine, aber energiegeladene Anzeige führt vor, wie Wut auf die Zigaretten aus der Zuneigung für den Raucher erwachsen kann.

Willi S

*** 3.10.1950** **† 2.6.2007**

Ich bin fassungslos, wütend und sehr traurig. Jahrelang muste ich zusehen, wie der sogenannte Genuß der Zigaretten seinen Körper grausam zerstörte. Nun hat ein lieber, stets hilfsbereiter Freund, mit einem sonnigen Gemüt, nach qualvollem Leiden, endlich seinen Frieden gefunden.

90491 Nürnberg, **Irmgard S**

Als Abenteurer und veritabler »Hansdampf« bleibt Peter T. in Erinnerung, dessen Beiname »King of the road« auf einen unsteten Lebenswandel hindeutet. Allerdings hatte er offenbar auch seine häuslichen Qualitäten, wie die Würdigung seiner Ochsenschwanzsuppe vermuten lässt.

„Ich habe gekämpft, jetzt will ich nicht mehr. Vom Strecken der Waffen geht eine Beruhigung und ein Seelenfrieden aus." P. T.

Peter T

3. 3. 1942 – 19. 1. 2003

KING OF THE ROAD

Wir werden dich vermissen: deine Klugheit, dein Wissen, deine Power, deinen Drive, deinen Mut und deine Aufrichtigkeit.

Wir liebten deine spannenden Geschichten und du kochtest die beste Ochsenschwanzsuppe.

Kein Berg war dir zu hoch, ihn zu erklimmen, kein Wasserloch zu tief, hineinzuspringen.

Du bist bei uns for ever and ever and ever.

Von Grillfesten mit wohlschmeckenden Lammkeulen kündet hingegen die folgende Traueranzeige, die offenbar von der feierfreudigen Nachbarschaft aufgegeben wurde. Dass darin gleich dreier Damen vom Grill gedacht wird, macht ein wenig stutzig. Sollten sie zu dritt einem tragischen Unglück zum Opfer gefallen sein? Oder sind die drei womöglich noch am Leben, haben sich von den lautstarken Festen zurückgezogen und sollen auf diese drastische Weise zur Rückkehr bewegt werden?

Wir vermissen euch in unserer Runde

Helga · Tily · Alina

– Feiern, Garten und Lammkeulen waren immer schön –

Ihr seid noch viel mehr für uns!

In der folgenden Anzeige haben wir es in jedem Fall mit einem tragischen Unglück zu tun. Die Geschichte vom liebenswürdigen Nachbarn Dieter S. nimmt ein so fatales Ende, dass es einem das Herz zerreißt. Dabei muss man nicht nur den verunglückten Mann aus dem hessischen Bürgeln bedauern, sondern ebenso seine amerikanischen Freunde.

Wir Ausländer werden oft gefragt, wie wir die Deutschen finden. Wir antworten seit Jahren: „Wenn Sie einen mit Gemütlichkeit und menschlicher Wärme gefunden haben, haben Sie auch einen Freund für das Leben gefunden, denn er ist auch treu und zuverlässig". Das wissen wir, weil wir selbst so einen gefunden hatte. Er hieß

Dieter S

Unsere Erfahrungen über das Leben in Deutschland waren tiefgehend geprägt von unserem Nachbarn Dieter. Dieter war die Stütze der Nachbarschaft in unserer Ecke Bürgelns. Sein Charme, seine Liebenswürdigkeit und seine absolute Zuverlässigkeit waren jedem bekannt. Wir waren von unseren eigenen Verwandten getrennt, aber durch die benachbarten S wieder ergänzt.

Mit dem Dieter gab es nur ein Problem. Nie war er in einem Flugzeug, noch wollte er je fliegen. Wir hofften trotzdem auf einen Besuch in den USA nach unserer Rückkehr aus Deutschland.

Am 22. Dezember ist Dieter geflogen. Nach dem Absturz des Oldtimer-Flugzeugs DC 3 waren Dieter und sein Bruder Georg unter den 28 Opfern. Dieter S wird uns nie besuchen und wir nicht mehr ihn, nicht mehr in dieser Welt. Das Leid und die Trauer an diesem Verlust teilen

Jerry, Robin und Lorrin N

Eine gute Seele war offenbar auch der Peter, dem die folgende Anzeige gewidmet ist. Und auch bei Peter hat sich die Sache eher nicht gelohnt, wie sein vertrauter Freund Gerardus de G. in drastischen Worten durchblicken lässt.

MEIN LIEBER PETER

DU WARST MEIN EINZIGER UND BESTER FREUND, DU HAST UNS SO PLÖTZLICH VERLASSEN. DU HAST FÜR VIELE DIR GROSSE MÜHE GEMACHT UND SEHR OFT EINE KARRE MIST BEKOMMEN. WENN ES EIN SPÄTERES LEBEN GIBT, WÜNSCHE ICH DIR DAS SCHÖNSTE.

Das nordhessische Kaufungen, Heimat des verwegenen Ritters Kunz von Kaufungen, ist gewissermaßen die Kulisse der Anzeige für Karel V., der aus Belgien stammte und durch Bescheidenheit, Tapferkeit und Hilfsbereitschaft »so manchem Eindruck gemacht« hat. Dass der Freundeskreis »die Spuren dieses Belgiers« so liebevoll nachzeichnet, ist gewiss nicht die schlechteste Empfehlung für Kaufungen.

Kaufungen ist ein wenig ärmer geworden.

Herr

Karel V

wurde nach Vollendung seines 69. Lebensjahres aus dieser Welt abberufen. Sein Name war nicht vielen bekannt, wohl aber die hohe hagere, weißhaarige Gestalt; im Straßenbild, in Stiftskirche und St.-Heinrichs-Kirche, bei Veranstaltungen des Wander- und Gebirgsvereins.

„Was ist der Mensch, daß du seiner gedenkest?"

Sollten die Spuren dieses Belgiers getilgt werden?

Seine Bescheidenheit, Tapferkeit und Hilfsbereitschaft haben hier so manchem Eindruck gemacht.

Der Freundeskreis

Albert H

Dein Leben erlosch vor drei Jahren; nach Deinem Tod habe ich erfahren, wie wertvoll es ist, eine Familie, Schulfreunde und gute Freunde in der SPD zu haben.

Danke

Elisabeth H

Das Thema Freunde erschöpft sich keineswegs in Anzeigen, die von Freunden aufgegeben wurden. Vielmehr können auch die trauernden Angehörigen den Wert der Freundschaft neu entdecken und gute Freunde gerade dort aufspüren, wo man sie am allerwenigsten vermutet.

Unsere letzte Anzeige in diesem Kapitel gibt hingegen der Unsicherheit und dem Schmerz viel Raum.

DR. GERNOT N

1943 - 1997

Erwart' ich den Tag,
erwart' ich die Nacht?
Was weiß ich schon.

Oh, tut das weh!
........! ....! .. ....!

Ja, mein Freund.
Ade!

Jürgen P

16

»Ronka ist ihrem Herrchen gefolgt«

Ungewöhnliche Verstorbene

Manchmal überrascht uns eine Todesanzeige nicht so sehr durch textliche oder gestalterische Kühnheiten, sondern einfach durch die Person, um die da getrauert wird. So trifft man zuweilen auf alte Bekannte, von denen man annahm, dass sich ihr Ableben bereits herumgesprochen habe.

Divae memoriae

FELIX
MENDELSSOHN-BARTHOLDY

* 3. 2. 1809 † 4. 11. 1847

Werden Politiker betrauert, so kann seit der Zeit ihres aktiven Wirkens schon eine Weile vergangen sein.

In memoriam

Kaiser Heinrich VI.

† 28. 9. 1197

Pro gloria imperii regnavit

Dr. Hartmut J , Stuttgart

CONNY

† 5.2.1996

In unseren Herzen wirst Du weiterleben.
Du wirst uns sehr fehlen.

Jörg, Julia u. Manuela

In tiefer Trauer und ewiger Liebe

Vati und Mutti

Doch sind es keineswegs nur die großen Namen, die uns stocken lassen. Hin und wieder werden auch ungewöhnliche Familienangehörige betrauert.

Textlich lassen sich Anzeigen für Vierbeiner kaum von denen unterscheiden, die einem unserer Artgenossen gewidmet sind. Dies gilt vor allem, wenn ein so folgsames Geschöpf gegangen ist wie die Hündin Ronka.

Mein kleines Mädchen, meine beste und treueste Freundin, mein Trost und Sonnenschein, meine über alles geliebte

Ronka

† 20. Januar 2003

ist ihrem Herrchen nach nur 15 Monaten in die Ewigkeit gefolgt.

Du fehlst mir unendlich.

Dein trauriges Frauchen

Aber auch kleine Tiere können bei ihren Besitzern große Zuneigung auslösen. Umso schwerer fällt dann das Loslassen wie bei Hoppel, der ebenso tapfer wie vergeblich gegen eine schwere Krankheit ankämpfte.

Dich loslassen zu müssen tut so weh,

Hoppel

geb. im Sommer 1996 gest. am 25. Oktober 2003

Eine schwere Krankheit quälte Dich sehr. Du hast bis zuletzt ganz tapfer gekämpft, doch trotzdem wurde Dein kleiner Körper besiegt.

In der Welt der Menschen, die oft erfüllt ist von Heuchelei, Kälte, Egoismus und grotesker Hektik warst Du für uns stets ein Ruhepol. Während unserer leider viel zu kurzen gemeinsamen Zeit haben wir aufrichtige Freude, Unschuld, Dankbarkeit, Für-Sorge, Mit-Leid, Geduld und vor allem aber bedingungslose Liebe erleben dürfen. Darum wirst Du in unseren Erinnerungen und unseren Herzen für immer Deinen festen Platz behalten.

An dieser Stelle möchten wir den Mitarbeiterinnen der Praxis Brockmann, die jederzeit liebevoll, einfühlsam und mit viel Fachkenntnis versucht haben, Dein Leben zu retten, herzlich danken.

Schon bei der Anzeige für Hoppel kommt einem das Aperçu in den Sinn: »Seit ich die Menschen kenne, liebe ich die Tiere.« Und auch der treue Tiggi zeigt sich charakterlich gefestigter als so mancher unstete Mitmensch.

Daß mir ein Tier viel bedeutet und auch ist
oft sagt man, das sei Sünde,
das Tier die Treue nie vergißt,
viele Menschen dreh'n sich mit dem Winde.

Mein kleiner Freund und guter Kamerad

Tiggi

1981 – 1994

hat seinen Weg beendet. Er konnte mich nicht länger begleiten.

Ich bin traurig, und mit mir sind die Menschen traurig, die ihn bis zum Schluß ohne Einschränkungen und Vorbehalte ohne „Wenn und Aber“ gerne hatten.

Er bleibt in unserer Erinnerung.

Manche Anzeigen gehen von der Klage um den Verlust des innig geliebten Haustiers direkt in die Anklage über. Dies ist umso verständlicher, wenn Vorsatz unterstellt werden kann wie bei der Tötung des armen Katers Rübchen.

Wir trauern um unseren

Kater „Rübchen”

Er wurde am Freitagabend im Wohngebiet Teichberg auf grausame Weise von einem Schäferhund umgebracht, der von seinem Besitzer auf den Kater losgelassen worden war.

Familie W
Wolfhagen,

Doch wird nicht nur der Verlust von zahmen Haustieren betrauert. Auch die großen Freunde bekommen ihre Anzeige – und noch eine politische Botschaft mit auf den Weg, die man im Elefantenhimmel gewiss gerne vernehmen wird.

Rani

+ 13. Januar 2003

Dein Leidensweg soll nicht umsonst gewesen sein
Wir werden für die Rechte Deiner Artgenossen eintreten

Deine Freunde

Tiefe Gefühle sind nicht nur im Spiel, wenn sich geliebte oder verehrte Tiere davonmachen. Auch der Verlust eines Automobils kann schmerzen und mitfühlende Freunde auf den Plan rufen, die es an Trost und Zuspruch nicht mangeln lassen, wie uns Uwe A. aus Kassel wissen lässt. Dabei wirft der Nachsatz den Verdacht auf, dass der trauernde Halter gedanklich bereits auf ähnlichen Pfaden wandelt wie Thomas D. (S. 160) aus dem Ehekapitel.

Danksagung

Für die vielen tröstenden Briefe und Beileidsbekundungen zum Weggang meines lieben Audi Quattro

KS – KU 86

möchte ich auf diesem Wege herzlich danken, besonderen Dank Herrn Michael Otto für seine trostreichen Worte sowie allen der Trauerfeier beiwohnenden Freunde.

Der Halter Uwe A

KS – SH ... bitte melden!

Dem Herrn über Führerschein und Fahrerlaubnis, Richter Jessen, hat es gefallen, unseren über alles geliebten und benötigten Führerschein nach langer siebenmonatiger Einbehaltung, danach vierwöchiger Freigabe, für weitere vier Monate zu entziehen.

Ein Plattfuß ließ den Wagen im Graben und den Führerschein in Flensburg landen.

In tiefer Trauer

Ernst P
Viehhändler

Des Herrn Wege sind wunderbar, o' lasse er die meinen in der Wüste Sinai enden, aber nicht durch den Landkreis Flensburg führen.

Auch die letzte Anzeige in diesem Kapitel dreht sich um das Automobil: Auf den Entzug seiner dringend benötigten Fahrerlaubnis reagiert Viehhändler Ernst P. mit einer Anzeige – und engagierter Trauerarbeit.

17

»Eine Persönlichkeit von ungeschmälerter Gültigkeit«

La Grande Finale

Zeit für das Finale, Schluss mit den leisen Tönen. Jetzt wird noch einmal auf die Pauke gehauen! Getreu dem Grundsatz des legendären Filmproduzenten Samuel Goldwyn: »Man soll mit einem Erdbeben beginnen – und dann ganz langsam steigern ... « präsentieren wir eine Anzeige, die uns einfach den Atem verschlagen hat. Es handelt sich ohne Zweifel um eine »grandiose Inszenierung«, die »alle Dimensionen sprengt«.

Du bist der großartigste und würdigste Mensch, den wir kennen
Du hast kompromißlos geliebt
Deine grandiose Inszenierung war eine Ode ans Leben
Ungestüm unrastig, detailversessen, menschlich, perfekt
Gott hat eifersüchtig den letzten Vorhang abgewartet
Ungeduldig Dein Wunderwerk verfolgt
Der Himmel wird sich zu den Zugaben erheben
Die Erde ahnt nicht den Verlust
Dein Lebenstank reicht uns für tausend Jahre
Deine Wahrheit noch für Stunden danach
Wir drei werden Dich in uns vertreten
Bist in jedem Lachen, jeder Faser, jedem Licht
Gott wird Dir seine Loge anbieten
Dirigier zurückgelehnt, wohlwollend unsere Wacht
Du bist das größte Glück auf Erden
In der neuen Welt sicher das Quentchen Königin mehr
Erzähl uns ab und zu von Deiner Reise
Wie man so fühlt, was man so tanzt, was man so trägt

Anna H -G

geboren in Hamburg * 5. November 1998

Liebe Anna, liebes Mamle
Dein Verlust sprengt alle Dimensionen, Werte, Phantasien
Der Schmerz ist Wüste voll brutalster Wucht
Leb uns mit unbändigem Vertrauen
Bis zum Wiedersehen
Wir lieben Dich!

Gegen solche Wortgewalten ist schwer anzukommen, zumal wenn sie einer Mutter (»Die Mutter war's«, S. 119) gelten. Und doch können wir ein ebenbürtiges Exemplar aufbieten, das einem Manne gewidmet ist. Das Inserat stammt zwar aus einer Zeit, in der wir noch nicht auf der Welt waren, gleichwohl ist es auch heute noch »von ungeschmälerter Gültigkeit«.

In memoriam Kurt L

Der 21. November 1961 war für den Männerchor des TSV Handschuhsheim ein schwarzer Tag.

Seinem lieben und vorbildlichen Sängerkameraden Kurt L gab er in seltener Geschlossenheit das Geleit zur letzten irdischen Ruhestätte.

Die unabdingbare Forderung des Todes — beginnend mit einem heimtückischen und schweren Leiden — machte dem verhältnismäßig jungen Leben von 41 Jahren ein allzufrühes Ende.

Nach seinem eigenen persönlichen Golgatha wurde ihm die verheißungsvolle Erlösung in der Frucht des Todes zu teil. Dies ist letztlich der tiefere Sinn vom zeitlichen Wechsel in ein ewiges Leben als geheimnisvolle Konsequenz für Jedermann.

Kurt L war von unverkennbarer menschlicher Qualität höchster Ebene.

Seine familiäre und berufliche Mission, wie auch seine gesellschaftliche Führung waren stilvoll und von feiner Art getragen. Gerechtigkeitssinn, Treue und echter Kameradschaftsgeist waren sein Primat.

Eine Persönlichkeit von ungeschmälerter Gültigkeit.

Voll tiefer Ehrfurcht und Ergriffenheit nahm der Männerchor von seinem pflichtbewußten und hochgeschätzten — allseits beliebten Sängerkameraden Kurt Abschied.

In wahrer Verbundenheit und in einer, voll ehrlichem Mitgefühl aufgewühlten Stimmung, bekundete der Männerchor in zwei mit Andacht und Liebe gesungenen Chören:

Heilig ist der Herr! und Stumm schläft der Sänger!

seine Hochachtung für den Verblichenen.

Möge man angesichts dieser harten Wirklichkeit Kapital für sein eigenes Leben schlagen und dem braven, unvergeßlichen Kurt L ein ehrendes Andenken bewahren.

Das Ganze kann man natürlich auch kürzer und weltverneinender in einem Satz zusammenfassen.

Hans M

ist für immer von uns gegangen.

† 1. Februar 1985

Die Welt hat ihn nicht verdient.

Knapp und dennoch mit einem Anflug von mitfühlendem Größenwahn nimmt Margarethe S. Abschied von ihrem Gatten Arthur Martin.

Ein Genie hat die Welt verlassen

Arthur Martin S

Träger des Bundesverdienstkreuzes
Ehrenvorsitzender der Leipziger Landsmannschaft in der Bundesrepublik e. V.
* 2. Nov. 1896 in Leipzig † 13. Aug. 1980 in Bad Wildungen

Ich habe mich in aller Stille von ihm verabschiedet.
Er war seit 54 Jahren der ganze Inhalt meines Lebens.

Margarethe S

In dieses Umfeld der Ausnahmemenschen gehört zweifellos auch Johann R., für den »trotz der kaufmännischen Interessen im Beruf der Mensch stets das Wichtigste war«. Besonders sei auf seine ebenso einzigartige wie eigenartige Gabe hingewiesen, Vertrauen zu vergeben und zu verkörpern.

Johann R

Der 3. Dezember 1992 war ein Tag, der bei vielen tiefste Betroffenheit auslöste. Eine Persönlichkeit, wie sie heute sehr selten geworden ist, hat uns verlassen.

Johann R hatte eine einzigartige Gabe, Menschen zu erkennen, Vertrauen zu vergeben und zu verkörpern.

Er hat vielen – ohne daß er besonderen Dank dafür erwartet hat – in einer unvergeßlichen Art in vielen Situationen geholfen.

Viele sind ihm dafür zutiefst dankbar – einige werden erst zukünftig bemerken, wie groß der Verlust ist.

Der Verstorbene war nicht nur für seine Familie, sondern auch für viele Freunde und Partner ein Vorbild, ein Fels in der Brandung, ein Mensch, der stets für das Gerechte hart und fair gekämpft hat – für den trotz der kaufmännischen Interessen in seinem Beruf der Mensch stets das Wichtigste war.

Johann R – ein Mann, der eine Herzlichkeit ausstrahlte, die ihresgleichen sucht.

Seinen so sehr verdienten Ruhestand im Kreise seiner Familie und guten Freunden hat er nur kurz erleben können – viel zu kurz.

Er wird in uns allen weiterleben.

Ein Freund, der ihn nie vergessen wird.

Eine Anzeige der Superlative, die vom oberfränkischen Poppendorf bis in die USA reicht, erwartet uns in der Anzeige für Hildegard S., Chefin einer Firma für Qualitätskloßteig. Leider können wir diese Anzeige nicht in Originalgröße abdrucken. Wer daher mit dem Gedanken spielt, sich eine Lupe anzuschaffen, kann in diesem Vorhaben nur bestärkt werden. Ansonsten entgeht ihm eines der schönsten Stücke der Sammlung.

Danksagung

Herzlichen und besonderen Dank an alle, die ihre Lebenserhaltungsmaßnahmen, aber auch uns mit Trost und Zuversicht erfüllten.

Frau Hildegard S

Geb. 6. 11. 1951 Gest. 9. 6. 2007

Ihre Trauerfeier löste in unserer Familie eine Woge von Bekundungen der Wertschätzung und Anteilnahme aus.
Aber wir dürfen und können mit ihr verbunden bleiben, durch die Feier der heiligen Eucharistie und durch das überaus große Ausmaß der Menschen bei der Mittrauer.
Wir danken allen, die in Ihrem Leben und Wirken nahestanden und als Unterpfand des geistigen und irdischen Trostes ihr die letzte Ehre erwiesen.
Sie wird weiterleben in unseren dankbaren Erinnerungen.
Die ausgewählten Beispiele stehen stellvertretend für dieses traurige Ereignis.
Allen Verwandten, Freunden, Bekannten, Nachbarn und Schulfreunde, die bis in die USA-Michigan reichen, haben Ihre außergewöhnlich menschliche und allgemein bekannte Dimension schätzen gelernt.
Herrn Pater Dielrich von Stockhausen; er hat den Anspruch des hohen Wortes "christlich" in seiner Predigt bewusst und deutlich ausgesprochen.
Dem Klinikum Forchheim, Chefarzt Dr. Gerd Greiner, allen Mitarbeitern der Station und dem Ärztehaus in Heroldsbach, Chefarzt Dr. Hans-Dieter Neubauer mit seinem gesamten Praxisteam für ihre vorzügliche medizinische Betreuung.
Der Belegschaft unserer Firma **Schmitt's Qualitätsklofsteig** gilt unsere große Aufmerksamkeit, war sie doch eine Chefin mit Werteformat einer guten Zusammenarbeit aber auch mit einer analytischen Brillanz, welche unvergesslich bleibt.
Allen Geschäfts- und Verbraucherkunden, denen sie ein großer persönlicher Verlust ist.

Den Vereinen Katholischer Frauenbund Heroldsbach, FFW Poppendorf, Musikverein Heroldsbach, Heimat- und Trachtenverein Heroldsbach, Schützenverein Tell Heroldsbach, Gesangsverein Liederkranz Poppendorf und dem Kaninchenzuchtverein Heroldsbach.
In ihren Trauerreden spielte sie eine äußerst bemerkenswerte Rolle.
Viele Briefe und Karten gingen bei unserer Familie ein, u.a. Landkreis Forchheim, Landrat Reinhard Glauber, Gemeinde Heroldsbach, 1. Bürgermeister Richard Gügel, Landtagsabgeordneter Eduard Nöth, Bürgermeister aus den Landkreisen Forchheim, Erlangen-Höchstadt, Bamberg, Neustadt-Aisch, Lichtenfels und Bayreuth, welche uns mit Anerkennung und Zuversicht erfüllten.
Die eingegangenen Geldspenden werden auf die Konten der Deutschen Krebshilfe - Kinderkrebshilfe sowie Menschen für Menschen, Karl-Heinz Böhm überwiesen.

Beschließen möchten wir dieses Finale mit einer schlichten Anzeige aus Köln-Kalk. In ihr verbindet sich die Individualität eines Fingerabdrucks mit einem Motto, das an Universalität schlechterdings nicht zu übertreffen ist. Da bleibt nur noch hinzuzufügen, dass dem nichts mehr hinzuzufügen ist.

Peter R

* 13.10.1945 † 26.07.2004

Alles ist immer

in Dankbarkeit:

die Eltern Frieda und Walter R
Christa und Manfred A
Stefanie R
und Verwandte

51103 Köln-Kalk

Die Trauerfeier wird gehalten am Mittwoch, dem 4. August 2004, um 11.00 Uhr im "Haus der menschlichen Begleitung" Pütz ∞ Roth in Bergisch Gladbach, Kürtener Straße 10. Die Urnenbeisetzung findet zu einem späteren Zeitpunkt im engsten Familienkreis statt.

Anhang

Der Sammler dankt den Findern

Ganz herzlich danke ich allen Freunden, Bekannten und Besuchern meiner Website für die fortwährende Belieferung mit neuen Fundstücken. Die Todesanzeigen in diesem Buch wurden zu meiner Sammlung unter anderem beigesteuert von:

Barbara Altenburg; Dieter Banzhaf; Stephan Bartke; Petra Baumann; Markus Beer; Angelika Beierl; Elfriede Bek; Christa Bentlage; Detlev Bluhm; Frank Deppe; Sabine Di Geronimo; Joachim Eichelsdörfer; Stefan Erdmann; Philipp Frankenfeld; Ulrich Faure; Ronald Gangol; Christel Gewers; Rolf Gross; Stefan Groß; Peter Güntsche; Christoph Heidemann; Gundel Huschka; Rainer Just; Barbara Kagerer; Thomas Kahrer; Dagmar Kaiser; Annett Kittner; Ina Koetter; Matthias Kunz; Thorsten Lau; Regine Lemke; Peter Limmer; Waltraud Maisch; Patrick Michaelis; Kristian Müller von der Heide; Ulf-Peter Radow; Iris Reichert; Nick Rudnick; Markus Schaad; Gaby Schacht; Joe Schindler; Irène Schmet; Lutwin Schulligen; Stefan Seyboth; Irmgard Sprang; Wilhelm Sprang; Ralph Stenzel; Carola Stoevesandt; Georgia Stoinski; Peter Stollenwerk; Klaus Suetterlin; Susanne Thürauf; Manfred von der Lohe; Petra Warnecke; Andreas Wiederanders; Jost Henrich Winter; Simone Wösting; Walter Wüst; Christian von Zittwitz.

Außergewöhnliche Todesanzeigen gesucht

Sammeln Sie ebenfalls ungewöhnliche Todesanzeigen? Oder haben Sie zufällig gerade in Ihrer Zeitung ein Stück gesehen, dass unbedingt noch in meine Sammlung, auf meine Website www.todesanzeigensammlung.de oder vielleicht in die Fortsetzung dieses Buches gehört? Dann senden Sie mir Ihr Fundstück doch per Mail an todesanzeigen@gmx.de oder auch per Post an den Verlag Kiepenheuer & Witsch GmbH & Co. KG, kiwi Paperbacks, Stichwort Todesanzeigen, Bahnhofsvorplatz 1, 50667 Köln. Vielen Dank!

Bücher anderer Todesanzeigensammler

Baum, Stella: Plötzlich und unerwartet. Todesanzeigen. Düsseldorf, Erb 1980

Bruggenwirth, Ingrid: Vom Sensenmann und Druckerschwärze. Eine Auswahl außergewöhnlicher Todesanzeigen. Bremen, Kurze 1997

Grüb, Willy: Allerhand im Trauerrand. Über den Unterhaltungswert von Todesanzeigen. 2. Auflage, Berlin, Frieling 1995

Mader, Hans: Es ist echt zu bitter. Todesanzeigen – gesammelt und kommentiert von Hans Mader. Hamburg, Germa-Press 1990

Ruppert, Helmut S.: Eingegangen in die ewigen Jagdgründe. Die Todesanzeige als Abbild der Zeit. Würzburg, echter 2008

Wir sind unfassbar

Warum wir eine Fortsetzung von »Aus die Maus« brauchen

Wir waren uns von Anfang an einig, Christian Sprang und ich. Wir machen ein Buch mit ungewöhnlichen Todesanzeigen. Ein Buch, um nicht zu sagen, *das* Buch mit ungewöhnlichen Todesanzeigen. Und damit sollte es genug sein: Aus die Maus – ganz im Sinne unseres Buchtitels. An eine Fortsetzung, ein »Sequel«, wie die Filmleute sagen, war nicht zu denken. »Bambi II«, »Der Weiße Hai IV« oder »Die Wilden Kerle MDCCCXII«, das mochte vielleicht noch hingehen. Aber »Aus die Maus II«? Unserem Thema angemessen hätte unsere Antwort erst einmal gelautet: »Nur über unsere Leiche.«
Doch dann kam alles ganz anders. Erste Anzeichen waren bereits zu erkennen, als wir auf den Abgabetermin von »Aus die Maus« zusteuerten. Das Buch war schon so gut wie fertig. Doch Christian versorgte mich mit immer neuen Fundstücken, die er noch in den Tiefen seiner Sammlung entdeckt oder die ihm andere Sammler eben erst zugeschickt hatten. Kein Zweifel, wir würden nicht alle Anzeigen unterbringen können, die wir für gelungen oder zumindest bemerkenswert hielten. Ja, die eine oder andere unserer Lieblingsanzeigen würde auf der Strecke bleiben. Schon aus kompositorischen Gründen. Denn es ließ sich ja nicht jede gelungene Anzeige beliebig im Buch platzieren, sondern nur an einer geeigneten Stelle. Die musikalische Dramaturgie des Werks (mit Ouvertüre, thematischer Durchführung und großem Finale) ließ nichts anderes zu. Und so blieb ein vielversprechender Überschuss zurück.
Am 24. August 2009 erschien »Aus die Maus«. Noch vor Monatsende war die erste Auflage ausverkauft. Aus dem Stand eroberte

das Buch den achten Platz der Spiegel-Bestsellerliste, rückte bis auf den fünften Rang vor und hielt sich 23 Wochen unter den Top Ten. Vor allem aber löste das Buch ein lebhaftes Echo bei unseren Lesern aus. Wir bekamen einen prallen Sack Briefe, Postkarten, viele schickten auch E-Mails oder meldeten sich telefonisch. »Ich habe wegen eines Buchs selten so viel gelacht, gestaunt und nachgedacht«, schrieb Frau R. aus Stuttgart. »Sehr bemerkenswert«, urteilte Frau B. aus Hannover. »Habe ich doch dabei festgestellt, dass ich nicht so abartig bin, weil ich auch Todesanzeigen sammle.« Ein Hobby, das sie mit erstaunlich vielen Lesern teilt, worauf wir gleich noch näher zu sprechen kommen. Herr K. aus Hattingen bekam das Buch gleich viermal geschenkt, über das er »still grinsen« und »herzhaft lachen« musste, das ihn gleichzeitig aber auch »oft berührte«. Während Frau Z. aus Mannheim bekannte, bereits nach Lektüre der zweiten Seite geweint zu haben, weil sie »noch nie etwas Rührenderes« gelesen hatte. Nicht minder sympathisch war uns die Zuschrift von Frau Dr. B., Ärztin aus Halle. Sie ließ uns wissen: »Ich lese auch immer zuerst die Todesanzeigen, schon um zu sehen, ob einer meiner Patienten dabei ist.«

Manche Leser wiesen uns auf Aspekte hin, die uns entgangen waren. So verriet uns Herr B. aus Eichstätt, was ein »Rialo« (Seite 50) ist[1] – auch wenn die Anzeige dadurch noch rätselhafter wird, denn immerhin ist sie mit »Rialo« unterzeichnet. Eine erstaunliche Entdeckung machte auch Herr P. aus dem niedersächsischen Wunstorf: In der Anzeige »Fußball war dein ganzes Leben« (Seite 39) wurde die Trauerfeier für den 26. April angekündigt, während als Sterbedatum der 27. April verzeichnet war.
Und die Leser schickten uns neue Anzeigen. Im Anhang hatte Christian Sprang darum gebeten, ihm eigene Fundstücke zu schicken. Da war der Gedanke schon nicht mehr so fern: Vielleicht würde es ja doch zu einer Fortsetzung von »Aus die Maus« reichen. Allerdings

[1] Nach Auskunft von Herrn B. handelt es sich bei »Rialo« um eine Abkürzung, wobei die Silbe »Ri« für »Riesen-« steht. Welcher kraftvolle Ausdruck sich hinter dem verbleibenden Kürzel »A-lo« verbirgt, möge der geneigte Leser selbst herausfinden.

haben wir nicht im Entferntesten damit gerechnet, dass dies in so großer Zahl geschehen würde. Bis jetzt haben uns Tausende von Anzeigen erreicht und es kommen immer noch welche nach. Unter den Einsendern sind langjährige Sammler, aber auch Leser wie Herr G. aus Leverkusen, der durch unser Buch erst inspiriert wurde, »die Zeitung nach kuriosen oder ungewöhnlichen Todesanzeigen abzusuchen« – und die fündig wurden.

Das Ergebnis halten Sie hier in den Händen: Die große Mehrzahl der Anzeigen stammt von unseren Lesern, den Lesern von »Aus die Maus«. Dabei haben sie uns mit so vielen schönen, kuriosen und anrührenden Exemplaren versorgt, dass wir wieder einmal nicht alle Schmuckstücke unterbringen konnten. Sie wissen schon, die kompositorischen Gründe, die musikalische Dramaturgie. Da ist nichts zu machen. Aber man kann es natürlich auch positiv wenden: Es gibt erneut einen Überschuss an bemerkenswerten Anzeigen. Und was das für die Leser von »Wir sind unfassbar« bedeutet, das soll Christian Sprang in seinem Nachwort erklären.

Außer den neuen Stücken für die Sammlung bekamen wir auch einige Anzeigen zugeschickt, die erst kürzlich erschienen waren und die stark an das eine oder andere Exemplar aus unserem Buch angelehnt waren. Sollte tatsächlich »Aus die Maus« als Inspirationsquelle gedient haben? Wir wissen das natürlich nicht, aber wir fänden es nicht übel. Auch wenn wir natürlich keinen Leitfaden für das Abfassen von Trauerinseraten schreiben wollten und sich gewiss nicht jede Anzeige als Vorlage eignet. Und doch gefällt uns die Vorstellung, dass sich Leser von den »ungewöhnlichen Anzeigen« anregen lassen. Nicht nur weil manche Exemplare kleine sprachliche Meisterwerke sind, die auf diese Weise noch einmal gewürdigt werden. Sondern weil auch ein gewisser Mut, eine gewisse Unbekümmertheit oder ein gewisser Eigensinn dazu gehört, eine solche selbst gestrickte Annonce aufzugeben, anstatt den bewährten Mustern zu folgen.

Schließlich erreichte uns noch eine Anzeige, die uns besonders berührt hat, weil sich mit ihr gewissermaßen der Kreis schließt. Es handelt sich um eine Annonce für Adelheid H., die eine der »Aus die Maus«-Anzeigen formuliert hatte und nun selbst verstorben war. In dem Text wird wahrhaftig auf unser Buch Bezug genommen. Dabei zeigt sich, dass die Hinterbliebenen »Aus die Maus« so verstanden hatten, wie es gemeint war, nämlich durchaus auch als Würdigung.

Adelheid H

Sie lebte in Köln und Meckenheim und verstarb am 26. Oktober 2009 im Malteser-Krankenhaus in Bonn.

Der plötzliche Tod unserer unerschrockenen, klugen und selbstlos helfenden Mitstreiterin und Freundin ist noch unfassbar.

Seit Jahrzehnten musste sie sich unter gesundheitlichen Qualen mit Chemikalienunverträglichkeiten, Allergien und Immundefekten auseinandersetzen. Mit ihrem außergewöhnlichen Wissen über den kombinierten Einsatz von Schul- und Komplementärmedizin und besonders der Homöopathie half sie Mitbetroffenen zu überleben. Durch Aktionen machte sie Mut und half bei Diagnose, Therapie, Kostenerstattung und unqualifizierter, z. T. diskriminierender Begutachtung.

Ihre Berichte, Kommentare und Schreiben an Institutionen waren geschliffen, gespickt mit humorvollen, auch drastischen Bildern und Ironie, jedoch juristisch unangreifbar. Selbst die Autoren von „Aus die Maus", erschienen in 2009, bestätigen ihre Fähigkeit, unsägliches Leid durch Fehlbehandlungen intelligent und furchtlos öffentlich zu machen.

In tiefer Trauer
eine Mitstreiterin und Freundin aus Nordhessen

Denn es wäre ein schlimmes Missverständnis, die Sammlung ungewöhnlicher Todesanzeigen so aufzufassen, als wollten wir uns über die Annoncen oder gar die Hinterbliebenen lustig machen. Das Gegenteil ist der Fall: Für alle, die diese ungewöhnlichen Anzeigen aufgegeben haben, empfinden wir große Sympathie. Für manche sogar Bewunderung, weil ihnen die Anzeige ungewöhnlich gut gelungen ist. Auch wenn man bei der einen oder anderen Gelegenheit schmunzeln muss – so tut man das kaum aus Häme, sondern aus Mitgefühl. Und wenn man lacht, dann gewiss nicht boshaft, sondern befreit. Denn wir alle teilen ja das Schicksal, sterblich zu sein. Oder wie es in einer klassischen »Aus die Maus«-Anzeige formuliert war: »Wer nicht stirbt, hat nie gelebt.«
Zu guter Letzt müssen wir auch sagen, dass es ein großes Vergnügen war, »Aus die Maus« zu schreiben. Die Aussicht, dass wir das ein zweites Mal tun würden, war schon sehr verlockend. Zumal wir wieder auf die Unterstützung derer zählen konnten, die uns bereits beim ersten Mal zur Seite gestanden hatten: Unser Lektor Martin Breitfeld, unsere Herstellerin Elisabeth Scharlach und unser Verleger Helge Malchow. Und so hoffen wir, dass nun auch die Leser, die so viel zu diesem Buch beigetragen haben, ihre Freude an dem Buch haben.

Wie ich unter die Todesanzeigensammler geriet

Es ist noch gar nicht so lange her, da beschränkte sich mein Interesse an Todesanzeigen auf das flüchtige Durchblättern der betreffenden Zeitungsseiten. War jemand hochbetagt verstorben, beruhigte mich das irgendwie. So als wäre meine eigene Lebenserwartung gerade um einige Jahre erhöht worden. Dieser Effekt trat allerdings nur bei Lektüre der Lokalzeitung ein. Der dahinterliegende Gedankengang lässt sich folgendermaßen zusammenfassen: Wenn in deiner Stadt die Menschen so alt werden, dann hebt das den Schnitt. Sogar wenn du dich sicherheitshalber leicht unter dem Durchschnitt einordnest, verschiebt sich deine Orientierungsmarke mit jedem »Neunzigplusser« oder »Ninetysomething« beruhigend nach oben.

Entdeckte ich Gleichaltrige oder Jüngere im Trauerrand, spielten solche statistischen Erwägungen hingegen keine Rolle. Dann empfand ich eher so etwas wie Mitgefühl, sofern man mit jemandem mitfühlen kann, von dem man nicht viel mehr kennt als sein Geburts- und Sterbedatum. Todesanzeigen gehörten also nicht zu den Dingen, denen ich übertriebene Aufmerksamkeit geschenkt hätte. Nie wäre ich auf den Gedanken verfallen, sie auszuschneiden und zu sammeln. Ich tue es bis heute nicht. Wohl aber mein alter Studienfreund Christian Sprang. Von seinem Hobby, das er seit mehr als zwanzig Jahren betreibt, hatte ich lange Zeit keine Ahnung. Denn wie fast alle Sammler dieser Anzeigen, so ging auch Christian dieser Beschäftigung, sagen wir einmal: in aller Stille nach. Dabei hatte er sogar eine eigene Website eingerichtet (www.todesanzeigensammlung.de), die schon damals jeden Tag von mehreren Hundert Besuchern frequentiert wurde. Eines Tages gesellte ich mich zu

ihnen, als ich nichts ahnend vor mich hin googelte. Im ersten Moment war ich mir nicht einmal sicher, ob überhaupt der mir wohlbekannte Christian hinter der Sache steckte oder nicht vielmehr ein etwas wunderlicher Namensvetter.
Allerdings verflüchtigte sich dieser Zweifel recht schnell. Der Tonfall der Kommentare kam mir doch recht vertraut vor. Und die Anzeigen waren ... wie soll ich sagen? Sie waren erstaunlich. Unfreiwillig komisch, rätselhaft, absurd, aber auch bitter, tieftraurig, ja herzzerreißend. Solche konzentrierten Texte, ja solche Minidramen im Trauerrand hatte ich bis dahin noch nicht gesehen. Sonst waren Todesanzeigen doch sehr stark von Konventionen bestimmt, mit immer den gleichen Bibelworten oder Trost spendenden Zitaten von Albert Schweitzer, Goethe, Hermann Hesse oder aus dem »Kleinen Prinzen« (»Wenn du bei Nacht den Himmel anschaust ...«). Dazu gab es die üblichen Floskeln, von denen selten abgewichen wurde. Nicht zuletzt auch weil die Bestatter für die Hinterbliebenen eine Auswahl bewährter Standardtexte bereithielten, die es völlig unmöglich machten, sich zu blamieren.
Und tatsächlich waren die Anzeigen dieser Sammlung rare Exemplare, naturgewachsene Perlen, nach denen der Sammler täglich tauchen muss, um nach Jahren eine Handvoll zusammenzubekommen. Wie ich erfahren musste, stammte die Mehrzahl der Fundstücke von anderen Sammlern, die ebenfalls schon seit langer Zeit auf Beutezug waren. Diese Leute waren außerordentlich hilfsbereit, frei von jedem selbstbezogenen Besitzerstolz, sondern geradezu bemüht, andere an ihren Entdeckungen teilhaben zu lassen. Stellen Sie sich einen Briefmarkensammler vor, der seine British Guiana Magenta, seinen Sachsen-Dreier und Schwarzen Einser unter seinen Philatelistenfreunden herumschickt. Oder einen Weinsammler, der seinen Château Lafite 1949 entkorkt, damit auch die andern mal was Feines zum Probieren haben. So sind sie, die freundlichen Todesanzeigensammler von nebenan. Sie wollen nicht einmal das Porto ersetzt haben.
Nun liegt der Reiz beim Sammeln solcher Anzeigen allerdings auch darin, auf Gleichgesinnte zu stoßen. Auf Mitmenschen, die das Objekt, das man aus der Zeitung geschnitten hat, genauso bemerkens-

wert finden wie man selbst. So gesehen ist das Sammeln von Todesanzeigen ein überraschend kommunikatives Hobby. Auch und gerade weil es sehr unterschiedliche Vorstellungen gibt, ob eine bestimmte Anzeige gelungen, geschmacklos, tragisch entgleist oder hochkomisch ist. Meist lässt sich das gar nicht so genau begründen, aber es ist allemal interessant, sich darüber auszutauschen. Sie können ja mal den Versuch machen und aus diesem Buch zwei, drei Anzeigen heraussuchen, die Sie besonders ansprechen. Und dann vergleichen Sie die mit der Auswahl Ihrer Freunde, Familienangehörigen, Arbeitskollegen oder Zufallsbekanntschaften. Anregende Gespräche lassen sich da kaum vermeiden.

Es gab schon lange den Plan, aus der Sammlung ein Buch zu machen. Zunächst noch sehr unbestimmt. So wie die meisten Menschen ein Buch schreiben oder einen Film drehen wollen. Die erste Szene steht schon fest und der Rest ergibt sich, wenn man erst einmal anfängt, angestrengt nachzudenken. Leider ergibt sich häufig nicht die Gelegenheit, angestrengt nachzudenken, um den »Rest« in Angriff zu nehmen. Und so bleiben die meisten Bücher ungeschrieben. Was ja auch sein Gutes hat, weil man sich immer sagen kann: »Wartet nur ab, bis ich mein Buch fertig habe. Ihr werdet euer Leben ändern und die Welt in völlig neuen Farben sehen.« So in etwa. Bei uns war das jedoch anders. Irgendwann gab es ein Exposé und ein Probekapitel. Und einen Verleger Helge Malchow, der das Buch tatsächlich herausbringen wollte. Es gab nur ein Problem: Das Buch sollte 200 Seiten haben.

Damals kalkulierte ich nüchtern: Wir bekommen vielleicht 70 bis 100 Seiten an ungewöhnlichen Todesanzeigen zusammen. Auch wenn wir Anzeigen in ausreichender Zahl beschaffen könnten, so würde sich doch manches wiederholen. Vielleicht sollte man eine kurze Geschichte der Todesanzeige einflechten nebst einigen kulturhistorischen Betrachtungen und Seitenblicken auf das europäische und außereuropäische Ausland, um dann auf Seite 140 allmählich zum Ende zu kommen. Nun, schon bald zeigte sich, dass ich mit dieser Einschätzung völlig danebenlag. Aber damals ahnte ich ja noch nichts von »Tüten-Alfred«, von Pferden, die die »erste Totenwache« halten, oder von Liesel H., die sich »zu ihrem großen

Li-Flug erhoben hatte«. Ich war weder mit dem »Planeten Marduk« vertraut, auf den sich eine gewisse Rosemarie S. zurückgezogen hatte, noch mit den wortgewandten »Freunden aus dem Mampf«, die ihrem Trinkkumpanen »Fitti« ein sprachliches Denkmal setzten. Doch ich lernte sie kennen und noch eine ganze Reihe von anderen stillen Helden, die mir beim Zusammenstellen der Kapitel mehr und mehr ans Herz wuchsen. Rasch hatte ich bestimmte Lieblingsanzeigen, die ich unbedingt in dem Buch unterbringen wollte. Aber auch Christian Sprang hatte seine Favoriten. Wobei man sagen muss: Wir stimmten fast immer überein – und mussten doch das eine oder andere Kleinod wieder aussondern. Denn es gab so viele und so vielfältige Anzeigen, dass sich eben nicht alle aufnehmen ließen.

Eine weitere Überraschung erlebte ich, als ich Freunden und Bekannten von unserem Buch erzählte. Sonst löst man als Autor in solchen Fällen immer gequältes Nachfragen, vorgetäuschte Wissbegier und abrupte Themenwechsel aus – was einen natürlich erst recht herausfordert, sich ausführlich über diese Sache auszulassen. Doch diesmal war alles anders. Diesmal bekam ich einen Satz zu hören, den man als Autor sonst nie zu hören bekommt, obwohl man immer auf ihn wartet. Der Satz lautet: »Das Buch muss ich mir kaufen.« Und das war noch nicht alles. Vielmehr gaben sich viele Gesprächspartner als gelegentliche oder auch heimliche Anzeigensammler zu erkennen. Sogar meine eigene Tante offenbarte, fünf exquisite Sammlerstücke in ihrem Schreibpult verwahrt zu haben, und versprach (nach Art einer echten Sammlerin), sie uns umgehend zuzuschicken. Und ein Freund, über dessen Hobbys ich ausreichend Bescheid zu wissen glaubte, berichtete gar von einem ganzen Schuhkarton voller Anzeigen, der aber bei einem Umzug abhandengekommen war. Allmählich gewann ich den Eindruck, einer totgeschwiegenen Minderheit anzugehören: den Nichtsammlern von Todesanzeigen.

Und nun also die Wiederholungstat: »Wir sind unfassbar«. Auch diesmal entstammt der Buchtitel einer Anzeige, in der mehr verborgen liegt, als es zunächst den Anschein hat. Vordergründig ist den Hinterbliebenen ein kleiner Fehler unterlaufen. Vielleicht wollten sie schreiben: »Es ist unfassbar, dass xy von uns gegangen ist.« Oder: »Wir sind unfassbar traurig.« Stattdessen erklären sie sich selbst für »unfassbar«, was ja nun eine ungleich tiefere Aussage ist. Und weil Anzeigen mit unerwarteten Tiefen in diesem Buch besonders stark vertreten sind, schien uns dieser Titel der einzig angemessene zu sein. Und damit ziehen wir den Vorhang beiseite für den zweiten Teil der »ungewöhnlichen Todesanzeigen«.

Matthias Nöllke

»Werdet ihr erst alle mal so alt«

Anzeigen, die auf den Punkt kommen

Die richtigen Worte zu finden, gerade bei Todesanzeigen ist das keine leichte Aufgabe. Immerhin gilt es ein ganzes Leben zu würdigen und/oder einem komplizierten Gefühl Ausdruck zu verleihen. Und/oder noch in religiösen Angelegenheiten Stellung zu beziehen. Zugleich ist der Platz, der einem zur Verfügung steht, in der Regel stark begrenzt. Doch diese schwierige Ausgangslage erweist sich nicht selten als Glücksfall. Sind die Hinterbliebenen doch gezwungen, ohne Umschweife auf den Punkt zu kommen. Dabei gelingen ihnen manchmal Formulierungen, die sich dem Gedächtnis geradezu einbrennen, weil man es kürzer und treffender nicht hätte sagen können.
Den Anfang macht eine Anzeige, die einem Mann gewidmet ist, der sich bei seinen Mitmenschen offenbar nicht nur Freunde gemacht hat. Dabei schien sich zunächst alles ganz gut anzulassen.

Und am Anfang war er so beliebt!
Wir erinnern an:

Wolfgang M

vom Kampweg in Edewecht.
Seine guten Seiten haben wir nicht vergessen.

Ulrike und Frank
Uwe und Birgit
Brigitte und Sven
Matthias

Wenig Raum für Sentimentalitäten gibt es hingegen in der Anzeige für Helmut L. Beeindruckend in ihrer konsequenten Verknappung. Nicht einmal das Wort »Ende« wird hier ausgeschrieben. Was schon sehr »stylish« anmutet. Doch möchte man so verabschiedet werden?

nd

25.04.20 → 04.01.07
Helmut L
hat auf dieser Erde gelebt

Servus Wiggi

Deine Uhr ist abgelaufen.

Es denken an dich:

Thomas und **Joachim**
und deine
Cousinen und Cousins

Eine vergleichbare Kühle umweht auch unsere dritte Anzeige. Und das, obwohl sich die Freunde, die Cousinen und Cousins mit einem kernig bayerischen »Servus« von ihrem Spezerl verabschieden.

Pfüat di Anderl

Mani

Und da wir nun schon in Bayern sind, darf hier die Anzeige nicht fehlen, in der sich »Mani« von einem nicht näher bezeichneten »Anderl« verabschiedet. Weder Geburts- noch Sterbedatum werden mitgeteilt. Und auch eine nähere Ortsbestimmung ist nicht möglich, wofür »Mani« seine Gründe haben mag. Für alle Nichtbayern: Die Formel »Pfüat di« lässt sich am ehesten mit »Behüte dich Gott« übersetzen. Und das ist für einen Verstorbenen sicher nicht der schlechteste Abschiedswunsch.

Dass Knappheit nicht immer ein Zeichen von Kühle sein muss, zeigt unsere nächste Anzeige. In ihr wird der Verstorbenen selbst das Wort erteilt, die wiederum in bayerischer Mundart eine rundum positive Bilanz zieht. Was soll man dem noch hinzufügen?

„... schee is, schee war's"

Erika W

geb. 26. 4. 1942 in Ingolstadt   gest. 30. 11. 1997 in Oberaudorf

Ähnlich harmonisch rundet sich das Leben von Peter G. aus Thalwil bei Zürich. Seine letzten Worte lassen keinen anderen Schluss zu und geben Hoffnung, dass es auch im Jenseits ganz komfortabel zugeht.

Gedanken und Augenblicke ...
Sie werden mich immer an Dich erinnern,
mich glücklich und traurig machen
und Dich nie vergessen lassen.

Thalwil, den 11. März 2010
Traueradresse:
Marlies K
G
8800 Thalwil

Der Kreis Deines reich erfüllten Lebens hat sich geschlossen. Mit den Worten «Jetzt gaht's mir richtig guet» bist Du von uns gegangen.

Peter G

18. Februar 1919 - 11. März 2010

Wir sind dankbar für die vielen guten und wertvollen Stunden, die wir mit Dir verbringen durften.

In unseren Herzen lebst Du weiter.

Weniger durch Qualität als durch Quantität weiß Schneidermeister Karl A. zu beeindrucken. Dabei spricht aus seinen Worten durchaus ein sympathisch knorriger Humor.

„Werdet ihr erst alle mal so alt"

Schneidermeister

Karl A

* 10. 9. 1899 † 15. 9. 1996

In Liebe und Dankbarkeit nehmen wir Abschied.

Recht deutlich die Zielmarke verfehlt hat hingegen Walter H. Auch wenn es ein wenig herzlos erscheint, dies gefolgt von drei vielsagenden Punkten in der Todesanzeige noch einmal in Erinnerung zu rufen.

Er wollte 98 werden . . .

Walter H

* 13. 6. 1930 † 28. 2. 2006

Waltraut H
Andrea und Markus
Abraham
Marion G mit Nicole und Julia

Auf ihre ganz eigene Weise punktgenau ist die Anzeige für Dr. Hans B. Dank der präzisen Angaben der geografischen Koordinaten ist es dem informierten Leser möglich, Geburts- und Sterbeort mit hoher Treffsicherheit zu bestimmen: Sein Lebensweg begann in Bad Schwartau und endete in der kaum 12 Kilometer entfernten Lübecker Bucht.

Dr. Hans R

* 17. 2. 1942	† 12. 12. 2009
53° 55′ 17" N	54° 02′ 30" N
10° 42′ 36" E	10° 54′ 90" E

In stiller Trauer

Hans Christian R
Ulrike F

Bad Schwartau

Die Seebestattung hat im engsten Familienkreis stattgefunden.

Nicht ganz so nahe beieinander liegen diese Orte bei Nejla Y., die aus der Türkei nach Deutschland kam. Dass sie nun in ihrer Heimat beigesetzt wird, veranlasst ihre Kinder zu einer ungewohnten Sichtweise.

Gekommen nach Deutschland im Sitzen,
gegangen in die Heimat im Liegen.

Wir möchten uns im Namen unserer verstorbenen Mutter bei allen bedanken, die auf Ihrem Lebensweg für sie da waren, sie geliebt und geschätzt haben.

Nejla Y

01.08.1935 - 13.11.2009

… unvergessen …

www.Arnold-Vogt.de

03.07.1952 – 29.12.2004

Mancher findet auch im worldwide web seine Heimat. Dabei lässt sich die Internetpräsenz aufs Angenehmste von der irdischen Existenz abkoppeln, wie die obige Anzeige verrät.

**Wer das Ziel nicht kennt,
kann den Weg nicht finden.**

Wir nehmen Abschied von unserem Bruder

Lorenz A

* 28. 9. 1970 † 22. 8. 2009

Im Name aller Geschwister
Silvia P

Die Trauerfeier findet am Freitag, dem 4. September 2009, um 13.00 Uhr auf dem Brühlfriedhof in Quedlinburg statt.

Über den Lebensweg von Lorenz A. fällt seine Schwester Silvia P. in knappen Worten ein recht düsteres Urteil. Um seine Orientierungslosigkeit zu illustrieren, dienen drei Wildgänse als Gegenbild. Die wissen genau, wo sie hinwollen, und sind gerade deshalb ein Sinnbild für Freiheit.

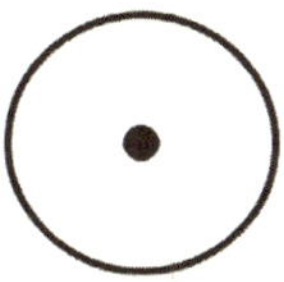

Aufgabe erfüllt
-
bin nach Hause gegangen.

Hans - Jürgen F

* 29.10.1944 † 11.10.2009

Du wirst immer in unserem Herzen bleiben.

Karin	Erna	Pascal
Christoph	Christa	Marlon
Markus	Severine	Colin
Dorothea	Karin	
Anna-Maria	Christian	

Die Beerdigung findet am 15.10.2009 um 13.15 Uhr auf dem Friedhof in Langen statt. Von Beileidsbekundungen am Grab bitten wir Abstand zu nehmen.

Das Requiem findet am gleichen tag um 18.30 Uhr in der Kirche Hl. Thomas von Aquin statt.

Zielgenau und treffsicher zeigt sich hingegen Hans-Jürgen F., der nach Erledigung der irdischen Pflichten die Heimreise angetreten hat. Bemerkenswert an dieser Anzeige ist auch hier das grafische Element. Als Liebhaber humoristischer Spielereien haben wir es zunächst für einen späten Nachfahren der »Drudeleien« gehalten. Unsere Vermutungen schwankten zwischen einer Billardkugel, einem Atomkern mit Trauerrand und dem Punkt, auf den F. gekommen ist, dargereicht im Kreis, der sich nun geschlossen hat. Doch unsere Leser wussten mehr: Es handelt sich um ein Wegzeichen der Pfadfinder. Und die Bedeutung steht darunter.

Und da wir nun schon bei den großen und kleinen Fragen des Lebens sind, muss hier die Anzeige von Olli N. eingerückt werden. Prägnanter lässt es sich kaum ausdrücken, wie ratlos uns der Tod zurücklässt.

Olli Neumann ?

Manchen Anzeigen gelingt es auch, mit wenigen Worten die Persönlichkeit des Verstorbenen auf den Punkt zu bringen. Ein eindrucksvolles Beispiel ist die Annonce für die Ingenieurin Else H., bei der die Charakterfestigkeit womöglich um einige Härtegrade zu stark entwickelt war.

**Ein brillanter Kopf,
ein goldenes Herz und
ein Charakter wie Beton.**

Dr.-Ing. Else H

* 29. 10. 1915 † 19. 2. 2004

Eine ebenso prägnante wie elegante Formulierung findet sich in der Anzeige für Harald L., die dadurch fast schon eine beschwingte Leichtigkeit bekommt.

Die Götter haben den „Eleganten“ zu sich geholt.

Harald L

In die gleiche Gewichtsklasse gehört die Traueranzeige für Albert Thomas R., dessen besondere Qualitäten ebenfalls nicht in Vergessenheit geraten sind.

Albert Thomas R

„schönster Mann von Wiesbaden“

**20. Oktober 1925 †11. September 2000*

Wir lieben und vermissen Dich sehr.

. . . und was zuletzt stirbt
ist die Hoffnung

Emilio S

28. 1. 1927 – 23. 2. 2003

Als einer der ersten Gastarbeiter wurde
er nach Sindelfingen geholt.

In der Hoffnung, für ihn die letzte
Ruhestätte hier zu finden . . .

Stock und Hut steht ihm gut . . .

Seine Freunde und sein Kamerad
in großer Trauer

Als stattliche Erscheinung bleibt auch Emilio S. in Erinnerung. Die Zeile aus dem Kinderlied macht die Anzeige zu einem kleinen Kunstwerk. Nicht nur weil dem Verstorbenen »Stock und Hut« tatsächlich gut gestanden haben, sondern weil einem unwillkürlich auch der übrige Text und die wohlvertraute Melodie in den Sinn kommen. Auf diese Weise rückt einem dieser Emilio S. doch schon recht nahe, der als einer der ersten Gastarbeiter nach Deutschland kam.

Mit einem ebenso knappen wie grundsätzlichen Statement würdigen die Angehörigen die Qualitäten von Maria P.

Statt jeder besonderen Anzeige

Maria P

Sie war gut.

Waldemar P
Paul P
Franziska H
und Familie

Die Beerdigung findet in aller Stille im engsten Familienkreis, statt.

Nicht weniger überschwänglich fällt das Urteil über Brigitte von der B. aus. Dass sie auch noch »die Tapferste« sein musste, lässt erahnen, was sie zu ihrem Lebensende hin erduldet haben muss.

Brigitte von der B

geb. S
Bankkauffrau
* 18. 10. 1948 † 23. 7. 1991

Sie war die Beste und Schönste.
Schließlich mußte sie auch
noch die Tapferste sein.

Auch Peter S. hatte gewiss keinen harmonischen Lebensabend. Die Stationen »geboren. gelebt. gebrochen. gestorben« zeugen von einer geradezu unerbittlichen Konsequenz, die einem regelrecht die Kehle zuschnürt. Immerhin bildet das Motto ein etwas versöhnliches Gegengewicht in dieser, man möchte fast sagen: gnadenlosen Anzeige.

Wenn Ihr mich sucht,
sucht mich in Eurem Herzen,
hab' ich dort eine Bleibe gefunden,
bin ich immer bei Euch.

geboren. gelebt. gebrochen. gestorben.

Peter S

* 15. 8. 1937 † 27. 1. 2005

Andere nehmen den Tod offenbar nicht ganz so schwer. Das Beispiel von Wilhelm B. zeigt, dass nicht jede Todesanzeige gleich eine Traueranzeige sein muss. Dabei bleiben die Gründe offen, weshalb sich seine Anverwandten für ihn freuen. Die Zugehörigkeit zum Himmel und die namentliche Nennung durch die Sterne sind ja eher metaphorischer Trost als überzeugendes Motiv. Zumal Freunde der Popmusik wissen: Die Zeile entstammt dem Song »Candle in the wind« von Elton John. Und dieses Lied war nun eher eine Ode an die Tränendrüse als eine an die Freude.

... now you belong to heaven,
and the stars spell out your name.

Wilhelm B

Wir freuen uns für Dich
Jörg, Barbara, Jil und Joy

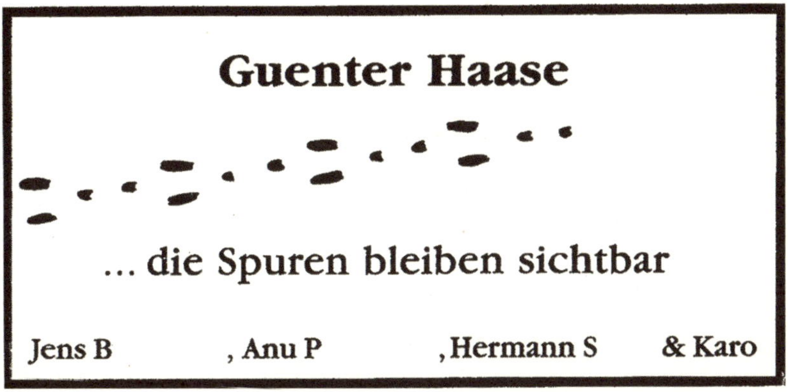

Ein kleines Meisterwerk haben die Hinterbliebenen von Guenter Haase hinbekommen. Auch wenn sie durch den sprechenden Nachnamen in einer günstigen Ausgangslage waren: Selten gelingt es, grafische Elemente derart sinnfällig einzusetzen. Und so dürften Haases Spuren allein durch diese Anzeige nicht so schnell verblassen.

02

»Mach es wie die Eieruhr«

Ungewohnte Zitate

Die klassische Todesanzeige wird von einem Zitat gekrönt, das schon mal die Richtung vorgibt für alles andere, was noch folgen mag. Der geübte Leser trifft dabei immer wieder auf die gleichen Bekannten – bewährte Sinnsprüche, Bibelworte und gedankenschwere Sätze der Weltliteratur aus dem Schatzkästlein des hilfreichen Bestatters. Umso beglückender ist es, wenn man unvermutet auf ein Zitat trifft, das man bis dahin noch nie zu Gesicht bekommen hat. Und dem man wohl auch so schnell nicht wieder begegnen wird.
Wie etwa im Fall des norwegischen Dichters Øret Laxon, der hierzulande nahezu unbekannt geblieben ist. Wenn die Zeitangaben in unserer Anzeige stimmen, lebte dieser Laxon in der späten Bronzezeit (die sich in Norwegen ein paar Jahrhunderte länger hinzog als anderswo). Er war Zeitgenosse Homers. Und er hat uns einen Ausspruch hinterlassen, der auch nicht viel schlechter ist als die Weisheiten, die uns sonst so aus alter Zeit überliefert sind. Offen gesagt, von dem alten Øret Laxon würde man gerne mehr lesen. Allerdings wurde die Runenschrift erst ein paar Jahrhunderte später erfunden, sodass sich schon die Frage stellt, auf welch verschlungenen Wegen dieser Sinnspruch zu uns gekommen ist

Es fängt nur der, der fischt.
Øret Laxson, norw. Dichter um 800 v. Chr.

Am 4. März 2008 verstarb unser lieber Tati

Charly S

Fischer

geboren 31. 3. 1931

Von Øret Laxon ist es nur ein kleiner Schritt zu Heraklit, dessen Werke ebenfalls nur indirekt überliefert sind. Zu seinen bekanntesten Aussprüchen gehört die Formel »Panta rhei« – alles fließt. Damit wollte Heraklit auf das ewige Werden und den steten Wandel als Grundprinzip allen Seins hinweisen, woran in einer Todesanzeige durchaus mal erinnert werden darf. Allerdings erfährt die klassische Formel in Mainz am Rhein eine leichte ortsübliche Korrektur.

Panta rhein — alles fließt.
Heraklit

Am 2. November 1979 erlosch das arbeitsreiche und erfüllte Leben meines lieben, treusorgenden Mannes, unseres guten Vaters, Schwiegervaters, Großvaters, Bruders, Schwagers und Onkels

Herbert K

Landgerichtspräsident a. D.

das vor 76 Jahren, am 8. Januar 1903, in Mainz begann.

Für ein geistreiches Zitat ist Bertolt Brecht eigentlich immer gut. Hier illustriert es den ebenso heroischen wie aussichtslosen Kampf des Oberstudienrats gegen das Mittelmaß.

Den Tigern entrann ich
Die Wanzen ernährte ich
Aufgefressen wurde ich
Von den Mittelmäßigkeiten
(B. Brecht, New York 1946)

Das Oskar-von-Miller-Gymnasium trauert um

Oberstudienrat Klaus B

* 14. 2. 1953 † 20. 3. 1999

„Old soldiers never die,
they just fade away."

Prof. Dr. Walter K

Professor für Amerikanistik
Johann Wolfgang Goethe-Universität Frankfurt

* 4. August 1943 † 13. April 2008

Und da wir uns nun schon einmal ins Schlachtgetümmel der höheren Bildungseinrichtungen begeben haben: Als Kämpe vom alten Schlag wird der Amerikanistik-Professor Walter K. gewürdigt. Berühmt geworden ist die Formel von den alten Soldaten, die niemals sterben, sondern allmählich verschwinden, durch den legendären US-General Douglas MacArthur. Der benutzte sie in seiner Abschiedsrede und gilt seitdem als ihr Urheber. Ursprünglich stammen die Worte jedoch aus einem alten englischen Soldatenlied.

Old soldiers never die
– they got to heaven and regroup.

Albert
D

* 18. 11. 1936 † 29. 1. 2010

Manche alten Soldaten wollten sich jedoch nicht mit ihrem allmählichen Verschwinden abfinden. Daher wurde der Spruch immer wieder abgewandelt. Die obige Version war bei den Marines und den sogenannten »Chindits« in Gebrauch, einer britischen Eliteeinheit, die im Zweiten Weltkrieg hinter den feindlichen Linien operierte. Ob Albert D. irgendwelche Verbindungen zum Militär hatte, wissen wir nicht. Aber die Vorstellung, dass er mit Gleichgesinnten in den Himmel kommt und sich mit ihnen neu formiert, mag ihm schon gefallen haben.

Deutlich zivilere, ja poetische Töne werden in der Anzeige für den Journalisten Hans Christian K. angeschlagen. Das Gedicht von Ingeborg Bachmann »Wenn einer fortgeht« endet mit den vage hoffnungsvollen Zeilen: »Dann wird er wiederkommen. Wann? Frag nicht.«

„Wenn einer fortgeht, muß er den Hut mit Muscheln, die er sommerüber gesammelt hat, ins Meer werfen und fahren mit wehendem Haar . . .“

Ingeborg Bachmann

Hans Christian K

Journalist

* 23. 3. 1950 in Dresden † 29. 9. 2009 in München

Feine Ironie spricht hingegen aus den Worten des ungarischen Schriftstellers Péter Esterházy.

Der Tod ist ziemlich mächtig . . .

Peter Esterhazy

Mein Everl ist zwar gestorben. Sie ist aber nicht tot.

Im Gedenken an

Evelyne K

† 9. 5. 2007

Die Ungetrösteten essen allein
Friedrich Ani

Voll Dankbarkeit und Liebe nehmen wir von unserer Freundin

Gabriele F

Abschied.

Es gibt Sätze, die treffen einen ins Mark – wenn sie einem unvermittelt in einer Todesanzeige begegnen.

„Wir haben es probiert"
Willy Brandt

Kurt H

14. 11. 1944 – 25. 6. 2007
Journalist und Börsenmakler
Hamburg – München – Six fours les plages

Nicht ganz buchstabengetreu, aber dem Sinne nach zitiert die folgende Anzeige den Grabspruch von Willy Brandt: »Man hat sich bemüht.« In Hinblick auf die beiden nicht immer leicht zu vereinbarenden Berufe von Kurt H. ergibt sich jedoch ein etwas heikler Nebensinn: Probieren kann man es ja mal.

Mach es wie die Eieruhr; zähl die heit'ren Stunden nur
(Robert Gernhardt)

Helmut R

* 14. 7. 1940 † 12. 4. 2007

Regina R
im Namen aller Angehörigen

Die Trauerfeier findet am Donnerstag, 19. April 2007, um 13 Uhr im Waldfriedhof München, Neuer Teil, Lorettoplatz, statt.
Statt Blumen bitten wir um eine Spende unter dem Stichwort „R “ auf das Konto des Fördervereins des Klinikums Starnberg mit der Kto.-Nr. 430 030 288 bei der Kreissparkasse München-Starnberg, BLZ 702 501 50.

Auch das Motto für Helmut R. ist nicht über jeden Zweifel erhaben. Als bekennende Robert-Gernhardt-Fans ist es uns jedenfalls nicht gelungen, das Zitat zu verifizieren. Sicher ist immerhin, dass es sich um die Verballhornung des Poesiealben-Spruchs handelt: »Mach es wie die Sonnenuhr. Zähl die heit'ren Stunden nur.« Die »Eieruhr« klingt da schon verdächtig nach Gernhardt. Aber das Warten aufs Frühstücksei – heiter? Und Stunden braucht nicht mal das hartgekochteste Exemplar. Doch egal, ob nun von Gernhardt oder frei angedichtet, uns gefällt die Unbekümmertheit der Eieruhr.

Verbürgt ist hingegen das folgende Gedicht von Robert Gernhardt, das nun allerdings einen völlig anderen Ton anschlägt.

Ich bin viel krank.
Ich lieg viel wach.
Ich hab viel Furcht.
Ich denk viel nach:

Tu nur viel klug!
Bringt nicht viel ein.
Warst einst viel groß.
Bist jetzt viel klein.

War einst viel Glück.
Ist jetzt viel Not.
Bist jetzt viel schwach.
Wirst bald viel tot.

Robert Gernhardt

Marlene F

25.4.1955 – 22.3.2010

Ihre ehemaligen
Kolleginnen und Kollegen der
Buchhandlung Kohl / Frankfurt
und der S. Fischer Verlage

Ganz dem Leben zugewandt präsentiert sich hingegen die Anzeige für Gustav E. Ein »profundes physiologisches Ja« findet sich in Todesanzeigen vermutlich ebenso selten wie stundenzählende Eieruhren.

Am wichtigsten bleibt doch die Munterkeit,
das profunde physiologische Ja zum Leben.
Heimito von Doderer

Wir nehmen in Liebe und Dank Abschied von

Gustav E

* 25. 11. 1900 † 23. 4. 1994

Nicht weniger tröstlich ist die Einsicht des großen »Wortzerklauberers« Karl Valentin. Darüber hinaus hat man zumindest den Eindruck, ein wenig über den Humor des Schneidermeisters Wiggi H. aus München-Schwabing erfahren zu haben.

Wer am Ende ist, kann von vorn anfangen,
denn das Ende ist der Anfang von der anderen Seite.
Karl Valentin

Deinen Humor und Deine Kreativität werden wir vermissen.

Ludwig „Wiggi" Hirtl

Schwabinger Schneidermeister

* 19. Dezember 1934 † 25. Mai 2009

Für eigenwilligen Humor und abgründigen Sprachwitz steht auch der Dichter Ernst Jandl. Daher kommt sein Werk ebenso als Fundgrube für treffliche Zitate infrage – den entsprechenden Humor vorausgesetzt. Das »Sommerlied« (so der Titel des Gedichts) scheint uns jedenfalls gut gewählt. Es strahlt eine leise Ironie und souveräne Gelassenheit aus.

wir sind die menschen auf den wiesen
bald sind wir menschen unter den wiesen
und werden wiesen, und werden wald
das wird ein heiterer landaufenthalt

Ernst Jandl

Jörg H

19. Februar 1940 – 5. Dezember 2009

Allerdings sind die literarischen Vorlieben sehr verschieden. Gerade das Unerwartete und Abseitige bringt Vielfalt und Würze in den schwarz geränderten Anzeigenteil. Wer lange genug sucht, der wird auch bei Pippi Langstrumpf etwas Passendes finden.

Wie schön muss es erst im Himmel sein,
wenn er von außen schon so schön aussieht!
Astrid Lindgren (aus Pippi Langstrumpf)

Emma

Wir vermissen dich!

Jens mit Laura, Lena und Luca

Und es müssen nicht immer nur Bücher sein, die als ergiebige Quelle infrage kommen. Wer sich eher der Rockmusik verbunden fühlt, kann auch bei den Heroen dieses Genres tiefgründige Einsichten aufschnappen.

Knowledge speaks, wisdom listens
Jimy Hendrix

Marino B

1954 - 2010

ist am 9. März an seiner schweren Krankheit gestorben.
Wir sind traurig und vermissen ihn.

Dieter, Eliane, Eva, Hannes, Kati, Ruth

Doch nicht jeder möchte sich mit einem schwergewichtigen Satz aus dieser Welt verabschieden. So wie im Fall des Kameramanns Bernt B., für den der legendäre Hit der Everly Brothers noch einmal in Erinnerung gerufen wird.

Bye bye love
Bye bye happiness
Hello Loneliness
I think I'm gonna cry.

Er mußte viel zu früh von uns gehen. Wir danken ihm für seine Liebe und Güte, für seinen Lebensmut und Frohsinn.

Bernt B

Kameramann

* 18. 7. 1952 † 25. 2. 1994

Die alten Zähne wurden schlecht,
und man begann sie auszureißen.
Die neuen kamen gerade recht,
mit ihnen dann ins Gras zu beißen.
(Heinz Erhardt)

... das ist Dein Humor und ein von Dir viel zitierter Spruch.
Für uns viel zu früh.

BERND N

* 22. Juli 1948 Neumünster — † 6. Januar 2010 Zarpen

Dein Lächeln, Deine Gelassenheit,
Deine Lebensfreude und Deine Liebe fehlen uns.

Fabian und Sarah,
Stefanie und Martin
Sigrid
Werner, Milan, Ilja,
Eva-Maria und Jörg

Auf den ersten Blick mag das Gedicht von Heinz Ehrhardt über die »dritten Zähne« in einer Todesanzeige ein wenig roh erscheinen. Doch weil es der Verstorbene besonders gerne mochte, gibt es der Anzeige für Bernd N. eine selbstironische, liebenswürdige Note.

Na, jetzt hat er seine Ruh!
Ratsch, man zieht den Vorhang zu!
Wilhelm Busch

Fassungslos über seinen plötzlichen Tod müssen wir Abschied nehmen von meinem geliebten Mann, unserem Vater, Schwiegervater und Opa, Bruder, Schwager und Onkel

Kriminal-Hauptkommissar

Hans-Werner R

*** 23. November 1938 Lübeck — † 27. Januar 1998 Bonn**

Schon deutlich harscher wirkt der Vers von Wilhelm Busch, mit dem Kriminal-Hauptkomissar Hans-Werner R. verabschiedet wird.

Wer weder mit Popmusik noch mit Humoristischem oder gar Schöngeistigem etwas am Hut hat, für den bieten die juristischen Sammelwerke eine unerschöpfliche und weitgehend ungenutzte Quelle. So wie im Falle von Dr. Christian B., zu dessen ehrendem Angedenken die Berufsordnung für Rechtsanwälte (BORA) dankenswerterweise noch einmal in Erinnerung gerufen wird.

Dr. Christian B

Rechtsanwalt

„Die Freiheitsrechte des Rechtsanwalts gewährleisten die Teilhabe des Bürgers am Recht. Seine Tätigkeit dient der Verwirklichung des Rechtsstaats." § 1 Abs. 2 BORA

Dem von ihm formulierten Anspruch war er selbst Vorbild.

Mit dieser Anzeige können wir nun auch zwanglos überleiten zu unserem nächsten Kapitel, in dem wir unsere Aufmerksamkeit auf die Berufe der Verstorbenen richten.

03

»Halten Sie uns bitte weiter die Treue«

Geschäftliches und Berufliches

Seit jeher haben Todesanzeigen einen engen Bezug zu geschäftlichen und beruflichen Angelegenheiten. Wir erinnern gerne noch einmal daran: Die ersten Todesanzeigen, die vor rund 250 Jahren in deutschen Zeitungen erschienen, waren nüchterne Bekanntmachungen. Sie sollten Kunden und Geschäftspartner darüber informieren, dass der Firmeninhaber verstorben war und wer die Geschäfte weiterführte. Keine letzten Liebesschwüre, keine erbaulichen Sätze aus der Religion oder der Literatur, keine Würdigung von Lebenswerk und/oder Persönlichkeit des Verstorbenen – sondern die nackten Fakten. Auch heute noch finden sich immer wieder Anzeigen, die fest in dieser Tradition stehen. Wenn etwa bei Danksagungen auch das Geschäftliche nicht vollkommen aus dem Blick gerät.

DANKSAGUNG

Für die überwältigende, herzliche Teilnahme, durch Kranz- und Blumenspenden beim letzten Geleit meines geliebten Mannes, Vaters und Sohnes allen ein herzliches „Vergelt's Gott"!

Inge G
mit Angehörigen

Bayreuth, im September 1981

Die Geschäfte laufen im Sinne meines Mannes weiter.
Halten Sie uns bitte weiter die Treue.

Sogar in Branchen, von denen man es nicht unbedingt erwartet hätte, wird der Informationspflicht Genüge getan. Obendrein handelt es sich um einen nützlichen Service für alle jene Fahrgäste, die ihr Taxi nach der Nummer auswählen.

Plötzlich und unerwartet verstarb

Dietmar A. R

*** 10. 11. 1940 † 2. 12. 2005**

TAXI 518

Wir sind fassungslos:
Jochen R
Susanne S mit Familie
Hartwin R mit Familie
alle Verwandten und engen Freunde

Für jedes Geschäft gilt der Grundsatz: Ohne Werbung geht es nicht. Dass dies sogar für das allerhöchste Business gilt, daran erinnert die folgende Anzeige.

Selbst der liebe Gott braucht die Werbung -
er hat die Glocken

Hans-Georg N

*25.10.1947 †19.01.2010

ein leidenschaftlicher Werbefachmann
Gründer von NWA

Wir danken für Deine Freundschaft und Deinen Enthusiasmus. Gerne haben wir mit Dir gearbeitet, diskutiert, gelacht, gefeiert, Karten gespielt, sind gesegelt, verreist, Ski gefahren, haben Eisstock geschossen, Golf gespielt, Rätsel gelöst, Zigarillo geraucht.

Wir trauern mit Deiner Frau Marion, Deinen Kindern Hans, Flori mit Tanja und Enkelin Paula und Deiner Mutter Paula

Deine Freunde: Alex u. Elke, Alois u. Gabi, Charly u. Marina, Doris, Erwin u. Elfriede, Eva, Fritz u. Hedi, Gerd u. Renate, Günter u. Rosi, Günter, Helmut u. Elsa, Helmut u. Birgitt, Herbert u. Gina, Hermann u. Daniel, Hermann u. Gretel, Lorenz u. Regina, Maria u. Isabella, Norbert u. Babsi, Peter u. Gerdi, Peter u. Regina, Peter, Renate, Robert u. Irma, Thorsten u. Sigrid, Uli u. Brigitte, Werner u. Erika, Werner u. Irene, Wiggerl u. Ulli.

„Die interessantesten Anzeigen
sind die Todesanzeigen."

Werner Butter

Wir trauern um unseren Gründer, Chairman, Lehrmeister und Freund.

Werner Butter

1932–2009

Träger des Bundesverdienstkreuzes, Mitglied der Hall of Fame der deutschen Werbung, Gründungsmitglied des Art Directors Club von Deutschland.

Frank Stauss, Rolf Schrickel, Oliver Lehnen, Michael Preuss
mit allen Butterianern, den heutigen
und ehemaligen aus über vierzig Jahren Werbung.

BUTTER. AGENTUR FÜR WERBUNG GMBH • DÜSSELDORF I BERLIN

Werbung in eigener Sache macht die Todesanzeige für die Werbelegende Werner Butter. Dass wir der Botschaft nur zustimmen können, liegt auf der Hand.

Auch unser nächstes Stück betrifft einen Werbetexter. Und Manfred A. S. scheint gleichfalls um große Worte nicht verlegen.

Am Anfang war das Wort...

Manfred. A. S

Werbetexter

* 11.10.1943 † 12.03.2009

Dass die Angehörigen anderer Professionen gegenüber den Werbern keineswegs zurückstecken müssen, zeigt das folgende Beispiel. Die kaufmännischen Talente des Verstorbenen werden in einem Satz gewürdigt, den auch ein Werbeprofi nicht besser hinbekommen hätte.

Er war ein königlicher Kaufmann.

Günter H

* 4.2.1919 † 19.2.1988

Wir trauern um unseren hochverehrten Seniorchef.

In seiner großen Menschlichkeit war er uns immer ein Vorbild.

Was wir heute sind, verdanken wir ihm.

Wir werden sein Andenken in Dankbarkeit bewahren.

WÖLLENSTEIN

Baudienste GmbH & Co.
Kommanditgesellschaft

Mitunter lässt sich auch an einem bloßen Beinamen ablesen, welch hohe Wertschätzung der Verstorbene in seinem Metier genossen hat – zumindest innerhalb seines Wirkungskreises.

Unfassbar

Artur B

* 30. November 1936 † 11. September 2005

„Bocuse von Ostheim"

ist nicht mehr da.

Ich vermisse ihn:
Brigitte F

Es war sein Wunsch, in aller Stille beigesetzt zu werden.

Vom unterfränkischen Ostheim ins oberbayerische Großdingharting. Und wir bleiben bei den Gastwirten. Auch hier ist es der Beiname, der unsere Fantasie anregt. Aber man sollte wohl sagen: in entgegengesetzter Richtung.

Obwohl wir Dir die Ruhe gönnen,
ist voller Trauer unser Herz,
Dich leiden sehen und nicht helfen können
dies war für uns der größte Schmerz.

Nach schwerer Krankheit ist unser lieber Sohn, Bruder, Schwager, Onkel und Freund

Peter G

Hotelier
ehem. „Killer-Wirt" von Großdingharting
* 25. 9. 1942 † 8. 5. 1986

von uns gegangen.

Seit nunmehr einem Jahr
gilt im Café „Himmel":
„Draußen nur Kännchen"

Lieber Sven,
es vergeht kein Tag, an dem wir nicht an Dich denken.
Mal sind es Tränen, mal ist es ein Lachen und doch schmerzt es sehr, dass Du nicht mehr hier bei uns bist.

Nur wer vergessen wird,
ist wirklich tot.

Sven N
*29.01.1975
†23.10.2008

Deine Mutter
Dein Sohn Nils
Denise D
Mark & Melissa L

Ebenfalls aus der Gastronomie stammt das Motto der obigen anrührenden Anzeige. Gerade weil es die Familie ist, die mit diesen Worten an Sven N. erinnert, liegt der Schluss nahe: Hier hat jemand seinen Kellnerberuf sehr gerne ausgeübt.

Das Gleiche gilt auch für Frieda R., deren letzter Wunsch unverzüglich in die Tat umgesetzt wird. Dabei zeigt sich, dass Pietät und Geschäftssinn sich durchaus ergänzen können.

Wer geliebt wird, ist nicht tot,
tot ist, wer vergessen ist.

Frau Frieda R

* 10. 1. 1927 † 16. 11. 2009

Frieda R ist von uns gegangen.
Sie war 40 Jahre Bedienung im Café Belstner.

O Herr, gib ihr die ewige Ruhe!

Café Belstner
Konditorei

Im Gedenken:
Familie B
Café Belstner
mit Belegschaft

Café Belstner
Konditorei

Ab jetzt ist das
Café Belstner
wieder jeden Sonntag
von 12.30 Uhr bis 18.00 Uhr **geöffnet,**
weil es Frau R s letzter Wunsch war.

Wie wenig sich Beruf und Leben trennen lassen, zeigt auch die Anzeige für Horst L.

Er hat gekämpft und doch verloren.

Horst L

Schädlingsbekämpfer

*** 7. 9. 34 † 19. 12. 96**

Die Hinterbliebenen:
Familie L und Familie S

Ein gänzlich anderes Verhältnis zu den kleinen Plagegeistern hatte Hans M. Seine Anzeige legt die Vermutung nahe, dass der Beruf des Flohzirkusbesitzers doch kräftezehrender ist, als man landläufig vermuten würde.

Wenn die Kraft zu Ende geht,
ist Erlösung eine Gnade.

Hans M

Flohzirkusbesitzer i. R.

* 10. 12. 1946 † 31. 1. 2006

In lieber Erinnerung:
Deine Geschwister

Die Trauerfeier findet am Donnerstag, dem 2. Februar 2006, um 12.00 Uhr im Krematorium Westfriedhof Nürnberg, Halle I, statt. – Für zugedachte Anteilnahme herzlichen Dank.

Während Michael H. das Jenseits bereits mit dem geschulten Blick des Fotografen in den Blick nimmt.

Irgendwer beschloß,
meinen irdischen Weg zu beenden.
Somit eröffnen sich für mich
neue Wege, in einer anderen Welt
oder Dimension, nach neuen
Motiven zu schauen.

Servus, Euer Fotograf

Michael. A. G. H

Auch unser zweiter Fotograf meldet sich noch einmal mit einer persönlichen Botschaft zu Wort.

Ich weiß nicht, was ein gutes Bild ist,
aber ein Schlechtes tut mir weh!

Gerd V

Kameramann und Fotograf

* 16. 7. 1947 † 20. 2. 2007

Für die ehemalige Tanzlehrerin Alice W. haben die Hinterbliebenen ein ausdrucksstarkes Motto formuliert.

Ein bewegtes Herz
hat aufgehört
zu tanzen!

Altersheim,
7000 Stuttgart 50

Alice W

Tanzlehrerin
25. 2. 1907 – 8. 4. 1989

Eine angemessene Würdigung des Gärtnerberufs findet sich in der Anzeige für die 90-jährige Gärtnermeisterin Helene von S., bei deren Geburtsnamen man eher vermutet hätte, dass sie Gärtner beschäftigt, als dass sie selbst diesen Beruf ausübt.

Wenn ich noch einmal auf die Welt komme,
werde ich wieder Gärtner,
und das nächste Mal auch noch;
denn für ein einziges Leben
ist dieser Beruf zu groß. (Karl Foerster)

Helene von S

geb. Reichsgräfin von Zeppelin-Aschhausen
Gärtnermeisterin
* 18. Juni 1905 † 5. Juli 1995

Von der Gärtnermeisterin zur Putzmachermeisterin ist es nur ein kleiner Schritt – zumal sich auch Sophie X. ganz offenbar Respekt zu verschaffen wusste.

Nach einer weiten Reise, in einem aufopferungsvollen Leben:
UNSER KÄPT'N IST VON BORD GEGANGEN

Frau Sophie X

geb.
Putzmachermeisterin
geboren am 3. 2. 1893 in München
gestorben am 26. 3. 1980 in München

Wenn Sie es noch nicht gewusst haben: Eine Putzmacherin fertigt Damenhüte. Die große Zeit dieses Berufs liegt eher im 19. als im 21. Jahrhundert. Und das trifft bedauerlicherweise wohl auch auf die Berufsbezeichnung unserer nächsten Anzeige zu.

Frau Anny S

ehem. „Strumpftante“

* 2. 1. 1911 † 16. 6. 1994

Die korrekte Bezeichnung der beruflichen Tätigkeit ist innerhalb eines Unternehmens von größter Bedeutung. Wenn sich Produktgruppe und Hierarchieebene so harmonisch zusammenfügen wie in diesem Beispiel, wird das auch und gerade Außenstehende nicht unbeeindruckt lassen.

Am Donnerstag, dem 11. Februar 1993, verstarb

Henry W

Abteilungsleiter Schrankwände

Wir haben einen besonders beliebten, immer fröhlichen Mitarbeiter verloren, der mit bewundernswerter Tapferkeit gegen seine schwere Krankheit gekämpft hat.

Seine Leistungen und seine Loyalität gegenüber unserem Unternehmen sind uns Verpflichtung.

GWINNER & ULRICH
Büroeinrichtungszentren

Beeindruckt hat uns auch das folgende Stück: Mitarbeiter und Geschäftsführung einer großen Elektrohandelskette präsentieren sich hier außergewöhnlich bildungsbeflissen. Mit Nietzsche und Goethe wird der verdiente Mitarbeiter Wolfgang K. als »großer Denker und Individualist« gewürdigt. Der Werbeslogan des Unternehmens »Ich bin doch nicht blöd!« bekommt so eine völlig neue Bedeutung.

„Wir können in keinen Abgrund fallen,
außer in den der Hände Gottes."
F. Nietzsche

Tief bewegt tragen wir das Unfaßbare. Für uns alle unerwartet ist unser lieber Freund und Mitarbeiter

Herr Wolfgang K

im frühen Alter von 53 Jahren aus diesem irdischen Leben abberufen worden.

13 Jahre sind wir ein großes Stück des Lebensweges gemeinsam gegangen. Herr K hat in den schwierigen Aufbaujahren unseres Unternehmens durch grandiose Pionierarbeit maßgeblich zum Erfolg des Media Marktes beigetragen. Als Freund schätzten wir ihn als einen großen Denker und Individualisten.

Wir werden ihn nie vergessen. Er hat für immer einen Platz in unseren Herzen.

Goethe sagt:

„Mich läßt der Gedanke an den Tod in völliger Ruhe, denn ich habe die feste Überzeugung, daß unser Geist ein Wesen ist ganz unzerstörbarer Natur; es ist ein Fortwirkendes von Ewigkeit zu Ewigkeit, es ist der Sonne ähnlich, die bloß unsern irdischen Augen unterzugehen scheint, die aber eigentlich nie untergeht, sondern unaufhörlich fortleuchtet."

In diesem Sinne hoffen wir auf ein Wiedersehen.

Seiner Familie und seinen Angehörigen drücken wir unser herzlichstes Beileid aus.

Media Markt
Mitarbeiter und Geschäftsleitung

Und doch möchte man als Mitarbeiter vielleicht gar nicht so sehr als epochaler Denker und Individualist in Erinnerung bleiben, sondern einfach nur als netter Mensch. So wie Kollege Bernard.

Du fehlst uns

ned nur beim Schaffa

Bernard

Deine Kollegen

Schön, wenn man an seiner Wirkungsstätte einen so bleibenden Eindruck hinterlassen hat, dass man gar nicht mehr mit vollem Namen genannt zu werden braucht. So wie »der« Klaus von Schumann's Bar in München. Der bestimmte Artikel lässt gar keinen Zweifel aufkommen: Einen zweiten Klaus kann es neben »dem« Klaus nicht geben. Und nach ihm vermutlich auch noch nicht so bald.

Wir trauern um den

Klaus

Schumann's Bar

Gleiches lässt sich gewiss auch vom findigen »Fiu« sagen. Dabei ist die Anzeige ein starkes Indiz dafür, dass dem Möbelhaus B. in Bad Zwischenahn auch in Zukunft die kreativen Ideen nicht ausgehen werden.

Fiu

Er hatte immer eine Idee.

Möbelhaus Behrens
Bad Zwischenahn

Doch auch in gegensätzlicher Richtung lassen sich Maßstäbe setzen. So ist den nebeneinander erschienenen Anzeigen der Firma S. aus Krefeld anzumerken, dass die Gleichbehandlung aller Mitarbeiter dem Unternehmen ein besonderes Herzensanliegen ist.

Nachruf

Am 27. November 2008 verstarb unser ehemaliger Mitarbeiter

Herr Fritz Rudolf S

im Alter von 83 Jahren.

Herr S hat sich während seiner über 27-jährigen Zugehörigkeit zu unserem Unternehmen durch seine Pflichttreue und stete Hilfsbereitschaft unsere Anerkennung und Wertschätzung erworben.

Wir werden sein Andenken in Ehren bewahren.

Geschäftsführung, Belegschaft und Betriebsrat
SIEMPELKAMP Maschinen- und Anlagenbau GmbH & Co. KG
Krefeld

Nachruf

Am 22. November 2008 verstarb unser ehemaliger Mitarbeiter

Herr Edwin Erich L

im Alter von 72 Jahren.

Herr L hat sich während seiner über 12-jährigen Zugehörigkeit zu unserem Unternehmen durch seine Pflichttreue und stete Hilfsbereitschaft unsere Anerkennung und Wertschätzung erworben.

Wir werden sein Andenken in Ehren bewahren.

Geschäftsführung, Belegschaft und Betriebsrat
SIEMPELKAMP Maschinen- und Anlagenbau GmbH & Co. KG
Krefeld

Seite an Seite standen auch die folgenden beiden Anzeigen, die eindrucksvoll dokumentieren, wie nahe in unserer extrem verdichteten Arbeitswelt Tod und Stellenneubesetzung gerückt sind.

Der Caritasverband für die Diözese Limburg e.V. trauert um seine engagierte Mitarbeiterin

Brigitte M

* 22.10.51 † 02.02.96

Frau M war seit 1. September 1984 im Caritas-Altenzentrum „St. Hildegard" in Eltville in der Hauswirtschaft tätig. Mit ihr verliert der Caritasverband eine engagierte und beliebte Mitarbeiterin und Kollegin. Wir sind Frau Müller zu großem Dank verpflichtet und werden ihr ein bleibendes Andenken bewahren.

Für den Diözesancaritasverband
Volker J
Diözesancaritasdirektor

Für die Heimleitung
Josef B
Heimleiter

Für die Mitarbeitervertretung
Karin Bruns

ARBEITSPLATZ
Caritas

Der **Caritasverband für die Diözese Limburg e.V.** sucht für sein **Altenzentrum Haus St. Hildegard in Eltville (Rheingau)** zum nächstmöglichen Zeitpunkt

Mitarbeiter/innen
für die Mithilfe in der Küche

sowie möglichst ausgebildete

Pflegekräfte
für den Einsatz im Nachtdienst
- Teilzeit möglich

Für die zu besetzenden Stellen bieten wir Ihnen eine Vergütung nach den AVR des Deutschen Caritasverbandes mit allen Sozialleistungen in Anlehnung an den öffentl. Dienst.

Ihre Bewerbung richten Sie bitte an:

Caritas-Altenzentrum
"Haus St. Hildegard"
z. H. Herrn B
Sonnenbergstraße 45
65343 Eltville
Tel.:

Von den Mitarbeitern zu den Vorgesetzten: Die folgende Anzeige gehört zu unseren ausgesuchten Lieblingsstücken. Mit wenigen Worten gelingt es der Belegschaft einer Autowerkstatt, ihrem Kollegen ein Denkmal zu setzen.

Vielen Dank für die Zeit mit Dir

Hermann

Allerdings müssen wir einige Dinge überdenken.
Daß Krupp-Stahl und Franken-Eichen unzerstörbar sind.
Händewaschen mit Handschuhen.

Du fehlst uns.

Die Belegschaft der
Kfz-Reparatur-Werkstatt Andreas Helbing

Landläufig gelten Unternehmer als zupackender Menschenschlag. Vor diesem Hintergrund erscheint das Motto von Hans-Peter K. doch etwas ungewöhnlich.

Manche halten den Unternehmer für einen räudigen Wolf, den man tot schlagen müsse,
andere meinen er sei eine Kuh, die man ununterbrochen melken könne;
nur wenige sehen in ihm ein Pferd, das den Karren zieht.
Winston Churchill

Wir haben unseren Lebensmittelpunkt verloren.

Hans-Peter K

* 10. 5. 1940 † 26. 4. 2007

Wir werden weiter leben getreu seinem Motto:
„Es hilft einzig die Flucht nach vorn“.

Und auch unsere zweite Unternehmeranzeige schlägt kritische Töne an. Zwar verströmt das Porträt mit Zigarre (deren Qualm »vermisst, aber niemals vergessen« wird) eine vertraute Behaglichkeit. Doch unvermittelt wird der Unternehmer zum Esel erklärt. Vielleicht hätte sich ein weniger störrisches Lasttier finden können, das bei Überladung ebenfalls alle viere von sich streckt.

Ein plötzlicher Paukenschlag, der alles verändert.

Unserem Freund

Richard P

in Ehren.

Richard, Du warst Dein Leben lang, tagein, tagaus, von früh bis spät sehr fleißig. Du warst sozial und politisch sehr engagiert.

Du warst zuverlässig, gradlinig, hattest Stil, warst risikobereit, motiviert, erfolgreich, hilfsbereit und noch voller Schaffenskraft.

Dein klarer Verstand und Deine ehrlichen und deutlichen Worte wurden als guter Ratschlag allgemein geschätzt und anerkannt.

Du hast Dich immer für die Allgemeinheit und Deine Freunde eingesetzt.

Du warst uns ein treuer und guter Kamerad, auf den wir uns stets verlassen konnten.

Wir danken Dir und werden Dich und den Qualm Deiner Zigarre sehr vermissen, aber niemals vergessen.

Deiner lieben Lebenspartnerin Kim gilt unser tiefstes Mitgefühl.

Als Unternehmer hast Du wie ein Esel große Lasten tragen müssen, die oft mit großen Sorgen und Ärgernissen verbunden waren. Unter dieser zunehmenden Last brechen immer mehr Unternehmer gesundheitlich zusammen . . . So auch Du – mitten aus dem Leben gerissen.

Tschüß
Deine Freunde

Oliver und Timo D ,
Wilfried G und Hans-Peter W

Erstaunliche Einblicke in die Welt eines Ministerialdirigenten eröffnet die Anzeige für Franz-Josef B., dessen Einsatz für den neuen Flughafen in München mit einem vieldeutigen Goethe-Zitat gewürdigt wird. Es hat ganz den Anschein, als sei das Projekt aus nicht ganz uneigennützigen Motiven befördert worden.[2]

„Gönnt mir den Flug.“
Goethe, Faust II

Dr. Franz-Josef B

Ministerialrat i. R.

* 9. 5. 1911 † 9. 2. 1994

Dank allen, die ihm im Leben freundlich begegneten, auch allen, die seine Bemühungen um einen neuen Flughafen München förderten.

Beruflich auf Spurensuche war der Kriminalbeamte Ludwig H., dessen Tätigkeit durch Hinzufügung der Pfeife etwas sherlock-holmes-haftes bekommt. Doch nun gilt es seine eigenen Spuren zu würdigen.

Ein lieber Mensch, der lange mit uns gelebt,
kann uns nicht genommen werden.
Er lässt eine leuchtende Spur zurück.

Ludwig H

Kriminalbeamter a. D.

* 6. 3. 1937 † 7. 8. 2009

In Liebe:
Waltraud H
Robert H
Susanne D
Ingeborg G
mit Familien

Die Trauerfeier findet am Mittwoch, dem 12. August 2009, um 11.30 Uhr im Krematorium, St.-Martin-Straße 41, München statt.

2 Goethe-Enthusiasten, die sich im Faust II bis zu Vers 9899 durchgekämpft haben, ergreift noch größeres Entsetzen. Denn mit den Worten »Dorthin! Ich muss! Ich muss! Gönnt mir den Flug!« schwingt sich Fausts Sohn Euphorion – alle Warnungen ignorierend – in die Lüfte und stürzt ab.

Weniger leuchtend als tief sind die Spuren, die Oberlandwirtschaftsrat Friedrich K. in heimischer Scholle hinterlassen hat.

Er hat ein reiches Leben geführt und tiefe Spuren hinterlassen. Wir werden ihn nicht vergessen.

Friedrich K

* 13. 6. 1898 Oberlandwirtschaftsrat a. D. † 6. 5. 1981

Im Falle von Erich S. beeindruckt die Kombination dreier Berufe bzw. Berufungen, die sich aufs Trefflichste ergänzen.

Erich S

Oberamtsrat a.D., Autor, Friedhofsexperte
9. 11. 1918 – 21. 9. 2009

Angela S

Auf Wunsch des Verstorbenen fand die Beisetzung in aller Stille statt.

Mehr in den künstlerisch-kreativen Bereich verweist die Anzeige für Baron Erwin A. Cudek von S. Auch wenn nicht klar auszumachen ist, wer hier wen oder was sucht, so hätte man den schauspielernden Herrn Baron doch gerne einmal kennengelernt. Schon seines »ethnischen Weltbilds« wegen.

Sterben ist, ohne zu vergehen
Laotse

Auf der Suche nach einem ethnischen Weltbild, dem geistigen Streben nach Erkenntnis, erlöste der Schöpfer

Baron Erwin A. Cudek v. S

Antiquar – Schauspieler

5. 1. 1918 23. 9. 1991

Der Dritte, der uns durch seine ungewöhnliche Fächerkombination verblüfft, ist der eigenwillige Manfred R. Dabei lässt sich aus dem Anzeigentext fast schon eine gewisse Erleichterung herausspüren, dass seine Jagdgründe nun nicht mehr von dieser Welt sind.

Er lebte sein kurzes Leben wie er es für richtig hielt.
Möge er in den ewigen Jagdgründen nach seiner Fasson glücklich werden.

Manfred R

Kabarettist und Diplom-Mathematiker

*26. 3. 1950 † 27. 8. 2008

Ein Weltenbummler hat seine letzte Reise angetreten. Auf Wiedersehen Good bye نسح اعادو Sur revoir Adiós tot ziens Näkemiin До свидания Arrivederci tstesoutyoun sag olun Agur довиждане salutu gxis revido do widzenia ka kite anoo Баяртай la revedere uz redzēšanos

Kundendienstingenieur

Gerhard P

* 22.03.1923 † 04.03.2010

sayônara po do vidjenja äddi leat hej då สวัสดครับ güle güle na hasta la vista näkemiin beannachd farvel salute z bogom selamat tinggal bless slán lehitraot Hindi alvida adiosu valete dzéch lu xin chào tạm biệt oant sjen head aega antio oréywa ha det khodâfez thwa me knor parahi na shledanou ahn nyung hee ka se yo dogledanje hamba kahle adeus saħħa bi xatre te cíao phob khan mai kwa heri Tagalog paalam viszontlátásra

Beeindruckend polyglott verabschiedet sich der weltläufige Kundendienstingenieur Gerhard P. Ein wenig verstörend ist allerdings, dass sich trotz der zahlreichen Abschiedsgrüße keine Hinterbliebenen zu erkennen geben.

04

»I saw the light«

Grafisch ansprechende Anzeigen

Das grafische Erscheinungsbild von Todesanzeigen ist schon recht einheitlich. Das hat durchaus Vorteile. So wissen Sie als Leser sofort, in welcher Rubrik Sie gelandet sind, wenn Sie die Zeitung hier aufschlagen. Bei Heirats- oder Stellenannoncen liegt der Fall nicht immer ganz so klar. Zweitens können Sie bei der Gestaltung einer Traueranzeige nicht viel falsch machen, wenn Sie einfach den Konventionen folgen. Diese erlauben es zudem, sich kurz zu fassen, ohne vieldeutige Abkürzungen verwenden zu müssen wie bei den Wohnungs- und Kontaktanzeigen. Und drittens fallen Anzeigen sofort auf, wenn sie grafisch nur ein wenig von der gewohnten Normanzeige abweichen. Die schönsten dieser »Abweichler« haben wir auf den nächsten Seiten versammelt. Dabei könnten sie durchaus auch in anderen Kapiteln auftauchen. So wie unsere erste Anzeige im Kapitel mit den »Dankesanzeigen«. Allerdings scheint hier die äußere Form doch besonderes Gewicht zu haben. Der leere Raum macht es sinnfällig: Außer diesem einen Wort gibt es nichts zu sagen.

Danke Norbert

ATTILA · JÜRGEN · KRISTIAN · VOLKER

Der Sinn unseres Lebens
ist der Weg und nicht das Ziel.

Arthur Schnitzler

Bon Camino

Werner M

✱ 23. März 1949 ✝ 9. September 2009
auf dem Jakobsweg nach
Santiago de Compostela

Danke für den gemeinsamen Weg.

In Liebe
Deine Brigitte
Beate und Siegbert
mit Florian und Marius
Thomas und Kristina
und alle Angehörigen

59494 Soest,

Wir gedenken seiner in der hl. Messe am Freitag, dem 18. September 2009, um 11.00 Uhr in der Heilig-Kreuz-Kirche zu Soest. Anschließend ist um 12.00 Uhr die Beisetzung auf dem Osthofenfriedhof in Soest.

Auch die guten Wünsche für den Weg von Werner M. wirken rundherum stimmig. Man muss gar nicht wissen, dass die Muschel das Zeichen des Apostels Jakob und damit der Jakobspilger ist, um an dieser Anzeige Gefallen zu finden.

Ein kleines Meisterwerk ist die Anzeige für Rudolf F., den wir nur noch in der Rückenansicht zu sehen bekommen. Dazu der handschriftliche Text, den man am besten laut liest – auch wenn man mit dem Schwyzerdütsch so wenig vertraut ist wie wir. Schlichter und, jawohl, ergreifender lässt es sich kaum mitteilen, dass ein nahestehender Mensch von uns gegangen ist.

De Ruedi isch gange

Er hät kämpft
g'hofft
doch dä Krebs isch stärker gsi

Rudolf F
15.09.1941 - 17.09.2008
In Begleitig vo sine Aghörige und dä
fürsorglichä Pfläg vom Aerzteteam und
dä Pflegende vo dä Onkologie Triemli
hät er friedlich chöne iischlafe.

Mir alli sind ganz fest truurig
und nähmed am 23.09.2008 um 10.30
uf äm Friedhof Altstetten bim
Gemeinschaftsgrab vom Ruedi Abschied.

Elisabeth M
Nadia M und Michael B.
Simon M
Franz und Lisel F, Einsiedeln
Hans und Lydia F mit Familie, Schongau
Kurt und Angelika F, Kilchberg
Ruth und Hans N mit
Sabrina und Fabian, Unterägeri
Barbara und Dieter Z, Reutti/Deutschland

Truuradressä:
Elisabeth M

8047 Zürich

Anstell vo Bluemä bittet mir um Unterstützig für d'Krebsliga Schweiz mit enere Spend
uf's PC-Konto 30-4843-9, Vermerk: Trauerspende Ruedi F

JS011.38

Auf ihre Art ergreift uns auch die Anzeige für die knapp 90-jährige Hedwig Margarete. Indem ihre Geburtsanzeige noch einmal als Faksimile eingerückt wird, rücken Geburt und Tod einander bedenklich nahe.

Statt Karten.

Hedwig Margarete

Die glückliche Geburt eines gesunden

Madchens

zeigen hocherfreut an

Georg B u. Frau

Hedwig geb. N .

Lennep, 10. April 1920.

Am 9. Februar 2010 ist sie gestorben.

Die Beisetzung fand im engsten Familienkreis statt.

I saw the light

Matthias L

2. August 1947 – 5. Dezember 2009

Veronique L geb. T mit Cosima
Prof. Dr. Kurt J. und Marie-Theres L
Eckehart L und Hildegard H
Dr. Tillmann und Bettina L
sowie alle Nichten und Neffen

Die Trauerfeier findet am Freitag, den 11. Dezember 2009 um 14.30 Uhr in der Sonnenbergkirche, Johannes-Krämer-Sraße 2–4, 70597 Stuttgart statt. Die Beisetzung findet im engsten Famileinkreis statt.

Im Sinne von Matthias bitten wir – anstelle freundlicherweise zugedachter Blumen und Kränze – um eine Spende für den Gründerkreis der Lebensgemeinschaft Eichhof e.V. Raiffeisenbank Much, BLZ 370 695 24, Konto 050 6666 015.

Traueranschrift:

Ungewöhnliche Kontraste setzt die Anzeige für Matthias L. Die hieroglyphenartigen Elemente geben dem Ganzen eine leicht altägyptische Anmutung.

Bleiben wir in der Kunstgeschichte: Wie ein Triptychon erscheint die Anzeige für Kathrin M. Dabei liegt es nahe anzunehmen, dass die beiden Bilder von der Verstorbenen selbst gestaltet wurden.

Willy Moese

* 21. 07. 1927 † 14. 02. 2007

„Wer dagegen ist, den bitte ich um das Handzeichen"

...natürlich waren wir dagegen, aber der Liebe Gott hielt den 14. Februar 2007 offenbar für den richtigen Zeitpunkt, um unseren geliebten Ehemann und Vater Willy Moese zu sich zu nehmen.

In Dankbarkeit für die wunderbare Zeit
Maria, Karoline, Felix & Heinz

Die Beisetzung findet am 22. Februar um 14.00 Uhr auf dem Friedhof Kaulsdorf, Dorfstr. 24 statt.

Auch in der obigen Anzeige stammt die Zeichnung vom Verstorbenen. Dabei handelt es sich um den Comiczeichner und Karikaturisten Willy M., der einstmals in der DDR sehr populär war. Dass er jedoch nicht zu den linientreuen Werktätigen am Zeichenstift gehörte, lässt auch diese Karikatur erahnen. Einstimmigkeit wird auf eine sehr wirksame Weise hergestellt, die auch im Westen nicht ganz unbekannt ist.

Mit einer humoristischen Zeichnung ist nicht nur zu rechnen, wenn ein Karikaturist zu betrauern ist. Gelegentlich gehört ein solcher auch zu den Hinterbliebenen und greift zum Stift, um sich von einem Angehörigen zu verabschieden. So wie Rötger Feldmann, besser bekannt unter dem Namen Brösel, Schöpfer der Comicfigur Werner. Mit seiner Frau Petra trauert er um Onkel Fritz. Für die wenigen Leser, die keen Plattdüütsch snacken: »buten« heißt »draußen«, »sülven« heißt »selbst« und »kiek« heißt »schauen«. Kurzum, wenn es draußen regnet, sollen wir in uns selbst hineinblicken. Ehe wir uns noch versehen haben, ist es draußen wieder schön.

Doch nicht nur die Profis peppen Traueranzeigen mit einer eigenhändigen Illustration auf. Auch die Angehörigen der Katholischen Jungen Gemeinde verabschieden sich mit etwas Selbstgemalten von der warmherzigen Pia.

Mit Deinem Lachen hast Du uns viel Wärme, Menschlichkeit und Freude gegeben.

Pia

Du bist bei uns!

Deine KJGler

Oder es sind talentierte Freunde, die sich mit dem Zeichenstift ihre Gedanken über das süße Jenseits machen. So wie bei Schlagzeuger Charly W., der über den Wolken Jazzlegende Miles Davis den Takt vorgeben darf.

BIN AUF TOURNEE!

CHARLY W

(2.2.1939 bis 31.12.2009)

Die Trauerfeier zur Einäscherung findet am Freitag, dem 8. Januar 2010 um 14:00 Uhr in der Trauerhalle des Düsseldorfer Nordfriedhofes statt.

Ein musikalisches Motiv bestimmt auch die Anzeige für Friedrich M., der vermutlich von seinen Kindern als »F-ATER« ferabschiedet wird.

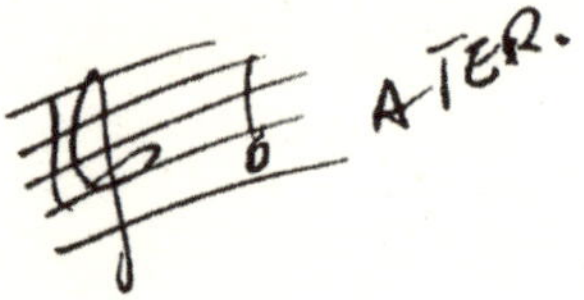

Friedrich M

5. März 1915 20. August 1993

Nicht weniger gelungen erscheint uns die Anzeige mit musikalischer Mücke für Wilhelm Mückenhausen. Die dreijährige Leidenszeit wird von denen, die ihm nahe waren, sehr dezent, man möchte fast sagen: charmant umschrieben.

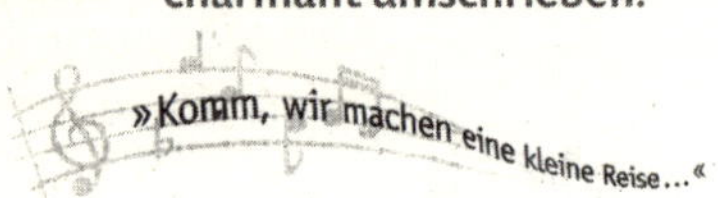

Wilhelm Mückenhausen

* 12. Mai 1935 † 4. Februar 2010

Eigentlich wäre Willi schon 2007 von uns gegangen. Aber weil »da oben« Hochbetrieb herrschte, entschied der Herrgott damals, ihn noch nicht zu sich zu nehmen. Doch jetzt sollte er nicht mehr länger leiden müssen und so öffnete er Willi das Himmelstor zu denen, die bereits auf ihn warteten.

Helga, Frank und Melanie
… für alle, die ihm nahe waren…

Tschüss Mann, tschüss Papa, tschüss Willi!

Die Beisetzung hat seinem Wunsch entsprechend im kleinsten Kreise stattgefunden.

Dem Team des St. Katharinen-Hospiz Frechen sagen wir von Herzen »Danke« für die Fürsorge um unseren Willi während seiner letzten Zeit! In seinem Sinne bitten wir um Spenden für das Hospiz, Konto: 151000506, Kreissparkasse Köln BLZ: 37050299, Zweck: Willi Mückenhausen.

JÖRN

*14. September 1970

11. März 2004

Wir denken an Dich.

Es sind keineswegs immer die besonders kunstvollen Zeichnungen, die uns stark berühren. Oft ist das Gegenteil der Fall: Die etwas krakelige Friedenstaube für Jörn wird sentimentalen Gemütern ebenso zuverlässig die Tränen der Rührung in die Augen treiben wie das steife Häschen mit dem abgeknickten Ohr und der Blume zwischen den Pfoten.

Leuchtende Tage.
Nicht weinen, dass sie vorüber.
Lächeln, dass sie gewesen.

In unendlicher Liebe und Dankbarkeit nehme ich Abschied von meiner lieben Frau und meinem liebsten Häschen

Karin C

geb. R

* 26. 11. 1937 Kiel † 23. 2. 2010 Iffeldorf

Iffeldorf **Manfred C**
im Namen aller Angehörigen und Freunde

Gottesdienst am Mittwoch, den 3. März 2010 um 13.00 Uhr in der Aussegnungshalle im Friedhof Penzberg.
Die von meiner Frau gewünschte Seebestattung in Kiel/Strande erfolgt zu einem späteren Zeitpunkt im engsten Kreis.

Auf eine etwas andere Art verleiht Andreas seiner Anzeige für Willi S. eine ganz persönliche Note.

Willi S

Er starb am 21.12.2009
Am 1.11.2009 konnten wir noch
deinen siebzigsten Geburtstag
gemeinsam feiern.
Es war nicht immer leicht, wir
haben trotzdem viel erreicht!
Andreas und alle Angehörigen
Die Trauerfeier und die Beisetzung
findet am 30.12.2009 um 13 Uhr
auf dem Friedhof Fuldatal -
Ihringshausen statt.

Zwei nimmermüde Hände
ruhen nun für immer.

Plötzlich und unerwartet verstarb nach schwerer Krankheit mein lieber Ehemann, unser lieber Vater und toller Opa

Heinrich D

* 26. Juni 1941 † 21. August 2009

Es war so reich dein Leben,
an Müh' und Arbeit, Sorg' und Last.
Wer dich gekannt, wird Zeugnis geben,
wie fleißig du geschaffen hast.
Nun ruhe sanft und schlaf in Frieden,
hab tausend Dank für deine Müh',
wenn du auch bist von uns geschieden
in unseren Herzen stirbst du nie.

In Liebe und Dankbarkeit
Deine Frau Sybille
Dein Sohn Hans-Jürgen
Deine Tochter Melani und Ralph
Deine Enkel Alina und Sofia

21255 Tostedt
Die Trauerfeier mit anschließender Beisetzung findet am Freitag, dem 28. August 2009, um 13.00 Uhr auf dem Friedhof in Tostedt statt.

Wieder andere setzen uns in Erstaunen durch die Wahl eines in diesem Genre bislang eher unüblichen Motivs. Aber gerade dadurch bekommen wir wohl erst einen angemessenen Eindruck, was dem Verstorbenen die Rasenpflege bedeutet hat.

Entsprechendes trifft vermutlich auch auf die Anzeige für Günther L. zu – sofern es sich nicht um eine tragische Bildverwechslung handelt (→ unser Kapitel »Kleine Fehler«). Eben weil der schnittige Sportwagen im nebenstehenden Text mit keiner Silbe erwähnt wird, bekommt er eine Selbstverständlichkeit, die ihn weit über ein bloßes Hobby hinaushebt. Lässt sich besser ausdrücken, dass einem Menschen sein Auto wahrhaft heilig ist?

Es ist schwer,
einen geliebten Menschen
zu verlieren.
Es ist wohltuend,
so viel Anteilnahme zu finden.

Wir danken allen, die in Wort
und Schrift seiner gedachten.

Günther L

* 24. 10. 1943 † 14. 1. 2010

Brigitte L
Natalie L
Douglas

61381 Friedrichsdorf

Die Beerdigung fand in aller Stille statt.

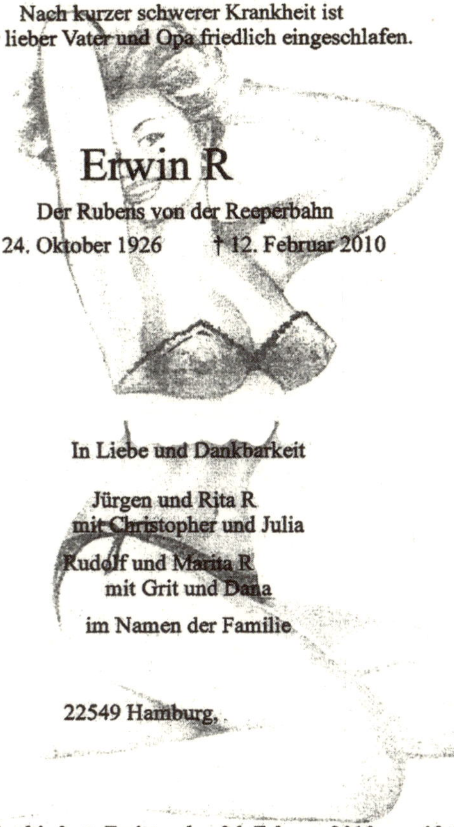

Nach kurzer schwerer Krankheit ist
unser lieber Vater und Opa friedlich eingeschlafen.

Erwin R

Der Rubens von der Reeperbahn

* 24. Oktober 1926 † 12. Februar 2010

In Liebe und Dankbarkeit

Jürgen und Rita R
mit Christopher und Julia

Rudolf und Marita R
mit Grit und Dana

im Namen der Familie

22549 Hamburg, .

Wir nehmen Abschied am Freitag, den 26. Februar 2010, um 13.00 Uhr
in der Kapelle des Groß Flottbeker Friedhofes, Stiller Weg.

Ganz gewiss das richtige Bild gewählt haben die Angehörigen für Erwin R. Sein Beiname als »Rubens von der Reeperbahn« verlangt ja nach einem aussagekräftigen Bildmotiv, das jedoch zugleich noch die Anzeigenredaktion zu passieren vermag.

Wenn ihr an mich denkt, seid nicht traurig.
Erzählt lieber von mir und traut Euch zu lachen.
Lasst mir einen Platz zwischen Euch,
so wie ich ihn im Leben hatte.

WERNER D

* 23. 9. 1931 † 17. 9. 2009

„Geht zurück ins Leben und lacht für mich weiter."

In Liebe

Deine Leni
Wolfgang und Familie
Beate und Familie

40882 Ratingen

und alle, die ihm nahe standen

Wir haben im engsten Familienkreis Abschied genommen.

Wir haben es erwähnt: Todesanzeigen sind sehr stark von Konventionen bestimmt. Das führt allerdings dazu, dass der Knalleffekt umso größer ist, wenn man die Konvention scheinbar einhält und sie dann doch durchbricht. So wie in der Anzeige für Werner D., in der anstelle des christlichen Kreuzes nun ein Kreuz ganz anderer Art uns an unsere Sterblichkeit erinnert.

Ob Absicht oder nicht: Auch das stehende Ampelmännchen erinnert an ein Kreuz, wenn es oben in einer Todesanzeige erscheint. Schließlich lässt sich der Tod aus guten Gründen mit einem Stoppsignal in Verbindung bringen. Und wenn man dann noch das Ampelmännchen überhaupt erfunden hat wie Karl P., ist das als Bildmotiv geradezu zwingend. Dass sich unter dem Text das gehende Ampelmännchen befindet, macht zudem Mut, dass es nach dem Tod dann doch irgendwie »weitergeht«.

Wir trauern um den Erfinder der Ampelmännchen
Herrn Dipl. Psychologen

Karl Peglau

*18.5.1927 † 29.11.2009

Wir verlieren in ihm einen guten Freund und kritischen Mitgestalter.
Immer aktiv wie der Geher, wies er uns mit seiner Erfahrung den richtigen Weg.
Mit Witz und Charme sorgte er auch für besonders warme Momente,
die wir uns gerne bewahren möchten.
Wir werden uns ebenso wie er dafür einsetzen,
dass die Ampelmännchen immer Fröhlichkeit und Zuversicht verbreiten.

Die AMPELMANN GmbH

Zum Gedenken

Otto B

* 15. 1. 1932 † 16. 7. 1983

Eva B

Unser letztes Motiv setzt ein eindrucksvolles Zeichen. Und es leitet bereits über zu unserem nächsten Kapitel, das den Anzeigen für Ehe- und andere Partner gewidmet ist.

»Meine geliebte Schmusewolle«

Anzeigen für Ehe- und andere Partner

Sie gehören schon in ein ganz eigenes Kapitel: Die Inserate, die dem Herzenspartner gewidmet sind, ob man nun ehelich miteinander verbunden war oder gerade nicht. Häufig richtet der Hinterbliebene hier seine Worte direkt an den Verstorbenen. Und weil das in der Zeitung geschieht, wo auch der brave Nachbar mitlesen kann, bekommen solche Texte etwas leicht Bühnenhaftes, Pathetisches, Theatralisches. So wie bei Karl-Heinz, der für seine Erika »irgendwo auf dieser Welt« eine Blume ins Meer wirft. Dass Erika solche Gesten schon zutreffend einzuschätzen vermag, deutet sich in dem indirekten Zitat an.

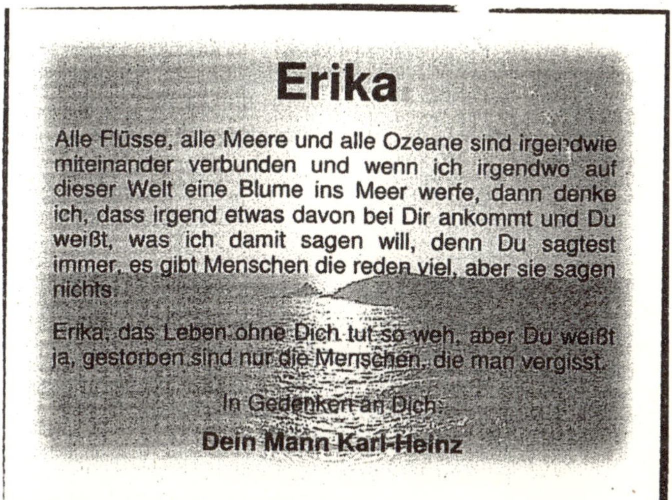

Erika

Alle Flüsse, alle Meere und alle Ozeane sind irgendwie miteinander verbunden und wenn ich irgendwo auf dieser Welt eine Blume ins Meer werfe, dann denke ich, dass irgend etwas davon bei Dir ankommt und Du weißt, was ich damit sagen will, denn Du sagtest immer, es gibt Menschen die reden viel, aber sie sagen nichts.

Erika, das Leben ohne Dich tut so weh, aber Du weißt ja, gestorben sind nur die Menschen, die man vergisst.

In Gedenken an Dich:

Dein Mann Karl-Heinz

Auch Rudi richtet eine persönliche Botschaft an seine Renate. Dabei verbindet sich tiefe Dankbarkeit mit ebenso tiefer Ratlosigkeit, die Rudi in drei sehr grundsätzliche Formeln zu fassen versucht. Nicht ohne Reiz ist dabei der Anklang an Shakespeares Hamlet einerseits (»Es gibt mehr Dinge zwischen Himmel und Erde, als eure Schulweisheit sich träumt, Horatio« – 1. Akt, 5. Szene) und die Sesamstraße andererseits (»Wieso, weshalb warum? Wer nicht fragt, bleibt dumm«).

DANKBAR IST DIE BRÜCKE, DIE ZWEI HERZEN VERBINDET
RENATE K 13.09.1940 - 24.12.2000

ES GESCHEHEN DINGE -
MAN FRAGT SICH - WARUM
ES GESCHEHEN DINGE -
MAN FRAGT SICH - WIESO
ES GESCHEHEN DINGE -
MAN FRAGT SICH - WESHALB

DEIN LEBEN LANG -
WARST DU FÜR MICH DA - RENATE
DEZEMBER 2009 DEIN RUDI

Und auch unsere dritte Anzeige ist an den Verstorbenen gerichtet, der auf diese Weise an einen ganz besonderen Hochzeitstag erinnert wird.

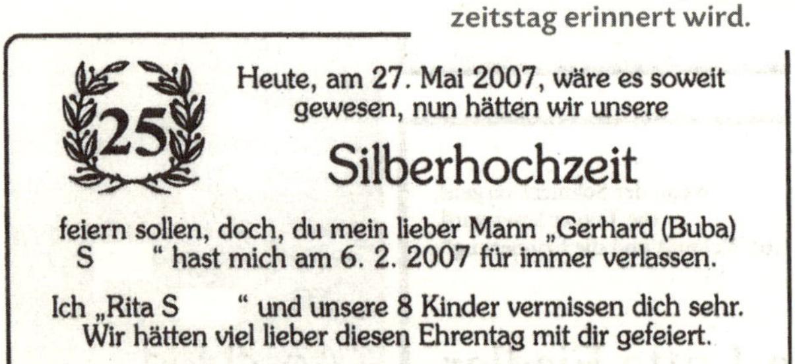

Heute, am 27. Mai 2007, wäre es soweit gewesen, nun hätten wir unsere

Silberhochzeit

feiern sollen, doch, du mein lieber Mann „Gerhard (Buba) S “ hast mich am 6. 2. 2007 für immer verlassen.

Ich „Rita S “ und unsere 8 Kinder vermissen dich sehr. Wir hätten viel lieber diesen Ehrentag mit dir gefeiert.

In Liebe

Deine Rita und Deine Kinder

Gleichfalls 25 Jahre währte die Verbindung zwischen Mario S. und seiner geliebten »Schmusewolle«, die offenbar von einem langen Leiden erlöst wurde. In einer anrührenden Aufzählung rekapituliert der Ehemann die gemeinsamen Glücksmomente.

Sie war das Beste was ich je hatte
Meine so sehr geliebte Schmusewolle ist gestorben

Helga S

* 30. Mai 1952 in Bonn   † 23. November 2009 zu Hause

Ich vermisse sie sehr:
Mario S
und Weihnachtskatze Lilli Mäuschen und Mimmi

Mehr als elf Jahre krank, jetzt kann sie nicht mehr

mich umarmen, liebhalten, mit mir schmusen, mich lieben

stricken, häkeln, sticken, knüpfen, glasmalen, salzteigarbeiten
puzzeln, kreuzworträtseln, lesen, den Garten pflegen

klavierspielen auf dem weißen Schimmel:
Werke von Beethoven, Schubert, Schumann, Chopin,
Opern in München erleben und klassische Musik hören

Andechs und das Oberland besuchen
Kärntens 3000er besteigen, kraxeln im Südtiroler Ahrntal
geistig nochmals die Besteigung des Kilimandjaro erleben

wandern und Erholung finden auf Elba, sich erinnern an die Heirat dort

Niemand kann mir die letzten 25 Jahre wiedergeben, die jetzt beendet sind

Sie ist und bleibt immer die Beste

Einer von der schnellen Sorte war Herbert B. Doch auch seine Doris kommt rasch auf den Punkt. Ganze zwei Sätze genügen ihr, um mit liebevoller Ironie ein sehr lebendiges Porträt ihrer Ehe zu zeichnen.

Bitte radle im Himmel nicht so schnell durch die Wolken …

Herbert B

*** 5. 12. 1926 † 6. 12. 2005**

Du weißt doch, ich konnte dir schon auf Erden nicht ganz folgen.

Doris B

Nicht weniger liebevoll und doch erfrischend sarkastisch erscheint uns die Anzeige für den reiselustigen Harald S. aus dem badischen Nollingen.

Die nächste Reise haben wir uns anders vorgestellt…

Unser gemeinsames, glückliches Leben ist zu Ende.

Harald S

* 28. Oktober 1929 † 5. Januar 2010

In Liebe und Dankbarkeit nehmen wir Abschied.

Hanni S
Nelly und Peter D mit Adrian, Marisa und Julian, Annika und Lukas
Sylvia und Wolfgang S mit Vincent und Hendrik
Familien S und B sowie alle Angehörigen

79618 Nollingen,

Auch in der folgenden Anzeige kommt die Liebe nicht zu kurz. Allerdings gilt sie hier weniger dem Ehepartner als den gemeinsamen Freunden, die bei dieser Gelegenheit nun auch nicht übergangen werden sollten.

Brigitte

*** 3. 7. 1942 – † 17. 7. 1994**

Liebe Freunde,
Wir haben Euch lieb.

Heinz B

Dass innige Beziehungen auch jenseits ehelicher Verhältnisse bestehen können, ist keine Überraschung. Doch selten wurde es so treffend formuliert wie in der Anzeige für Lebenspartner Georg W.

Allen meinen Freunden und Bekannten gebe ich die traurige Nachricht bekannt, daß mein geliebter unvergeßlicher Lebenspartner

Georg W

nicht mehr in meiner Mitte weilt.

In tiefer Trauer:
Ellen S

97299 Zell am Main,

Die Beerdigung findet am Mittwoch, dem 16. Juli 1997, um 13 Uhr auf dem Alten Friedhof statt.

Nachruf für

Elisabeth K

geb. K
Uhrmachermeisterstochter

* **12. 12. 1909** in Böblingen, **† 4. 10. 1991**

Im Andenken an unsere gemeinsame Zeit mit all unseren Tierarten, welche bei Dir immer Liebe und Aufnahme fanden (zum Beispiel „Winterquartier der Stadtschwäne") bleibst Du mir immer im lieben Andenken verbunden.

In tiefer, tiefer Trauer mußte ich es hinnehmen, als Du seelisch mit Polly im Gespräch Abschied nahmst.

Wie versprochen gebe ich Dir das Medaillon mit Deinem Vater und Deinem Kindkopfporträt enthaltend, mit neuer Kette versehen, ebenso Deine Armbanduhr von Deiner ersten Reise aus Amerika mit auf Deinen Weg.

In freundschaftlicher Liebe und Treue werden wir uns sicher wiedersehen.

Mit innigster Herzlichkeit
Dein Kurt

Die Beerdigung findet am Donnerstag, dem 10. 10. 1991, um 14 Uhr auf dem alten Friedhof in Böblingen statt.

Als Lebenspartner der besonderen Art müssen wir auch den zoologisch interessierten Kurt betrachten, der sich von der Uhrmachermeisterstochter Elisabeth K. verabschiedet. Und dabei der »gemeinsamen Zeit mit all unseren Tierarten« gedenkt. Ungewöhnlich auch die detailgenaue Schilderung der Grabbeigaben, für deren tadellosen Zustand Kurt gewissenhaft Sorge trug (man denke an die »neue Kette«). Doch am rätselhaftesten ist der mittlere Absatz, in dem von »tiefer, tiefer Trauer« die Rede ist, die sich einstellte, als die Uhrmachermeisterstochter »seelisch im Gespräch mit Polly Abschied« nahm.

Um verschiedene Tierarten und die gemeinsame Zeit geht es auch in dem feinfühligen Nachruf, den Kurt B. für seine hochbetagte Altersgefährtin Charlotte E. formuliert hat. Uns beeindruckt aber nicht nur die Geschichte vom Schokomarder, sondern auch der letzte Satz. So eine steinharte Schluss-Sentenz muss man sich erst mal trauen.

Kurt B.
straße 19
71032 Böblingen

Böblingen, am 03. April 2005

Nachruf für

Charlotte E

geb. P

* 04. September 1910
- in Heilbronn am Neckar -

† unerwartet am 03. April 2005 um ca. 10.30 Uhr
- in Böblingen -

Im Andenken an unser verständnisvolles gemeinsames Leben von etwa 11 Jahren, hatten wir trotz unseres Alters eine große Verbundenheit durch unsere Tierliebe u. a. zu den Schwänen, bestätigt durch die allabendlichen Besuche unserers Freundes, dem Marder, der immer gerne Ritter Nougat Schokolade mag.

In tiefster Trauer muss ich nun akzeptieren,
dein plötzlicher und schmerzlicher Abgang,
ich werde einsam sein

In Liebe und Treue
werden wir uns wiedersehen
mit innigster Herzlichkeit
Dein Kurt

Die Beerdigung findet am Freitag, den 08.04.2005, um 14.00 Uhr auf dem alten Friedhof in Böblingen statt (vom Haupteingang in Richtung Holzkreuz).

Mein

Ollybärly

hat mich am 13. 1.
für immer verlassen.

Nach 4½ Jahren tiefer,
inniger Liebe
für immer vereint.

Ich bin bei Dir
Deine Elamausy

Und auch in unserer nächsten Anzeige kommen wir um gewisse Tierarten nicht herum, obwohl wir den Tieren doch ein eigenes Kapitel spendiert haben (→ S. 169). Allerdings gehören Ollybärly und Elamausy unbedingt in die Abteilung der menschlichen Lebens- und Knuddelgemeinschaften. Ihr Fall belegt eindrucksvoll, wie unauflösbar ineinander verwoben Verlassenwerden und Wiedervereinigung sein können. Dass die Kosenamen mit einem Endypsilon ausgestattet sind, verleiht ihnen obendrein einen exquisiten Hauch von Internationalität.

Höchst eigenwillig erscheint die Anzeige für Peter C., dem wohl der »rote Pinsel« zugeordnet werden muss. Was es allerdings mit diesem Malinstrument näher auf sich hat, muss für den uneingeweihten Leser ewig im Dunkeln bleiben. Aber vielleicht sollte man an eine Anzeige keine konventionellen Maßstäbe anlegen, wenn sich unter den Hinterbliebenen ein Mops befindet und die Trauergäste aufgefordert werden, ihre »zugedachten Kränze und Blumengebinde« schön zu Hause zu lassen.

„Mein Pinsel malt rot!"

Peter ist tot, mein Liebster.

Peter C

9. 6. 1950 5. 9. 2004

Im Namen aller Verwandten und Freunde

Elke W
und Mops Frieda

50678 Köln,

Die Beerdigung findet am Montag, dem 13. September 2004, um 13.30 Uhr von der Trauerhalle des Südfriedhofes, Köln-Zollstock, Höninger Platz, aus statt.

Von zugedachten Kränzen oder Blumengebinden bitte ich abzusehen.

Es gilt als Kennzeichen besonders inniger Liebesbeziehungen, dass der Partner, der allein zurückbleibt, dieses Los beklagt. Denken wir nur an die Anzeige mit dem Schokomarder. Und doch gibt es auch Fälle, in denen der Hinterbliebene gar nicht so unglücklich darüber zu sein scheint, dass er noch ein paar Jahre für sich alleine hat.

Brigitte, ich danke Dir, dass Du vor mir gegangen bist.

Brigitte W

** 31. Mai 1951* *† 3. Januar 2009*

Das Leben eines geliebten Menschen ist zu Ende gegangen.
Es war geprägt von Liebe und gütiger Fürsorge.

In Dankbarkeit nehmen wir Abschied.

Georg und Stephan W
Heidi und Karsten H
Sascha H

Denselben Gedanken mag auch Marie T. gehegt haben. Dabei fällt ihre Anzeige für Ehemann Gustav entschieden bitterer aus.

Gustav T

★ 15. 10. 1905 **† 18. 1. 1990**

Uns zum Wohl ist das Band nach fast 58jähriger Ehe zerrissen.

Marie T
und Nahestehende

2880 Brake,

Hermine B

*** 23. September 1919 † 27. August 2009**

Gläubige Christin – engagierte Sozialdemokratin – überzeugte Gewerkschafterin. Sie nahm an den ersten Ostermärschen in den 60-er Jahren teil: Ihre größte Herausforderung – von Gott als Aufgabe gegeben – war, dass sie einen Kommunisten und Atheisten heiratete. Das wichtigste war das Gespräch: „Man muss miteinander reden!" Sie hat es 40 Jahre bei ihrem Mann leider erfolglos versucht. Man konnte sich mit ihr bis ins hohe Alter anregend über politische Ereignisse unterhalten – Zeitschriften/Tageszeitung waren ihre ständige Lektüre. Bina, ich hoffe, dass es Dir da, wo Du jetzt bist, gut geht. Nun triffst Du Deinen Heinz wieder!

Thomas B , Neffe, Hamburg

Die Ehe lässt sich ebenso als Aufgabe begreifen, die es zu meistern gilt. So wie im Fall der gläubigen Christin und engagierten Sozialdemokratin Hermine B., die nach Gottes unergründlichem Ratschluss einen Kommunisten und Atheisten heiraten musste, mit dem sich nicht mal reden ließ. Wie uns Neffe Thomas dankenswerterweise wissen lässt. Und wenn wir annehmen wollen, dass es sich bei »deinem Heinz« um eben diesen verstockten Kommunisten handelt, dann ahnt man, dass für »Bina« die Zeit der Prüfungen auch im Jenseits nicht vorüber sein wird.

Im Hier konnten wir nicht zusammenkommen,
das und Kälte und Ungerechtigkeit zerbrachen Dich,
wo Du jetzt bist, wird es ein Uns geben.
Ich liebe Dich unsterblich

Gewiss nicht weniger beklagenswert ist es, wenn die Partner erst gar nicht zusammenkommen können und sich gleich auf das Jenseits vertrösten müssen. Wie dramatisch sich die Sache verhält, zeigt der Umstand, dass sich die Liebenden namentlich nicht zu erkennen geben.

Nach einem schaffensreichen, in Güte tapfer ertragenen, ungerechten Leben wurdest du uns zum großen Schmerz aller für immer genommen, mein wunderbarer Lebensgefährte und Bräutigam, du Sonnenschein meines Daseins, mein geliebter Neffe, unser hilfsbereiter lieber Cousin, unser bester Freund und herzensguter Kamerad

Rudolf O

Musiker

*2. 1. 1914 † 17. 8. 1982

In ewiger Liebe, unendlicher Dankbarkeit und tiefer Schuld:
Angelika H , Verlobte

Andere finden erst spät zueinander. Doch achten sie darauf, dass alles seinen geordneten Gang geht und vor einer etwaigen Eheschließung noch das Stadium der Verlobung durchlaufen wird. So wie beim nicht mehr ganz jugendlichen Musiker Rudolf O., für den im Namen aller Angehörigen seine Verlobte inseriert.

Eine bemerkenswerte Reihenfolge findet sich hingegen in der Anzeige für Maximilian Hans Hermann P., dessen Sterbeort zudem seltsam unbestimmt bleibt. Ist es Bescheidenheit oder der dezente Hinweis auf die besonderen Präferenzen von P., wenn sich seine Gattin hinter den geliebten Garten, das Heim und die treuen Hunde einordnet?

Ausgang
Immer enger, leise, leise
Ziehen sich die Lebenskreise,
Schwindet hin, was prahlt und prunkt,
Schwindet Hoffen, Hassen, Lieben,
Und ist nichts in Sicht geblieben
Als der letzte dunkle Punkt.
Theodor Fontane

Maximilian Hans Hermann P

27. IV. 1925 Leipzig – 21. II. 1994 Welt

mußte viel zu früh seinen geliebten Garten, sein Heim, seine treuen Hunde und mich verlassen.

An der Anzeige für Ernst E. irritiert den unbefangenen Leser der Umstand, dass die Gemahlin seine Lebenstage akkurat abgezählt hat.

Am 32338. Tage seines Lebens verstarb plötzlich, nach langer Krankheit mein lieber Mann

Ernst E

Rechtsanwalt

* 8. 3. 1908 † 15. 9. 1995

Träger der Verdienstmedaille des Landes Baden-Württemberg
Landesehrenvorsitzender des Verbandes der Heimkehrer, Kriegsgefangener, Vermißtenangehöriger Deutschlands, Landesverband Baden-Württemberg
Vorsitzender des Hilfswerks „Heimkehrerverband“
Landesehrenvorsitzender des Landesarbeitskreises der CDU-Juristen, Baden-Württemberg

Nicht ohne Bestürzung lesen wir die Anzeige für Stefan Ennio Marcus Z. Dass er »nach Eichstätt gehen« wollte, deutet auf eine bevorstehende Trennung hin. Dass er »bei« seiner Frau geblieben ist und nun »Richtung Eichstätt liegt«, wirkt schon sehr bitter.

Er wollte nach Eichstätt gehen, aber er ist bei mir hier geblieben. Er liegt Richtung Eichstätt. (Katharina)

Stefan Ennio Marcus Z

* 15. 6. 1958 † 19. 9. 2008

ist bei einem tragischen Unfall gestorben.

In tiefer Trauer, wir haben Dich alle geliebt:
Katharina mit **Adriana**
Traudl
Fabio, Bettina mit **Leo**

Und wenn du dich getröstet hast,
wirst du froh sein, mich gekannt zu haben.

Die folgende Anzeige gehört eigentlich in die Kategorie der »Vehikelanzeigen«, der wir uns später noch ausführlich widmen werden (→ S. 197). Der still trauernde Konrad hat nicht etwa seinen Ehepartner, sondern seine Ehe »zu Grabe getragen«. Und zwar »im engsten Familienkreis«, dem die Ehefrau ganz offenbar nicht mehr angehört. Vermutlich ist sie für den Rest der Familie »gestorben« – auch wenn sie nicht »Richtung Eichstätt« liegt.

Ich nehme Abschied

Meine Ehe

11. 9. 1998 3. 1. 2010

Meine Ehe wurde im engsten
Familienkreis zu Grabe getragen.

In stiller Trauer
Konrad
Tina und Gunther

Wie die erste Anzeige dieses Kapitels, so ist auch unser letztes Stück der Zweisamkeit gewidmet. Dass die Eheleute darauf hinweisen: »Wir haben nur uns, nur uns, nur uns«, mag sich noch im Rahmen des Konventionellen halten. Doch das Bekenntnis zum »Doppelschrei« erscheint uns schon recht ungewöhnlich. In diesem Zusammenhang könnte man fast vermuten, dass es sich bei der anstehenden »Freuerbestattung« gar nicht um einen Druckfehler handelt. Damit leitet unsere letzte Anzeige bereits zum nächsten Kapitel über. Darin geht es um die kleinen Fehler und ihre bisweilen sehr weitreichende Wirkung.

Das Einzige, was wir haben,
das sind wir.
Wir haben nur uns, nur uns, nur uns.
Wir sind ein Doppelschrei.

Fellbach
im Dezember 2000

Wir nehmen Abschied von unserem lieben

Wolfgang E

*** 12. 7. 1961 † 19. 12. 2000**

In Liebe:

Katrin E
mit allen Familienangehörigen

Die Trauerfeier zur Freuerbestattung findet am Freitag, dem 22. Dezember 2000, um 12 Uhr auf dem Friedhof in Fellbach statt.

06

»Die Früchte ihres unermüdlichen Schlafens«

Anzeigen mit kleinen Fehlern

Mehr noch als sonst im Leben gilt bei Todesanzeigen der Grundsatz: Jetzt bloß keinen Fehler machen. Denn recht besehen gibt es für ein Trauerinserat keine zweite Chance. Steht die Sache erst einmal in der Zeitung, so kann auch eine spätere »Richtigstellung« oder die Publikation der korrigierten Anzeige den Schnitzer nicht mehr rückgängig machen. Eher ist das Gegenteil zu erwarten, der fehlerhafte »Urtext« wird durch eine nachträgliche Klarstellung keineswegs getilgt, sondern brennt sich umso stärker unserer Erinnerung ein. Für die Hinterbliebenen kann der kleinste Fehler albtraumhafte Züge annehmen. Immerhin wird das Andenken an einen geliebten Menschen beschädigt. Und das ist nun wahrlich kein Spaß.
Das sollten wir nicht vergessen, wenn wir uns auf den nächsten Seiten mit den kleinen Fehlern beschäftigen, die allen Anstrengungen zum Trotz, sie tunlichst zu vermeiden, eben doch immer wieder vorkommen. Dabei liegt der Reiz dieser Anzeigen oftmals darin, dass sich ein neuer, überraschender Sinn ergibt. Und daran kann man als unbefangener Leser und Sammler schon ein gewisses Vergnügen empfinden, das nichts mit Schadenfreude zu tun hat, sondern mit einer spielerischen Lust am Ungewöhnlichen und Widersinnigen.

So ist auch das Motto in der Anzeige für Inge L. zu verstehen. Dass Inge L. »entschlafen« ist und es sich um »Früchte unermüdlichen Schaffens« handelt, liegt auf der Hand. Aber »unermüdliches Schlafen« weckt doch viel eher unsere Neugier, zumal wenn es reiche Früchte trägt. Was ist »unermüdliches Schlafen«? Wir denken an einen Menschen, der sich nach jedem Aufwachen mit eiserner Disziplin noch einmal auf die Seite dreht und unbeirrt weiterträumt.

Bunte, wilde Träume, hochgestimmte Fantasien, kühne Visionen, die man sich bei wachem Bewusstsein niemals gestatten würde, die Früchte des Schlafens eben. Und doch war es Inge L. verwehrt, diese kostbaren Früchte zu genießen. Warum nur? Hat am Ende der Wecker doch gesiegt? Die tristen Pflichten des Alltags? Oder gab es Überlegungen, die Früchte des Schlafens irgendwie im Wachzustand nutzbar zu machen, um sie zu genießen? Die Antworten darauf muss sich jeder selbst zusammenträumen, wenn er seine eigenen »Früchte des Schlafens« aberntet.

Die Früchte ihres unermüdlichen Schlafens durfte sie nicht mehr genießen.

Plötzlich und unfaßbar für uns alle ist unsere liebe Mutter, Oma, Schwester und Tante von uns gegangen.

Inge L

geb. A

* 11. September 1924 † 31. Juli 1992

Michael und Issy
Beate und Sven
Trude und Norbert

2084 Rellingen

Wir nehmen Abschied am Freitag, dem 7. August 1992, um 11 Uhr in der Rellinger Kirche.

Anstelle von Kranzspenden bitten wir um Spenden für den Erhalt der Rellinger Kirche, Vereins- und Westbank Rellingen, Konto-Nummer 11 716 605, BLZ 206 300 11.

Auch das folgende Motto wirft Fragen auf. Von ferne erinnert es an die Arie »Ruhe sanft, mein holdes Leben« von Mozart. Aber wieso heißt es jetzt »auf allen Seiten«? Diesseits und jenseits der Schwelle des Todes? Und was soll in dieser Situation »noch reichen«? Die Zeit, die uns hienieden noch geschenkt ist? Aber wie passt das alles zusammen? Bevor Sie weiterlesen, sollten Sie sich an einer eigenen Deutung versuchen. Also, klappen Sie nach Lektüre der Anzeige das Buch zu und denken Sie nach.

Ruhe sanft auf allen Seiten,
wenn's noch reicht auf Widersehen.

Für uns alle unfaßbar verstarb plötzlich und unerwartet unser lieber Vater, Sohn, Bruder, Schwager und Opa, Herr

Ernst-Friedrich N

im Alter von 54 Jahren.

Die trauernden Hinterbliebenen:
Silvia, Anita, Ingrid N
Hilde N (Mutter)
Familie W. E und Frau
Gabriele geb. N
Familie J. T und Frau
Erika geb. N
und seine treue Gefährtin
Frau Maria D

Heppenheim, den 28. Oktober 1982

Was auch immer Sie sich ausgedacht haben, der eigentliche Grund für dieses rätselhafte Motto ist gewiss prosaischer. Wie es sich zugetragen hat, verriet uns Leser H. aus Bensheim: Der Auftraggeber legte dem Text für die Todesanzeige noch einen Zettel mit Anweisungen für die Gestaltung der Kranzschleife bei. Auf Vorder- und Rückseite, mithin auf »allen Seiten«, sollte »Ruhe sanft« stehen. Wenn dann noch Platz bliebe, sollte als letzter Gruß zusätzlich »Auf Wiedersehen« aufgedruckt werden. Der ahnungslose Setzer hielt den Zettel für den zugehörigen Gedenkspruch und fertigte die Anzeige, die daraufhin für einiges Aufsehen sorgte. Herr H. ließ uns wissen, dass der Spruch später sogar in einem Fernsehspiel auftauchte.

Du hast niemals „nein" gesagt

Wir trauern so sehr um unsere

Hannelore W

10.7.1940 8.9.2009

Im Namen aller Angehörigen und Freunde

Kurt W

Die Trauerfeier findet am 21.09.2009, um 10.00 Uhr auf dem Gertraudenfriedhof statt.

Zumindest doppeldeutig ist die Anzeige für die stets hilfsbereite Hannelore W.

Wir nehmen Abschied von

Emmi C
"Betty Bossi"

3.9.1912 – 2.10.2006

Wir hatten Sie sehr lieb

»... und immer an den Leser denken!« ist die Devise eines wöchentlichen Nachrichtenmagazins. Die Anzeige für Emmi C. scheint diesen Wahlspruch jedoch allzu sehr zu beherzigen.

In diesen Reigen gehört auch unsere titelgebende Anzeige, in der aus einem kleinen Fehler eine tiefe Wahrheit spricht. »Diesseits bin ich gar nicht fassbar«, lautet die Grabinschrift von Paul Klee. Die Anzeige für Gudrun S. vermittelt die ermutigende Botschaft, dass dies für uns alle gilt.

70563 Stuttgart-Vaihingen

Gudrun S

geb. S
31.1.1952 - 28.4.2001

Wir sind unfassbar!
Unsere liebe Gudrun ist unverhofft gestorben.
Sie war uns eine gute Mutter, Tochter, Schwester, Tante und Schwägerin.
Sie wird in unseren Herzen weiterleben.

Leonard R
Irmgard S
Gerda R und Jean Albert L
Mathias und Manuela R mit Marc
Alexander und Heike R
Susanne und Daniel O
mit Grischa und Simeon
Moritz und Jakob B
Brigitte S
Günter R

Trauerfeier am Donnerstag, dem 3. Mai 2001, um 14.00 Uhr in der Feierhalle des Bestattungshauses Ramsaier, S-Vaihingen, Katzenbachstraße 58.

Erscheint der Verstorbene auf einem Foto, regt das gleichfalls unsere Fantasie an. Wir stellen uns vor, was das für ein Mensch gewesen sein mag. Zum Beispiel dieser Franz-Josef E. aus dem rheinischen Hückelhoven ...

Statt jeder besonderen Anzeige

Dein ganzes Leben war nur Schaffen,
warst immer gut und hilfsbereit.
Du konntest bessere Tage haben,
doch dazu nahmst Du Dir nur selten Zeit.
Nun ruhe sanft, schlafe in Frieden,
hab tausend Dank für Deine Müh'.
Wenn Du auch bist von uns geschieden,
in unseren Herzen stirbst Du nie.

Wir haben den Mittelpunkt unserer Familie verloren und trauern um meinen lieben Ehemann, guten Vater und Schwiegervater, der nach schwerer Krankheit und Empfang der Krankensalbung heute von uns gegangen ist.

Franz-Josef E

* 31. 8. 1936 † 28. 10. 2009

In Liebe :
Anneliese E
mit Marion und Christian
sowie alle Verwandten
und Freunde

41836 Hückelhoven-Ratheim,

Die Exequien werden gehalten am Montag, dem 2. November 2009, um 14.30 Uhr in der Pfarrkirche St. Johannes der Täufer zu Ratheim.

Anschließend ist die Beerdigung von der Friedhofskapelle aus.

Von Beileidsbekundungen am Grabe bitten wir abzusehen.

Oder auch Hans S., gleichfalls aus Hückelhoven, dessen Konterfei uns doch seltsam vertraut erscheint.

Als die Kraft zu Ende ging,
war's kein Sterben, war's Erlösung.

In Liebe und Dankbarkeit nehmen wir Abschied von meinem lieben Ehemann, unserem väterlichen Freund, Opa und Schwiegervater

Hans S

* 15. 6. 1921 † 28. 10. 2009

In stiller Trauer:

Käthe W
geb. S
Wilfried W
Anne W
Stephanie W

41836 Hückelhoven-Ratheim,

Die Exequien werden gehalten am Montag, dem 2. November 2009, um 9.30 Uhr in der Pfarrkirche St. Johannes der Täufer zu Ratheim.

Anschließend ist die Beerdigung von der Friedhofskapelle aus.

Von Beileidsbekundungen am Grabe bitten wir abzusehen.

Sollte jemand aus Versehen keine besondere Anzeige erhalten haben, so diene diese als solche.

Wenn die Kraft zu Ende geht,
ist Erlösung eine Gnade

In Liebe und Dankbarkeit nehmen wir Abschied von unserer lieben Mutter, Schwiegermutter, Oma, Uroma und Schwester

SR Dr. med. dent. Ina L

geb. L

geb. 25. 06. 1924 gest. 02. 08. 2008

In stiller Trauer:

Cornelia D
mit Gero und Nick
Simone L
mit Helge, Nils, Matthias, Katja und Ben-Louis
Ursula S

Halle und Zeitz, im August 2008

Die Beerdigung findet am Dienstag, dem 12. August 2008 um 10.00 Uhr auf dem Südfriedhof statt.

Mit dem Foto eines anderen Menschen verabschiedet zu werden, ist schon eine schwer erträgliche Vorstellung. Kaum angenehmer ist es, wenn man mit dem eigenen Antlitz in der Anzeige eines Fremden den Leser anlächelt. Doch im Vergleich zu der Bildverwechslung, die Zahnärztin Ina L. erdulden musste, sind die beiden Hückelhovener sogar noch glimpflich davongekommen.

Manchmal genügt nur ein einziger vertauschter Buchstabe, um eine schöne Anzeige zu ruinieren. So haben die Hinterbliebenen von Josefine A. das elegische Gedicht »Der Tod, das ist die kühle Nacht« aus dem Buch der Lieder von Heinrich Heine ausgewählt. Doch womöglich war der Dichter in der Anzeigenannahme nicht so populär wie der blonde Barde mit der dunklen Brille und dem auslautenden O. Eine undeutliche Handschrift mag ein Übriges bewirkt haben. Und so wurden die feinfühligen Verse kurzerhand dem Schöpfer rustikaleren Liedguts (»Karamba-Karacho, ein Whiskey!«) zugeschlagen, was der ganzen Anzeige eine völlig neue Tendenz verleiht.

Der Tod, das ist die kühle Nacht,
Das Leben ist der schwüle Tag.
Es dunkelt schon, mich schläfert,
Der Tag hat mich müd gemacht.
Über mein Bett erhebt sich ein Baum,
Drin singt die junge Nachtigall:
Sie singt vor lauter Liebe,
Ich hör es sogar im Traum.

Heinrich Heino

Nach geduldig ertragenem Leiden ist heute unsere liebe Mutter, Schwiegermutter und Großmutter entschlafen.

Josefine A

geb. B
† 8. 5. 1989

In tiefer Trauer:
Dr. med. Petra R
Prof. Dr. med. Urs.-N. R
Florian und **Julia**
und Anverwandte

Stuttgart,
Traueranschrift:
7800 Freiburg i. B.,

Einen Hörfehler vermuten wir in der Anzeige für die Ärztin Hildegard C., die, anstatt nach römisch-katholischem Ritus, nach einem solchen Rhythmus bestattet wurde. Das klingt nicht nur wesentlich beschwingter, sondern lenkt unsere Aufmerksamkeit auf ein Element, das traditionell immer ein wenig zu kurz kommt: die rhythmische Gestaltung der Trauerfeier.

Der Herr hat es gegeben,
der Herr hat es genommen,
sein Name sei gebenedeit.

Nach langem, schweren Leiden verstarb meine liebe Schwester

Dr. med. Hildegard C

* 3. 3. 1923 † 18. 4. 1995

Sie hat viele Jahre als Ärztin für Allgemeinmedizin in Hattingen-Südring gearbeitet.

Zur Kenntnisnahme für die Kolleginnen und Kollegen, Patienten und Bekannte.

Die Beerdigung fand am 21. April 1995 in Bad Waldsee (Württemberg) nach röm.-kath. Rhythmus statt.

In dankbarem Gedenken:

Anni C
Oberärztin i. R.
Verwandte und Bekannte

Cuxhaven,

In Tiefer Trauer nehmen wir Abschied von unserem liebsten

Joachim S

* 9. Juni 1952 † 11. August 2009

In Liebe

Annelie
und alle, die ihn lieb haben

Die Trauerfeier findet am Freitag, dem 4. August 2009, um 12.00 Uhr in der Kapelle Brockeswalde statt.

Ebenso ungewöhnlich ist es, wenn die Trauerfeier ein paar Tage vor dem Tod angesetzt wird (wie schon in einer Anzeige in »Aus die Maus«). Natürlich ist der Verdacht erdrückend, dass es sich in beiden Fällen um einen ärgerlichen Druckfehler handelt. Und doch hätte eine solche Terminplanung immerhin den Vorteil, dass die Hauptperson endlich einmal die Chance bekäme mitzufeiern.

Einen Spitzenplatz unter den extravaganten Trauerfeierlichkeiten beansprucht der vorliegende Fall. Auf der anderen Seite: Kann es ein überzeugenderes Bild für die Größe der Verstorbenen geben? Für ihre innere Stärke und tragende Kraft?

Statt Karten

In Liebe und Dankbarkeit nehmen wir Abschied von unserer lieben Mutter, Schwiegermutter, Oma, Schwester, Schwägerin und Tante

Elfriede K

geb. R

* 17.2.1923 † 27.2.1998

Jürgen und Marion K
Hartmut und Elke W
Rüdiger und Renate W
Kai und Petra
Sascha
und Angehörige

Langwedel-Förth, den 27. Februar 1998

Die Trauerfeier findet auf der Verstorbenen im engsten Familienkreis statt.
Bestattung Joh. O

Wenden wir uns dem Berufsleben zu. Es ist gute Tradition, wenn langjährige Mitarbeiter mit einer Anzeige geehrt werden – auch wenn ihre aktive Zeit schon ein wenig zurückliegt. Schwierig wird es nur, wenn sie einen Namen tragen, den man sich so schlecht merken kann. Oder wie es Leserin Jana K. formuliert hat, von der wir diese Anzeige bekommen haben: »Ob Schmid oder Müller, ist doch eh' eine Soße.«

Wir erhielten die traurige Nachricht, dass unser ehemaliger Mitarbeiter

Herr

Rudolf Schmid

am 11. Januar 2010 im Alter von 86 Jahren verstorben ist.

Herr Müller war 49 Jahre für unser Unternehmen tätig.

In Dankbarkeit für viele Jahre guter Zusammenarbeit bewahren wir ihm ein ehrendes Andenken.

Geschäftsleitung, Betriebsrat und Belegschaft der Euscher GmbH & Co. KG

TODESANZEIGE

Mit grosser Bestürzung teilen wir Ihnen den unerwarteten Hinschied unseres verehrten Verwaltungsratspräsidenten

Herrn Ernst Meier

mit.
Wir betrauern einen tüchtigen, umsichtigen, liebenswerten Präsidenten, dem wir ein verdientes, ehrendes Andenken bewahren.

Geschäftsleitung und
Belegschaft der
Bucher APM AG
Schöntalstrasse 13
9320 Arbon

Die Beerdigung findet statt: Donnerstag, den 26. März 1992, 14.00 Uhr. Besammlung auf dem Friedhof in Bassersdorf.

Richtigstellung

Die Inseraten-Abteilung möchte sich für den schwerwiegenden Fehler in der Todesanzeige von Ernst Meier entschuldigen. Aus Mitarbeiter wurde Verwaltungsratspräsident, was wir sehr bedauern.

TODESANZEIGE

Mit grosser Bestürzung teilen wir Ihnen den unerwarteten Hinschied unseres verehrten Mitarbeiters

Herrn Ernst Meier

mit.
Wir betrauern einen tüchtigen und liebenswerten Mitarbeiter, dem wir ein verdientes, ehrendes Andenken bewahren.

Geschäftsleitung und
Belegschaft der
Bucher APM AG
Schöntalstrasse 13
9320 Arbon

Die Beerdigung findet statt: Donnerstag, den 26. März 1992, 14.00 Uhr. Besammlung auf dem Friedhof in Bassersdorf.

Bei größeren Firmen können auch schon einmal die Hierarchieebenen durcheinandergeraten. Dabei wüsste man zu gern, was die Ursache für die gegenüber gezeigte Verwechslung war: Hat die telefonische Anzeigenannahme nicht richtig hingehört und anstelle von »Mitarbeiter« den doch recht anders klingenden Titel »Präsident des Verwaltungsrats« verstanden? Soll man das glauben? Oder lag der Fehler nicht vielmehr bei der Firma selbst, die der Verlust ihres »verehrten Mitarbeiters« Ernst M. so sehr schmerzte, dass man meinte, es müsste der Präsident des Verwaltungsrats abhanden gekommen sein? Da sich die Inserenten-Abteilung entschuldigt, scheint der Fall klar zu sein. Das ist fast ein wenig schade. Denn eigentlich gibt es doch kein schöneres Kompliment, als einen verdienten Mitarbeiter posthum zum Präsidenten zu befördern. Vielleicht hat man aber auch wieder nur Herrn Meier mit Herrn Schmid verwechselt.

Zwei nimmermüde Hände haben aufgehört zu schlagen

Die Mutter war's, was braucht's der Worte mehr!

Unfaßbar für uns alle, ging meine liebe, treusorgende Gattin, unsere herzensgute Mutter, Oma, Uroma, Schwester, Schwägerin und Tante

Magdalene M

geb. M

geb. 18.11.1910 gest. 25. 11. 1981

für immer von uns

In stiller Trauer:
Kurt M
Sonja H geb. M
mit Famile
Karla H geb. M
mit Familie

Eine Verwechslung ganz anderer Art begegnet uns in der obigen Anzeige, die schon auf unser nächstes Kapitel hinführt, das dem Familienleben gewidmet ist. Im Motto für die treu sorgende Magdalene M. sind zwei altbewährte Sinnsprüche durcheinandergeraten, die vermutlich beide gepasst hätten: »Ein gutes Herz hat aufgehört zu schlagen.« Und: »Zwei nimmermüde Hände haben aufgehört zu schaffen.« Allerdings entschied man sich für eine etwas unglückliche Kombination von beiden.

07

»Unsere Mutti ist bei Vati und Schnäuzchen«

Familienleben

Das Herz unserer lieben Mutter hat aufgehört zu schlagen.

Wir haben in aller Stille Abschied genommen von unserer Mutter, Schwiegermutter, Oma und Uroma.

Elisabeth P

* 14.05.1912 † 06.06.2005

In Liebe und Dankbarkeit

Doris D -P, Ursula O -P
Isabelle P -K mit Ihren Familien.

Auch in diesem Buch darf ein Kapitel mit den Anzeigen nicht fehlen, die den Familienangehörigen gewidmet sind. Denn hier finden sich große Gefühle, herzzerreißende Geschichten, bemerkenswerte Porträts, Witziges und Kitschiges. Es sind alle Generationen versammelt, vom Säugling bis zur »Urmutter«. Und die Mütter machen hier selbstverständlich auch den Anfang. Dabei knüpfen wir zwanglos an die Anzeige an, die diesem Kapitel unmittelbar vorausgegangen ist. Bei der Wahl zwischen Herz und Händen haben die Angehörigen von Elisabeth P. alles richtig gemacht und spendieren ihrer hochbetagten Mutter obendrein ein Herz aus Rosen wie zum Muttertag.

Um eine Mutter mit einer bemerkenswerten Persönlichkeit geht es in unserer nächsten Anzeige, die in ihrer Prägnanz schwer zu überbieten ist.

Marianne M

geb. M

* 26. 8. 1913 † 17. 2. 2000

Sie war das Zentrum der Familie.
Anarchisch und ordnend zugleich.

Die Söhne

Fritz-Georg M
Karl-Ludwig M
Hans-Jörg M
mit ihren Familien

Haus L
40547 Düsseldorf,

Die Trauerfeier findet im Familienkreise statt.

Tochter Tamara wurde hingegen durch den Tod ihrer Mutter völlig aus der Bahn geworfen. Allerdings versteht der unbefangene Leser nicht recht, warum das unerwartete Ableben der 76-Jährigen den »Ausschluss der Öffentlichkeit« und eine »geheime« Beisetzung im Familiengrab erforderlich macht. Immerhin hat ein Geistlicher die Sache begleitet, sodass man annehmen darf, dass dann doch alles in geordneten Bahnen verlaufen ist.

Nachruf
Unfassbar!

Plötzlich und unerwartet verstarb am 2. November 2009 meine über „Alles" geliebte Mutter – im Theresienkrankenhaus Mannheim.

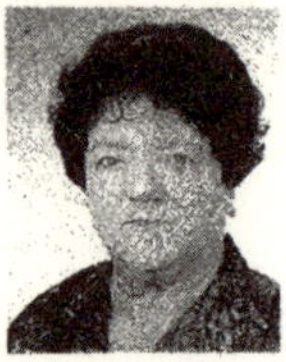

Margaretha (Margit) S

geb. O

*** 20. April1931 †2. November 2009**

Der Tod einer Mutter - ist wahrhaftig der erste große Kummer - ohne sie -

Ein ehrlicher, liebevoller, uneigennütziger und neidloser, fleißiger Mensch mußte gehen.
Oh Gott! Warum?

Aufgrund meiner innigen tiefen Trauer, verlief alles amtlich unter Ausschluß der Öffentlichkeit. Ich weiß nicht woher ich die Kraft des Schweigens nach Außen hernahm.

Ich verabschiedete mich hautnah, liebevoll und ehrwürdig von meiner geliebten Mutter, in ewiger Liebe und Dankbarkeit zusammen mit meinem Cousin Robert O und seiner Frau Marion beim Bestattungsinsitut Bühn. Die Urnenbeisetzung in unserem Familengrab in Feudenheim fand ebenso geheim, unter uns Dreien zusammen mit Pfarrer Dr. Bitzel, statt!

Ehrliche, tiefe Trauer bedarf keiner Fragen und Scheinheiligkeiten
wovon ich auch künfitig absehen möchte!

Unvergessen und in ewiger Liebe und Dankbarkeit. Deine kleine Tamara (N)

Robert und Marion O sowie Hannelore R geb. O
Eveline Steidel geb. O und alle Angehörigen der Fam. S

Schwer am Tod seiner Mutter zu tragen hat auch Axel K. Wenngleich der Hinweis, er trauere »weiterhin«, schon ein wenig nach Rechtfertigung oder Wiedergutmachung klingt.

Ich trauere weiterhin um meine Mutter

Waldtraut K

geb. K

gestorben am Abend des 16. Februar 2009
in Schorndorf-Weiler.

Es war mir leider verwehrt,
in den letzten Stunden bei ihr zu sein...

Eine Anzeige, die uns sehr berührt, hat Frank H. aus Leipzig für seine Mutter aufgegeben. Erschienen ist sie über 40 Jahre nach dem Tod von Brigitte H. Über die näheren Umstände kann man nur Vermutungen anstellen. Und doch zerreißen einem die schlichten Sätze und das Foto der rollschuhfahrenden jungen Frau das Herz.

Leider konntest Du mich nicht mehr aufwachsen sehen
und ich Dich mit 4 Jahren das letzte Mal
in den Arm nehmen.

BRIGITTE H

geb. K

geboren am 24. Februar 1935
gestorben am 14. September 1960

ICH VERMISSE DICH.

Dein Frank

Ich würde mich freuen,
wenn sich nach all den
Jahren Freunde und
Bekannte unter
brigitte@familyh de
oder per Brief an:
F. H

04105 Leipzig
melden würden.

Hattingen, den 6. März 1996

Meine Eltern sind tot.

Meine Mutter

Emma R

geborene R

geboren am 2. 12. 1908 gestorben 1982

Mein Vater

Hermann R

geboren am 15. 12. 1904 gestorben 1992

Als Sohn möchte ich es bekanntgeben, und daß es hierdurch zur Kenntnis genommen wird.

Hans-Jürgen R

45525 Hattingen,

Leichtes Frösteln bereitet hingegen die Anzeige von Hans-Jürgen R. aus Hattingen im südlichen Ruhrgebiet. Seiner Informationspflicht entledigt er sich mit atemberaubender Sachlichkeit – was 14 Jahre nach dem Ableben der Frau Mutter und immerhin vier Jahre nach dem Tode des Herrn Papas vielleicht nicht Wunder nimmt. Zu gern wüssten wir allerdings, warum Sohn Hans-Jürgen der Bekanntgabe des Verlusts seiner Eltern dennoch Neuigkeitswert beizumessen scheint.

Erheblich freundlicher ist die Tonlage in der Anzeige für Heinrich W. Immerhin ist nun sichergestellt, dass die Eltern vereint Weihnachten feiern können.

Der Tod ist wie ein Horizont.
Dieser ist nichts anderes
als die Grenze unserer Wahrnehmung.
Wenn wir um einen Menschen trauern,
freuen sich andere,
ihn hinter der Grenze wieder zu sehen.

Heinrich W

*** 15. 8. 1929 † 20. 12. 2009**

Sie wollten Weihnachten zusammen feiern - so wie immer!
... und sie taten es.

Unser geliebter Vater und Opa ist zu unserer Mutter gegangen.
In ewiger Liebe und Dankbarkeit nehmen wir Abschied.

Gabriele W
und Kinder Dennis, Sonny und Jerry
Holger W
Peter W
Cornelia W und Kinder Jennifer und Benjamin
sowie seine beiden Schwestern
Inge R und
Hildegard S

Ich gehe zu denen, die mich liebten
und warte auf die, die mich lieben.

... während auf Ursula W. neben dem Gatten auch noch ein treues Haustier wartet. Was die Kinder zu einem erleichterten Stoßseufzer veranlasst.

Unsere Mutti ist seit heute bei Vati und Schnäuzchen.

Ursula W

geb. K

* 28. 4. 1921 † 30. 3. 1995

Wir sind froh, daß sie erlöst ist.

Unsere Urmutter ist gegangen!

Meine liebe Oma, ihr ganzes Leben eigensinnig, von Ostpreußen mit dem Fahrrad nach Karlsruhe gekommen, damit eine Familie begründet, den, den sie liebte, früh verloren, hart geworden, in den Umständen, in denen sie dann leben musste, ist dabei manchmal zu sehr ihren eigenen Ideen von dieser Welt gefolgt, hat aber immer alles Materielle von sich hergegeben und war schließlich auch weich geworden, hat versucht gut zu machen, was ihr früher misslang – die Oma, die mich mein ganzes Leben begleitet hat, ist gestorben. Ich bin traurig.

Hildegard Margarete F

geborene W

* am 18. Januar 1912 in Königsberg
† am 26. Mai 2008 in Karlsruhe/Baden

Hermann F
Gesine F
Helmut F

die Kinder ihres zu früh gestorbenen Sohnes Henning
und ihrer verstorbenen Tochter Friderike
Hartwig F
Susanne D geborene S
Eva-Maria B geborene S

ihre Urenkel Maximilian, Katharina, Klara-Luisa,
Antonia, Emily und Ferdinand

Beschließen möchten wir die Mutteranzeigen mit einer sympathischen Würdigung der ostpreußischen »Urmutter« Hildegard Margarete F. Den Nachgeborenen ist da ein liebevolles, unsentimentales Porträt gelungen.

Dass auch bissige Väter vermisst werden, zeigt die Gedenkanzeige für Hans B. Dabei lässt Tochter Silke eine ausgeprägte Vorliebe für Ausrufezeichen erkennen. Bei solchen Annoncen, in denen sonst eher ein gedämpfter Ton vorherrscht, ist das schon sehr ungewöhnlich. Fast scheint es so, als wollte sie durch lautes Zurufen sicherstellen, dass ihre Botschaften auch im Himmel ankommen.

1. Jahresgedächtnis!

Hans B

† 14. 09. 2008

Papa, ich vermisse dein meckern, deine bissigen
Kommentare und deinen Humor!
Hoffentlich geht es dir gut da oben!
Ich werde dich nie vergessen!

Deine Tochter Silke

P.S.: Pass gut auf den Jungen auf!

Eine schlichte, todtraurige Anzeige hat Benjamin S. für seinen Vater verfasst.

† Jörg Q

Ich hätte gern mehr von Dir gewußt.
Nun ist es leider zu spät.
Ruhe in Frieden
Dein Sohn Benjamin S , geb. Q
Lübeck, im Februar 2000

Die Anzeige für Alfred S. fällt hingegen nicht nur typografisch aus dem Rahmen. Dass Demenz und Psychopharmaka freimütig erwähnt werden und das noch in Verbindung mit dem Weg nach Walhalla, ist schon ziemlich kühn. Doch die Sorge, der geliebte Vater könnte im Jenseits mit seiner hessischen Mundart anecken, verrät einen knorrigen Humor, der uns beeindruckt.

Nach langem Kampf gegen Demenz
und chemischen Zwangsjacken trat

Alfred S

am 29. November 2009
seine letzte große Reise
nach Walhalla an.

Ich hoffe für meinen geliebten
Vater, dass er dort
trotz seiner hessischen Mundart,
bestens zurechtkommt
und auf seine Ahnen trifft.

Ein letzter Gruß an alle,
die ihn kannten.

Was Du für uns gewesen,
das weiß nur jeder von uns allein.
Hab Dank für Deine Liebe,
unvergessen wirst Du sein.

Götz J

* 4. 5. 1941 † 10. 2. 2010

In Liebe und unglaublicher Trauer

Deine kinderreiche Familie

Die Trauerfeier findet am Freitag, dem 19. Februar 2010, um 15 Uhr in der kleinen Kapelle auf dem Friedhof Eichhof statt.

Willkommen sind alle, die unseren Vater mochten, außer seinen Exfrauen!

Auch Götz J. ist als Vater in bester Erinnerung. Und das gleich vielfach, obwohl seine »kinderreiche Familie« namentlich nicht näher in Erscheinung tritt. Umso überraschender, dass die Exfrauen bei der Trauerfeier keineswegs willkommen sind. Immerhin dürfte es sich dabei ja um die Mütter der zahlreichen Kinder handeln.

Trennung ist wohl Tod zu nennen,
denn wer weiß, wohin wir gehen,
Tod ist nur ein kurzes Trennen,
auf ein baldig Wiedersehen.

Joseph von Eichendorff

Mein geliebter Mann und Schwiegersohn

Armin V

* 22.1.1950 † 13.8.2004

ist in Frieden von uns gegangen.

In Liebe:
Patricia V

Die Beerdigung findet am Freitag, dem 20. August 2004, um 14 Uhr auf dem Hauptfriedhof in Stuttgart-Bad Cannstatt statt.

Von Beileidsbekundungen bitte ich abzusehen.

Nach der Beerdigung bitte ich in seinem Sinne um stilles Auseinandergehen.

Unklare Verhältnisse herrschen hingegen in der Familie V., in der dem Verstorbenen eine bemerkenswerte Doppelrolle zugedacht war.

Zu den Anzeigen mit familiärem Hintergrund gehören auch diejenigen, die den eigenen Kindern gelten. Einen besonders rührenden Versuch, die Erinnerung an ihren Dirk aufrechtzuerhalten, unternimmt Familie T. Sie zitiert aus dem Sportteil der Lübecker Nachrichten.

Immer wieder finden wir zwischen Deinen aufbewahrten Sachen – Spuren Deines Lebens.

Hier ein Ausschnitt aus dem LN-Sportteil von 1973/1974:

So stark hatte man sich in Büchen den Kronsforder SV nicht vorgestellt, 0:4 (0:1).

Den I. der KSV-Leistung bildeten 4 Treffer, von denen 2 der in der 2. Halbzeit eingesetzte Jungmannenspieler Dirk T erzielte.

Da haben die Kronsforder einen guten Mann in ihren Reihen. Die restlichen Tore schossen Grimm und Warkocz.

Dirk T

* 10. 9. 1955 † 4. 9. 1978

23 Jahre . . .

Du fehlst uns sehr.

Deine Eltern
sowie Andrea, Kerstin
und Familien

Doch auch wenn die Söhne das Jugendalter lange hinter sich gelassen haben, ist ihr Verlust manchmal nicht weniger schmerzlich. So wie bei Lehrer und Autor Wolfgang S., den mit seiner Mutter ein sehr inniges Verhältnis verband.

Das Einzige, was ich hatte, ist mir genommen worden.

Wolfgang S

Lehrer und Autor
geboren 13. 1. 1948 gestorben 1. 5. 2003

In stillem Leid:
Hildegard S
Mutter

Die Beerdigung hat nur in Zweisamkeit stattgefunden.

Natürlich trauern auch Väter um ihre Söhne, wie im Fall von Roland B. Auch wenn man nur dunkel ahnt, was sich da zugetragen hat – diese Anzeige lässt einen frösteln.

Der Herr möge ihr verzeihen.
Auf tragische Weise verlor
ich meinen Sohn

Roland B

Dein Vater
Heinz S

Rostrup,

Warum?

Das schönste Baby der Welt warst Du für uns alle. Du, mein erster Neffe. Endlich hat es geklappt. Fast zwei Jahre durften wir uns alleine um Dich kümmern, bis Dein Bruder zur Welt kam. Zwei süße Jungs, in Liebe behütet. Kurz bevor Du drei wurdest, passierte was Unfassbares, Dein großes Vorbild, Dein Idol, Dein Vater verstarb. Die kleine Familie rückte näher und ich war immer für Euch da. Tata habt Ihr mich liebevoll genannt und ich war stolz, eine Tata zu sein. Gute und harte Jahre vergingen, ein Leben voller Freuden und gleich mit viel Leid. Urlaube verbrachten wir zusammen, oft durfte ich Dich im Krankenhaus besuchen, mal wieder was gebrochen, aber einen Schutzengel gehabt. Null Bock auf Schule, kein richtiges Ziel. Oft hast Du mich um Rat gefragt und hast mir gesagt, Du hättest mich lieb. Ich war immer für Euch da. Ich, eigene Kinder, wurde oft gefragt, nein, ich hab zwei Neffen, das hab ich immer gesagt. Du warst ein besonderer Mensch, immer um andere besorgt. Deine Mama sollte glücklich werden. Auf Deinen Bruder wolltest Du immer aufpassen und mir hast Du immer gewünscht, dass der Laden gut läuft. Das große Glück fandest Du mit Autos. Schrauben stundenlang, nichts war Dir zu viel, um Dein Auto zu verschönern. Stolz hast Du mir alles gezeigt, „alleine eingebaut". Ahnung hattest Du davon. Dann kam noch Kischa zu Euch, ein schöner Huskymischling, wunderschön und lieb. Seelenverwandte, hab ich oft gedacht, wenn ich Euch auf dem Boden toben sah. Keine Lehrstelle in Deinem Traumjob. Kfz hättest Du gerne gemacht, aber einen Job. Ausgeliefert hast du, fahren, das war dein Element. Dein Leben wolltest Du jetzt ändern, endlich hattest Du wieder Ziele und Träume. Bewerben wolltest Du Dich, um alles in den Griff zu kriegen. Überstunden lagen an, schnell alles liefern, schnell zu Mama Mittagspause machen. Es gab Dein Lieblingsessen, doch da kamst Du Freitag nicht an. Auf die Gegenfahrbahn wärst Du gekommen, in den Graben, überschlagen und sofort tot. 23 Jahre durfte ich Dich begleiten, ich hatte es so gerne viele Jahre getan, ich werde Dich so sehr vermissen, Daniel. Für Dich, meine Schwester und Neffe David bin ich immer da.

Deine Tata

Ein äußerst warmherziges und einfühlsames Porträt zeichnet hingegen Tante »Tata« von ihrem Neffen, der es in seinem Leben nicht immer leicht hatte und mit 23 bei einem Autounfall starb.

Von der Tante zum Onkel und zu einer Anzeige, die einen nicht weniger berührt, wenn auch aus, man möchte sagen: entgegengesetzten Gründen.

Mein Onkel verstarb mit 77 Jahren, so wie er gelebt hat: still, bescheiden und einsam.

Hans D

* 27. Oktober 1925 † 12. Januar 2003

Seinen Wunsch, anonym und ohne Trauerfeier beerdigt zu werden, habe ich gern erfüllt.

Harald D

früher: Lohstraße 38, S

Die steigende Lebenserwartung macht es möglich, dass hochbetagte Eltern um Kinder trauern, die gleichfalls das Seniorenalter erreicht haben. So wie die 95-jährige Emilie A., deren Mama Kreszentia M. wie keine Zweite den Titel »Urmutter« (→ S. 120) verdient hat.

Fürchte dich nicht, denn ich habe dich erlöst. Ich habe dich bei deinem Namen gerufen. Du bist mein. **Jesaja 43, 1**

70182 Stuttgart

Emilie A

geb. M

3.12.1910 - 21.10.2005

Meine liebe Tochter, meine gute Schwester, unsere Schwägerin und Tante durfte nach einem erfüllten Leben friedlich einschlafen.

In stiller Trauer:
Kreszentia M

Die traditionsbewusste Mutter der kleinen Freya Luisa klammert sich hingegen an die Vorstellung, ihr Baby werde im Jenseits bereits von einer langen Ahnenreihe erwartet.

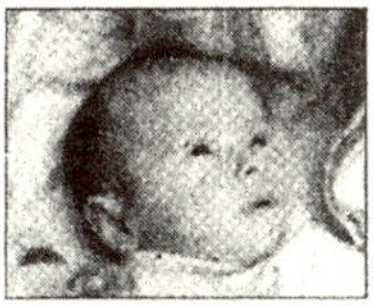

Freya Luisa G

07.09.08 - 23.01.09

Dort treffe ich all jene
Menschen meiner Ahnenreihe
von Beginn an.

In tiefer Trauer, Jessica G
und Familie

Danke für die Anteilnahme

Eine ähnlich generationenübergreifende Vorstellung durchwaltet auch die Anzeige für Emma R. Nur ist es hier eine kraftspendende goldene Kette, die durch die Ahnenreihen weitergereicht wird.

Obwohl wir wissen, daß es der Wille des Schöpfers ist, daß die Toten durch uns weiterwirken und eine goldene Kette der Güte und der Kraft weitergeben von Geschlecht zu Geschlecht, erfüllt uns das Ableben meiner lieben Frau, unserer guten Mutter, Schwiegermutter, Oma, Uroma, Schwester, Patin und Schwägerin

Frau Emma R

geb. B

* 6. 5. 1908 † 2. 2. 1985

mit schmerzhafter Trauer.

Nettchen alias unser aller Traudchen geht noch einen Schritt weiter und gewährt dem wissbegierigen Publikum näheren Einblick in die Ahnenreihe. Wobei sie auch mit denkwürdigen Worten nicht spart.

Karl-Otto T

Ernst Georg M

Barbara T

Laurentius T

Auferstehung ist unser Glaube,
Wiedersehen unsere Hoffnung,
Gedenken unsere Liebe.
Augustinus

Gedenken

Am 15. August 2001, am Geburtstag unseres lieben unvergessenen und wunderbaren Bruders Karl-Otto an Maria Himmelfahrt, habe ich Dich, mein liebster, treuer und unvergessener Ehemann; nach fast 50-jähriger Ehe, durch den unerbittlichen Tod verloren. Du warst als Mensch und Offizier ein Vorbild. Im gleichen Atemzug möchte ich auch meinen lieben und herzensguten Vater Laurentius und unsere liebevolle und gütige Mutter Barbara erwähnen. Ich war die Älteste der Kinder. Wir haben beide Eltern durch Kriegseinwirkung 1944 verloren. Ihr ward Edelleute und für mich seid ihr Heilige. Dann kam eine sehr gute Zeit. Aber von 1999 bis 2002 sind uns fünf wertvolle Familienmitglieder durch den schrecklichen Tod entrissen worden.

Ihr ward für mich die Treue, ihr ward für mich die Güte, ihr ward für mich die Liebe. Alles ward ihr für mich. In Liebe gehalten durch den gemeinsamen Glauben an die Auferstehung.

Das hohe Lied der Liebe. Nun bleiben Glaube, Hoffnung, Liebe. Die Liebe ist das Größte unter ihnen. Solange ich auf Erden bin, werde ich euch auch öffentlich gedenken. Was man tief in seinem Herzen besitzt, kann man durch den Tod nicht verlieren.

Dein Nettchen und euer aller Traudchen

Dann und wann reißt die eine oder andere goldene Familienkette. Den unbeteiligten Leser lässt das im Allgemeinen ziemlich kalt. Aber man muss zugeben: Um diesen Namen ist es nun wirklich schade.

Es gibt keinen
Schmitzikus
mehr in dieser Welt.
Ihr, die Ihr mit mir von

Peter

Abschied genommen habt, seht ihn hinter dem Horizont.
Laßt ihm die See und die Sonne, o. k.?
Das zu wissen, tröstet. Ich danke Euch dafür.

Tutzing II
1. April 1989

Helene W
geb. Schmitzikus

Generationenübergreifend gibt sich die Anzeige für Opa Heinzi. Wobei die fürsorglichen Eltern dankenswerterweise Formulierungshilfe geleistet haben. Und auch die selbst gemalte Sonne sieht nicht gerade nach Kinderhand aus. Na ja, Hauptsache, Opa Heinzi freut sich.

Lieber Opa Heinzi!

Ich kann noch nicht verstehen, wo du jetzt bist!

Aber Mami sagt, da wo du bist,

scheint für dich die Sonne.

Dein T

**Unser Opa ist aus dem Leben gegangen,
aber in unseren Herzen geblieben...**

Deine Enkel
Marcel, Larissa und Pierre

Ihren Großvater konsequent aus seiner eigenen Todesanzeige verbannt haben die drei Enkel Marcel, Larissa und Pierre. Aber man sieht es den dreien schon irgendwie an, dass sie den Opa in ihrem Herzen tragen. Oder?

2489

ruft nicht mehr an...

Er hat für immer aufgelegt.

In liebevoller Erinnerung,
deine Enkel
Nina, Jan-Kristof und Maximilian

Hingegen behalten Nina, Jan-Kristof und Maximilian ihren Opa offenbar als Telefonnummer in bleibender Erinnerung. Und doch wirkt diese Anzeige auf uns keineswegs herzlos. Sondern durchaus persönlich. Denn es geht ja um die Telefonate, die den Opa mit seinen Enkeln verbunden haben.

In eine ähnliche Kategorie gehört die Anzeige für den trinkfesten Uropa Willi K. Es dürfte nicht viele (Ur-)Großväter geben, die man »unseren kleinen Sonnenschein« nennt.

Bei jedem Bierchen und Kurzen
werden wir an Dich denken
und mit Dir anstoßen.
Bis zum Ende
warst Du unser kleiner Sonnenschein.
Wir vermissen Deine Fröhlichkeit
und Deinen Lebensmut.

Für uns plötzlich und unerwartet mussten wir von Dir, Opa, Uropa und väterlichen Freund, Abschied nehmen.

Willi K

* 16. März 1914 † 18. Januar 2010

Vergleichsweise sonnig ist auch die Anzeige für Oma und Opa Knott. Es geht dabei so warmherzig zur Sache, dass sich schon der Trauerrand verformt.

Für Oma Knott und Opa Knott

Wir verneigen uns vor Euch in tiefer Liebe
und großer Dankbarkeit.
Es erfüllt uns mit Freude, dass wir Euch auf Eurem letzten Weg so
intensiv und liebevoll begleiten durften.
Eure Stärke wird uns Vorbild sein.
Tausend Dank fürs Knöpfe annähen, fürs Singen
und Vorlesen, für die vielen leckeren Mittagessen,
fürs Monopoly spielen und und und ...
Wir behalten Euch jeden Tag in unseren Herzen!

Sandra und Frank
mit Vanessa
und Leonie

Zuletzt noch zwei sehr unterschiedliche Annoncen von Geschwistern. Den Anfang macht Heide S. Für ihren ausgewanderten Bruder Harald gibt sie eine Anzeige auf, die es an Frostigkeit mit dem kanadischen Winter aufnehmen kann.

Der Traum von Kanada ist ausgeträumt.

Mein Bruder

Harald S

* 17.7.1940 in Stuttgart

ist am 12.2.2010 in Midland/Ontario gestorben.

Heide S geb. S
70736 Fellbach-Schmiden,

Knapp und liebevoll fällt hingegen das Porträt aus, das der große Bruder von Markus L. zeichnet.

Markus L

geboren am 13. Nov. 1970 verstorben am 19. Febr. 1991

Es gibt viele Menschen, die:
– an einem Freitag, den 13., geboren sind,
– Teufel und Engel in einer Person verkörpern,
– leidenschaftlich Motorrad fahren,
– mit einem Schwerbehindertenausweis in Sport eine 1 haben,
– soviel Schmerzen ertragen mußten.

Aber es gibt keinen, den ich so sehr vermisse, wie Dich.

Dein großer Bruder

»Auf ihrem Tisch stand noch frische Spargelsuppe«

Ungewöhnliche Todesarten

Normalerweise wird in einer Todesanzeige nicht erwähnt, was das Ableben des Betreffenden verursacht hat. Es wird allenfalls angedeutet. Aber gerade dadurch bekommt dann die Angelegenheit ihren besonderen Reiz. Denn nun setzt sich unsere Fantasie in Gang. Wir ergänzen, was wir nicht wissen, und malen uns aus, wie sich die Sache wohl zugetragen hat. Ob wir damit richtigliegen, spielt keine Rolle. Es sind die bloßen Worte, die Raum für die unterschiedlichsten Geschichten lassen.
So ist es auch bei unserer ersten Anzeige, die einen ungewöhnlich neckischen Tonfall anschlägt. Die Radfreunde aus Tauber erwarten von ihrem Herbert offenbar einen würdigen Abenteurertod. Den hat er allem Anschein nach gründlich verfehlt. Doch muss sein Abgang so wenig heroisch, ja geradezu blamabel gewesen sein, dass er dafür einen launigen Tadel einstecken muss. Was hat Herbert nur angestellt? Und spielt dabei sein Fahrrad eine Rolle, weil es immerhin die Radfreunde sind, die sich hier glucksend zu Wort melden?

Mensch, Herbert!
Vielleicht beim zehnten Ötztaler,
oder kurz vor Oslo,
oder auf dem Rückweg vom Nordkap…

Aber doch nicht so!

Die Radfreunde aus Tauber

Elke H

geb. B

* 4. 2. 1936 † 17. 5. 2003

Elke ist tot. Sie starb ganz plötzlich, auf ihrem Herd stand noch frische Spargelsuppe.

In tiefer Trauer

Stefan, Beate, Clara und Lina H
Herbert und Jochen B
Gesa, Ernst, Jannik und Jule B
Gertrud V
Peter H

Immerhin wussten die Radfreunde nur zu genau, an welcher Klippe des Lebens ihr Herbert gescheitert war. Bei Elke H. herrscht hingegen Ratlosigkeit. Nicht zuletzt, weil alles so schnell vor sich ging. Als einziger Anhaltspunkt bleibt uns die frische Spargelsuppe. Und die bange Frage: Was wollen die Hinterbliebenen damit andeuten?

Ein erfülltes Leben ist zu Ende.

Nach fröhlicher Runde, plötzlich und unerwartet, verließ uns meine Mutter, Schwiegermutter, Schwester und Omi für immer.

Frau Ursula von S

geb. C

* 18. 6. 1921 † 26. 12. 1995

Was bei Elke H. die Spargelsuppe, das ist bei Ursula von S. die fröhliche Runde. Eigentlich kann man sich doch keinen schöneren Abgang wünschen – heiter und beschwingt, nach einem erfüllten Leben.

Auch Dieter B. wurde in Hochstimmung vom Tod überrascht. Allerdings ist das kein tröstlicher Gedanke, sondern macht die Sache erst richtig tragisch. Ein Tod aus heiterem Himmel sozusagen. Orts- und Zeitangaben bringen keinen näheren Aufschluss. Von Koblenz bis Hallenberg im Hochsauerland sind es gut 150 Kilometer. Sechs Stunden Differenz sind da ein bisschen viel für eine Autofahrt. Und was uns vor allem beschäftigt: Worin bestand bloß die freudige Erwartung? Was würden Sie vermuten?

Koblenz: Freitag, 23. Oktober 2009, 9.30 Uhr
Am Anfang stand freudige
Erwartung – am Ende der Tod.
Hallenberg, 15.30 Uhr

Dieter B

*** 1. 6. 1966 † 23. 10. 2009**

In tiefer Trauer:
Deine Eltern
Deine Lebensgefährtin
Dein Bruder

Die Beerdigung findet am 30. Oktober 2009 um 12.30 Uhr auf dem Friedhof in Kirchheim statt. Kondolenzliste liegt auf.

Unglückliche Zufälle mag niemand gern. Schon gar nicht, wenn sie die unangenehme Eigenschaft haben, einen in andere Welten abzudrängen.

Wir trauern um unseren Sohn, Bruder, Schwager und lieben Onkel

Fritz Nikolaus K

*** 18. 4. 1946 † 30. 10. 1982**

Ein unglücklicher Zufall zwang ihn, seinen Frieden in einer anderen Welt zu suchen.

Die folgende Anzeige nennt die Todesursache nur allzu deutlich beim Namen. Doch tut sie das in einer Art und Weise, die schon ein wenig verstört und die Frage nahelegt, ob »drjfk« nicht selbst ein wenig nachgeholfen hat, um gleichfalls seinen Frieden in einer anderen Welt zu finden.

drjfk

ist tot.

Ein Gehirntumor veranlasste ihn, sich aus seinem Leben zurück zu ziehen.

Wer Lust hat, tschüß zu sagen, kann sich am Freitag, den 11. Mai 2007 um 11.00 Uhr in der Halle B des Friedhofes Hamburg-Ohlsdorf, einfinden.
Vielleicht sind auch einige von seinen Studenten dabei.

In der Anzeige für Dr. Ralf D. hat es den Anschein, als sei er gleich doppelt verstorben.

Und meine Seele spannte weit ihre Flügel aus.
Flog durch die stillen Lande, als flöge sie nach Haus.

(Josef Freiherr von Eichendorff)

Zunächst unerwartet und dann nach schwerer Krankheit entschlief
mein lieber Mann, unser Papa, mein Sohn, Schwiegersohn, Bruder, Schwager,
unser Neffe und Vetter

Dr. rer. nat. Ralf D

*** 29.4.1967 † 1.1.2010**

In Liebe und Dankbarkeit
nehmen wir Abschied: Eva Miriam mit Lea Marie
und Salome R
Egbert und Christian D

Eine Krankheit hatte auch beim Heimgang von »Frikadellen-Rudi« ihre Finger im Spiel. Aber nicht irgendeine Krankheit, sondern eine, die uns eiskalte Schauer über den Rücken laufen lässt. Gerade weil die »Kleene« und Freundin Helga nichts Näheres verraten, packt uns das Entsetzen. Und wir stellen uns unwillkürlich die Frage, welche Krankheit wir eigentlich am meisten fürchten ...

Oberhausen's „Frikadellen-Rudi"

Rudolf R

* 16.12.1940

erlag am 6. Januar 2010 der Krankheit, die er am meisten fürchtete.

Wir werden Dich vermissen.

Deine Kleene und Deine Freundin Helga

Wenden wir uns nun lieber angenehmeren Dingen zu, zum Beispiel der Musik. Die Vorstellung, bei einem klassischen Konzert ins Jenseits hinüberzugleiten, kann es fast mit der »fröhlichen Runde« der Ursula von S. aufnehmen (→ S. 136).

Und das ist Leben. Bis aus einem Gestern
die einsamste Stunde steigt,
die, anders lächelnd als die andern Schwestern,
dem Ewigen entgegenschweigt.
Rainer Maria Rilke

Zürich, 9. Februar 2010
Traueradresse:
Rosmarie B
8330 Pfäffikon ZH

Traurig nehmen wir Abschied von meiner lieben Schwester, unserem Gotti, unserer Tante, Cousine, Freundin und Bekannten

Heidi K

9. September 1945 – 9. Februar 2010

Völlig überraschend verstarb sie bei einem Besuch eines klassischen Konzerts. In unseren Gedanken und unseren Herzen lebt sie weiter.

Viele Hunde sind des Hasen Tod.

Norbert Hermann W

* 20. September 1933 in Großräschen
† 25./26. Juni 2005 in Hofheim a. T.

Der Verstorbene wurde auf dem Waldfriedhof
in Hofheim a.T. beigesetzt.

Der Sprache des Waidmanns bedient sich die Anzeige für Norbert Hermann W. Als unbeteiligte Leser stehen wir allerdings ziemlich im Wald.

Weil er nicht auf
uns hören wollte,
haben wir

Oliver

verloren.

Marina und Thomas

Ganz offenbar ist Oliver auf Abwege geraten. Hätte er nur auf Marina und Thomas gehört, hinter denen wir Eltern vermuten, die nicht Eltern genannt werden wollen, es hätte nicht so ein schlimmes Ende mit ihm genommen.

Ungewöhnlich ist auch die Todesursache von Freddy W. aus Frankfurt-Höchst.

Plötzlich, ohne Grund, verstarb am 13. Januar 1998 mein bester Freund

Freddy W

Die Beerdigung findet am Donnerstag, dem 5. Februar 1998, um 10.30 Uhr auf dem Höchster Friedhof, Sossenheimer Weg, statt.

Von Beileidsbekundungen am Grab bitte ich Abstand zu nehmen.

Anstelle von Blumenspenden bitte ich Sie, eine Spende auf das Postbankkonto Frankfurt am Main, Kto.-Nr. 617 878 601, BLZ 500 100 60, zu überweisen.

Und die ergreifendste Anzeige in diesem Kapitel kommt am Schluss.

Er starb am Leben. Zürich, 21. Februar 2010

Ralph Patrick V

15. 12. 1964 – 21. 2. 2010

In stiller Trauer und Liebe
Merlin Aljoscha V
Klaus und Thomas V und Familie
Marianne und Nemo B V

09

»Goodbye, Schinken!«

Freunde nehmen Abschied

»Gute Freunde kann niemand trennen«, sang einst der vielfach talentierte Franz Beckenbauer und gibt damit die Richtung für dieses Kapitel vor. Denn neben der Familie und der Firma sind es manchmal auch die Freunde, die ihre Trauer in einem Inserat kundtun. Weil sie sich mit dem Verstorbenen besonders verbunden fühlten. Oder weil es da keine Familie und/oder keine Firma mehr gibt, die sich um angemessene Abschiedsworte kümmert. Im Großen und Ganzen sind die Anzeigen der Freunde weit weniger förmlich und konventionell. Erinnern wir uns nur an die »Radfreunde aus Tauber« (→ S. 135) aus dem vorhergehenden Kapitel. Doch manche gehen noch ein gutes Stück weiter, um ihre ganz persönliche Betroffenheit sprachlich adäquat zum Ausdruck zu bringen.

Tschüs, Sucki

Im großen Meer der Vergänglichkeit bleibst Du ein Fels in der Brandung.

War 'ne geile Zeit.

Pico

Das schließt jedoch nicht aus, dass auch Anzeigen von Freunden eine mahnende Botschaft enthalten können.

Nimm dir Zeit für deine Freunde,
sonst nimmt die Zeit dir deine Freunde.

In den Herzen und Gedanken deiner Freunde lebst du weiter.

Andy S

In stiller Trauer nehmen Abschied:

Neumi und Netti
Otto und Jacky
Jan und Ela
Brocher und Olaf

Ebenso werden die Freunde auf den Plan gerufen, wenn der Verstorbene sein Leben so bedingungslos ihrem Vergnügen geweiht hat, wie Helmut B.

Unfassbar

Tief betroffen müssen wir plötzlich Abschied nehmen von unserem lieben Freund

Helmut B

Sein Leben bestand darin, mit uns schöne Feste zu feiern.

Wir werden dich nie vergessen.

Deine Freunde

26. Januar 2010

Wir trauern um

Heinz K

der endlich gehen durfte.
Miteinander haben wir viel gefeiert, gelacht und Spaß gehabt.
Oben gibt es nicht alles, aber ein Pils, Zigaretten und gute Musik bestimmt.
Unser ganz besonderes Mitgefühl gilt seinem Sohn Kevin.
Die Erinnerung an seinen trockenen Humor wird uns begleiten.

Bis dann
Micha, Jörg, Foxi, Frank und Andi

In Erinnerung an gesellige Runden schwelgen auch die Freunde von Heinz K. Dabei zeigen sie sich in ihren Ansprüchen an das süße Jenseits durchaus maßvoll. Solange sie sicher sind, dass Heinz auch dort oben mit allem Notwendigen versorgt sein wird.

Humor ist,
wenn man trotzdem lacht.

Du warst eine starke Frau und eine gute Freundin.

Gabi K

* 8.6.1959 † 16.7.2008

Bei jedem guten Essen wirst Du in unserer Mitte sein.

Ein wenig nach Galgenhumor klingt das Motto für die gute Freundin Gabi K. Umso weniger mag man sie an der gemeinsamen Tafel missen.

Fest entschlossen, sich nicht so leicht die Bierlaune verderben zu lassen, zeigen sich die Kumpane vom Stammtisch Prinzregent. Beruhigend immerhin die Gewissheit, dass auch Stefan von B. seinen Teil zur Pflege der unverwüstlich guten Laune beitragen konnte.

Danke für viele schöne Stunden.

Stefan von B

The show must go on!
Du aber bleibst uns in guter Erinnerung!

Deine Freunde vom Stammtisch Prinzregent

Barolo statt Bier, und auch sonst schlägt Albert gegenüber seinem langjährigen Freund Haraldchen einen deutlich anderen Ton an.

Haraldchen

nach 35 Jahren Freundschaft
mit Lachen, Tränen,
Streit und Freude,
bist Du einfach gegangen,
zu früh.

Immer war ich für Dich da, jetzt bist Du dran.
Du versprachst mir einen feinen Platz neben Dir freizuhalten.
Ich bringe auch eine Flasche Barolo mit.
Ohne Dich hier unten ist es sch . . . langweilig.
Du fehlst einfach überall.

Dein Freund Albert

Ich habe meinen besten Freund verloren.

Gerd D

* 6. 10. 1946 † 18. 2. 2007

Über 25 Jahre warst Du mein Berater, Skat-Gegner, Sportkumpel und mein allerbester Freund.

Uwe P und Familie

Dein letztes Lächeln werde ich nie vergessen, als ich Dir sagte: Bayern liegt 0:1 zurück! Übrigens das Ergebnis ist so geblieben und unser heißgeliebter THW hat 40:31 gewonnen.

Alle weiteren Ergebnisse bei „Gelegenheit".

Langjähriges Einvernehmen verbindet auch die beiden Sportsfreunde Uwe P. und Gerd D. Dabei ist es eine ganz tröstliche Vorstellung, dass man sich über manche Kleinigkeiten auch an der Schwelle des Todes noch freuen kann. Und sogar darüber hinaus.

Fassungslos zeigt sich hingegen Dieter über das plötzliche Hinscheiden seines Kumpels Schorsch, der für ihn Bruder und Vater zugleich gewesen ist. Dass man sich darunter ein ebenso raues wie herzliches Verhältnis vorzustellen hat, zeigt die letzte persönliche Mitteilung an den »Worschtbär«.

Das Leben ist nicht fair!
Wir wollten noch so viel... Plötzlich lagst du vor mir!

Warum?

Du warst mein Bruder,
dicker Freund,
Kumpel,
wie ein Vater.

Schorsch / Worschtbär

† 26. 1. 2010

In ewiger Erinnerung und in unsagbarer Trauer

Dieter mit Max

Doi bleed Geschwätz fehlt mir jetzt schon!

Ein berührendes Bild mit bemerkenswerten Kontrasten zeichnen die Freunde von Hans Leo R., der sich vieles »im Alltag zu sehr zu Herzen genommen hat«. Feuchtfröhliche Abende unter Freunden einerseits, trockener Humor und Einsamkeit andererseits. Außerdem sympathisch: der ganz persönliche Himmel ohne Chef, aber mit Regenwald und Zigaretten.

Hans Leo R

1956 - 2000

Miteinander haben wir viel geraucht, gesoffen, lange telefoniert, gefeiert und gelacht.
In Erinnerung bleibt sein trockener Humor und ein oft Einsamer, der sich vieles im Alltag zu sehr zu Herzen genommen hat.
Vielleicht gibt es im Himmel keinen Chef, einen Regenwald, Kaffee, Zigaretten und gute Musik.

Die Freunde

Du liebtest
Mittwochsfußball, Kopfbedeckungen, Dostoijewski,
John Steinbeck, Fischgerichte, wilde Diskussionen, Percussions-instrumente,
Claudia, Deine Eltern, Schalke 04, den Song Ice Cream Man
(nach dem Du wunderbar tanztest), die Senne, Beuteltiere,
Aquarien, Garrincha, die Wilde Liga Mannschaft Catalan Salto, den
Bielefelder Westen, lange Nächte, Philosophie und Biologie,
Rheinauen, die Nordsee, Fußballplätze an der Radrennbahn und
unser WM Studio.
Und wir liebten Dich

-Tausend Tränen-

Uwe „Hoppel" B

* 10.05.1955 † 1.11.2002

-Deine Freunde-

Ramona, Rolli, Nobby, Achim, Josh aus Bremen,
Mike, Lucky, Stefan, Welti, Christoph, Ralle, Lazslo,
Josh, Christian, Ralf, Gazza, Fissi, Isi, Levent,
Rainer, Eisen Peter, Trainer Wolfgang, Joseph,
Kathi, Klaus. Schalker. Charly, Ilona, Uschi, Beate,
Hans, Schnabel, Toto, Regine, Siggi, Carola und
die Fußballmannschaft Catalan Salto.

Um seine persönlichen Vorlieben dreht sich auch die Anzeige für Uwe »Hoppel« B. Dadurch entsteht nicht nur ein sehr lebendiges Porträt des Verstorbenen. Auch die Freunde haben Gelegenheit, ihre Zuneigung für »Hoppel« mit einem schönen, schlichten Satz zum Ausdruck zu bringen.

Ähnlich souverän hingetupft wirkt das folgende Porträt in alphabetisch geordneten Schlüsselbegriffen. Und als Höhepunkt und Abschluss die drei schlichten Worte unter dem Buchstaben Z.

Anstrengend begabt Besserwisser direkt ehrlich eigensinnig fürsorglich genießerisch Heilpraktiker humorvoll Komponist Mister X Musiker versorgend willensstark

zu wenig Zeit

Friedrich Wilhelm H

* 25. November 1955 † 19. April 2010

Christiane H
Andrea, Annette, Anni, Barbara, Boris, Dietlinde, Frank, Hardy, Heike, Karin, Maria, Susanne, Stefan, Thomas

Die Urnenbeisetzung findet im engeren Kreis in den "Gärten der Bestattung" Pütz ∞ Roth in Bergisch Gladbach statt.

Manche kommen allerdings auch mit einem einzigen Begriff aus, um auszudrücken, was für ein Mensch ihr Freund gewesen ist.

Schön war die Zeit.
Wir danken dem Gentleman

Christoph W

* 1936 † 2008

Deine Freunde

Er fehlt uns mit allen seinen Höhen und Tiefen.

Wilmut B

* 19. 11. 1922 † 19. 1. 1997

Ebenso knapp, aber doch um Ausgewogenheit bemüht ist die Anzeige für Wilmut B.

An alle, die sich angesprochen fühlen.
An alle, die sich vielleicht sogar angerührt fühlen.
An alle, die Boda gern hatten.
An alle, die Boda gern hatte,
denn sie war immer freundlich zu allen.

Boda T

ist tot.

Die Anzeige für Boda T. richtet sich hingegen an etwaige Freunde. Dabei hat es ganz den Anschein, als hätten die ihr in letzter Zeit gerade nicht beigestanden.

Ganz anders der Tonfall in der Anzeige für Heinrich A. M., der mit freundlicher Gelassenheit schöne Grüße ausrichten lässt.

Es ist zu vermerken, daß

Heinrich A. M

heute verstorben ist.

Alle seine Freunde werden von ihm gegrüßt und für die angenehmen Stunden bedankt, die er mit ihnen verbringen konnte.

Er ging gelassen.

Eine gewisse Überforderung und Hilflosigkeit drückt sich in der Anzeige für Peter K. aus, der offenbar mehr Unterstützung gebraucht hätte, als die Freunde »im Rahmen ihrer Möglichkeiten« geben konnten.

Ein letzter Abschied

Wir trauern um unsere lieben Freund Peter K aus Donrath, welcher am 24. Dezember 2009 nach langem Leidensweg im Alter von 50 Jahren verstorben ist.

Leider ist es uns im Rahmen unsrer Möglichkeiten nicht gelungen ihm dauerhaft wirkungsvoll zu helfen.

Wir hoffen das er nun findet was er hier vergeblich suchte: Familiäre Geborgenheit, Vertrauen, Anerkennung.....

Wir werden Dich in Erinnerung behalten.

Deine Freunde

Horst, Oswald, Ilse, Petra, Nadinè-Desirè, Meike, Manuela, Michael und Conn

Jessica W

Das Loch, das du in unsere Herzen und
in Stuttgart reißt, lässt sich nie wieder schließen.
One crew – one mind
deine Freunde

Mit einem nicht ganz stimmigen Bild, aber umso anrührender bringen die Freunde von Jessica W. ihren puren Schmerz zum Ausdruck.

Malte

**Das Loch, das Du hinterläßt,
schreit uns entgegen.
Aber Dein Strahlen der letzten Zeit
scheint noch in uns nach.**

Dein Abi-Jahrgang '96

Recht ähnlich, aber noch um eine Nuance dramatischer formuliert es der Abijahrgang '96, dass Freund Malte fehlt.

Die Anzeige der Münchner »Löwenfreunde« überrascht durch ihre konsequente Zweisprachigkeit, die auch vor den Namen nicht haltmacht.

YOU'LL NEVER
WALK ALONE

Good bye „Schinken"

Nicht traurig sein, dass er gegangen,
sondern dankbar, dass er bei uns war.

Deine Löwenfreunde

Löwen 78, Blue Army, Mighty Blues
und alle anderen, die dich kannten.

Die »alten« Freunde von »Panzerknacker Gozzo« halten sich hingegen stark bedeckt. Berufsbedingt, möchte man annehmen. Schluck.

Auch Panzerknacker müssen sterben.

Hans-Peter (Gozzo)

* 28. 9. 1960 † 27. 9. 2009

Freundschaft!

Deine „alten" Freunde

Zwei Anzeigen, die schon zu einem nächsten Kapitel überleiten, in dem es um Gereimtes und Ungereimtes geht: Trotz ewiger Sorglosigkeit bleibt Gudrun P. ihren Freunden von der Literatur stets gegenwärtig.

Diesmal bin ich anders. Entfernter. Bröckelnde Lavamassen mit empfindlichen Gräsern. Die brechen im Wind. (G.P.)

Gudrun P

16.12.1955 - 31.12.2005

Sie hat sich in die ewige Sorglosigkeit verabschiedet, doch bleibt sie uns gegenwärtig.

Ihre Freunde von der Literatur:
Werner D
Zsuzsanna G
Manfred Peter H
Leena K und Peter S
Cornelia und Ulrich K
Rolf S
Christian S
Hannelies T
Horst W

Vermutlich hat sich auch Claus poetisch betätigt. Belohnt wird er mit einem schönen Kompliment, wie es nur Mitschüler fertigbringen, die sich in Fragen der Literatur ihr ganz eigenes Urteil erlauben.

Echterdingen, im August 2002

Claus, Goethe war gut, aber du warst besser.

Im Gedenken an unseren Schulkameraden und Freund

Claus

Wer dich kannte, weiß, was wir verloren haben.

Die Schulklassen A und B

10

»Wenn Pritschi nicht mehr droht«

Gereimtes und Ungereimtes

Selbstgedichtete Anzeigen sind kleine Kostbarkeiten. Allerdings staunt man, wie häufig angesichts des Todes dann doch gereimt wird. Denn immerhin gehört dazu erstens Mut und zweitens Muße. Zwei Dinge, die einem eigentlich nicht im Überfluss zur Verfügung stehen, wenn ein Mensch stirbt, der einem viel bedeutet hat. Und für andere werden erst gar keine Verse geschmiedet. Von betrüblichen Ausnahmen abgesehen drückt sich in jedem Gedicht die besondere Wertschätzung für den Verstorbenen aus.
Das kann freilich auch mal auf Kosten eines oder einer Dritten geschehen wie in unserer ersten Anzeige. Zum hundertsten Geburtstag ihres Vaters verfasst Tochter Luise eine Gedenkanzeige, die uns tief in die Abgründe der Familie P. schauen lässt.

Willy P **„100 Jahre“**

* 11. 4. 1884 † 21. 1. 1969

Tapfer, starken Mutes strebtest Du durchs Leben,
ging auch manchmal was daneben,
Du blicktest nie zurück!
Vorwärts war Dein Sinnen –
Du hattest immer wieder Glück!
Ich leb' zu Deines Schaffens Ehr',
Vermiss' Dich und Hugo M sehr.
Mutter wollte meine Heirat nicht haben –
drum hat Hugo M sich in den Tod gefahren.
Mutter zerschlug unüberlegt
unser ganzes Familienglück –
es kehrt nie mehr zurück.

In dankbarem Gedenken
Deine Tochter
Luise P

Es ist ein köstlich Ding, dass das Herz fest werde, welches geschieht durch die Gnade.

Hebräer 13,8

In Liebe und Dankbarkeit nehmen wir Abschied

Walter W

*17.11.1916 † 3.10.2008

Anneliese W
Inge und Hans B

Ulrich und Brigitte W
Brigitte und Arno B
Rolf W
Holger W

Carla S -W und Klaus S
mit Johanna und Carolin
Alexander und Birgit W
Anneke und Sören W

Punkt der Zeit.

Nach langem Abschied, doch ganz plötzlich, hatte sein Zeitliches ein Ende.
Im Schlaf zurück ließ er den Körper, Kinder, Enkel, uns alle Trauernde.

Eine große Seele fehlt nun seiner Familie, seiner Frau und vielen darüber hinaus.
Als Patriarch im besten Sinne - er konnt' es sein - prägte, sorgte er bis zum Aus.

Beim Fasching kaum zu glauben, fand er die Frau - sein großes Glück.
Kraft, Liebe, Zeit fand er für vier Kinder - damals war dies nicht verrückt.

Als Kind einer Generation, hart geprüft, versucht von schlimmen Geistern,
Zog es ihn zur Kirche unter Gottes Segen, ließ ihn vieles besser meistern.

Für Menschen aller Herrenländer schuf er Arbeit, voll Energie;
Baute Gleis, Straße, Brücke, schließlich Haus – in Synergie.

Sein Glück waren Menschen, nicht die Großen, mehr die Einfachen,
Besonders die ihn brachten aus tiefem Ernst, zum herzhaften Lachen.

Viele klagen, sie hätten keine Lust, noch Zeit, wie sich nur daraus retten?
Er nutzte sie, forschte, mikroskopierte über der Natur und ihren Facetten!

In deiner Erinnerung an sein Leben - ist das Glas halb voll oder halb leer?
Wenn du dankst, noch Offenes verzeihst - sprudelts mehr und mehr.

Wir schreiben weiter seinen Satz, mit unsrer Schrift, nach diesem Punkt.
Sein Leben ist sein Testament, überzeugend, aufrecht, klar und rund.

In Erinnerung an unseren guten Vater.
Seine Kinder Ulrich, Brigitte, Rolf und Holger.

Der Trauergottesdienst findet am 10.10.2008 um 17:00 Uhr
in der Stadtkirche Göppingen gegenüber dem Schloß, Pfarrstraße 25, statt.
Zahlreiche Parkplätze gibt es rund um das Landratsamt Göppingen, Lorcher Straße 6.

Klar und rund fällt hingegen die Bilanz in unserer zweiten Anzeige aus, während die dichterische Form umso ungezähmter daherkommt. In freien Rhythmen und kühnen Reimen würdigen die vier Kinder das Lebenswerk von Walter W. Besondere Aufmerksamkeit verdienen dabei die Zeilen: »Beim Fasching kaum zu glauben, fand er die Frau – sein großes Glück. Kraft, Liebe, Zeit fand er für vier Kinder – damals war dies nicht verrückt.« Dieses unbekümmerte Querfeldeindichten gefällt uns sehr. Für die Sammlung hätten wir davon gerne mehr.

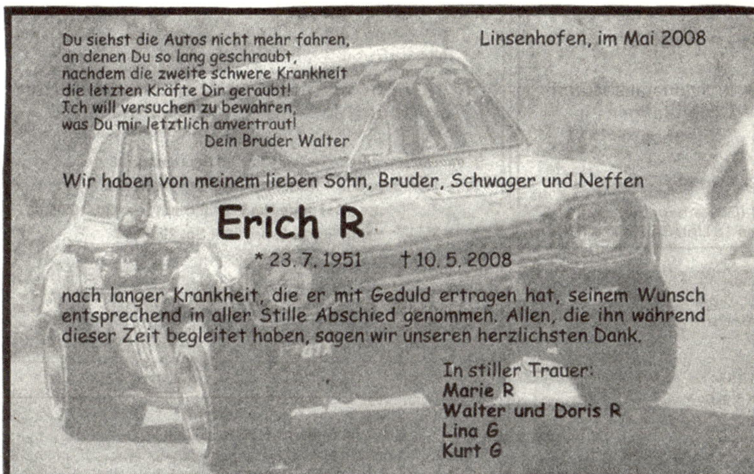

Du siehst die Autos nicht mehr fahren,
an denen Du so lang geschraubt,
nachdem die zweite schwere Krankheit
die letzten Kräfte Dir geraubt!
Ich will versuchen zu bewahren,
was Du mir letztlich anvertraut!
Dein Bruder Walter

Linsenhofen, im Mai 2008

Wir haben von meinem lieben Sohn, Bruder, Schwager und Neffen

Erich R

* 23. 7. 1951 † 10. 5. 2008

nach langer Krankheit, die er mit Geduld ertragen hat, seinem Wunsch entsprechend in aller Stille Abschied genommen. Allen, die ihn während dieser Zeit begleitet haben, sagen wir unseren herzlichsten Dank.

In stiller Trauer:
Marie R
Walter und Doris R
Lina G
Kurt G

Nicht weniger liebenswert, aber wesentlich anspruchsvoller im Reimschema sind die Verse, die Walter R. seinem Auto schraubenden Bruder Erich mit auf den Weg gibt. Und es sollte einem schon ein anerkennendes Kopfnicken wert sein, dass »Krankheit« das einzige Wort am Zeilenende ist, das keinen Reim findet und damit ganz für sich allein steht.

Könnten Uhren trauern,
würden sie um Heinz L weinen.
Denn mit großem Bedauern
verließ der Uhrmacher die Seinen.
Das Rad der Zeit hat für ihn angehalten,
in guter Erinnerung wollen wir ihn behalten.

Heinz L

* 24. März 1921 Danzig-Oliva † 23. August 2003 Lübeck

Karla L
Martin und Christopher
sowie alle, die ihn lieb hatten

Lübeck,

Die Trauerfeier hat im engsten Familien- und Freundeskreis stattgefunden.

Im Gedicht für Uhrmacher Heinz L. sind es die ersten vier Zeilen, die vor uns eine eindrucksvolle Szenerie entstehen lassen: Weinende Uhren und ein Mann, der »mit großem Bedauern« die Seinen verlässt.

Der Waidmann neigt ja schon von Natur aus zum Dichten. Wenngleich da eher vorsätzlich Ungereimtes herauskommt. Ganz anders verhält es sich bei dem zünftigen Jägergedicht für Forstoberamtsrat a. D. Walter S., für das ein gewisser »hw« verantwortlich zeichnet. Vom »tränenschweren« Auge bis zum Tod, der dem Jägersmann »die Büchse« aus der Hand nimmt – hier wurde wirklich streng darauf geachtet, dass der Text auf jeden Grünrock passt.

Wir nehmen Abschied

Ein jeder Tag ist grau und leer
und manches Auge tränenschwer,
wenn man vom Glöcklein hell begleitet
zum Grab hin auf den Friedhof schreitet.

Wir Jäger stehen stumm am Grab,
der letzte Bruch fällt still hinab;
nun halte ewige Weidmannsruh,
Du alter, treuer Jagdfreund Du!

Er war ein echter Jägersmann,
wie man ihn sich nur wünschen kann;
viel Freude hat – naturverbunden -
er stets in Feld und Wald gefunden.

Jedoch für jedes Erdenleben
muss es einmal ein Ende geben;
wir alle wissen es heut nicht,
wann es erlischt, das Lebenslicht.

Der Tod, er hinter ihm schon stand,
nahm ihm die Büchse aus der Hand;
des Freundes Weg ist nun sehr weit:
Hinüber in die Ewigkeit!

Wir aber denken im Gebet
an ihn, der vor dem Richter steht;
Herr, schenk ihm dort die ewige Ruh
und guten Anblick noch dazu!
hw

Am 25.Dezember 2009 verstarb nach langer, schwerer und mit großer
Tapferkeit ertragener Krankheit im 79.Lebensjahr
unser lieber, treuer und aufrichtiger Freund und Jagdkamerad
Forstoberamtsrat a.D. Walter S

In stiller Trauer
Guido mit Karin
Doreen mit Hans Peter

Drebkau / Uttendorf im Dezember 2009

Ganz anders die etwas unbeholfene, aber umso rührendere Gedenkanzeige für Paul K., in der seine Emmi um das rechte Reimwort ringt. Wer weiß, wie das Gedicht ausgegangen wäre, wenn K. nicht in Gehrden bei Hannover bestattet worden wäre, sondern im zwanzig Kilometer entfernten Eldagsen?

Unvergessen!

Paul K

† 10. August 1998

2 Jahr' bin ich nun schon allein
und komme nicht zur Ruh'
Ach, könntest Du noch bei mir sein,
dann ging' es mir gut im Nu.
Du ruhst sanft im Grab in Gehrden,
ich frag mich täglich, was soll nur werden.

Deine Emmi

Dass ein Migrationshintergrund dem Schmieden deutscher Verse eher zu- als abträglich sein kann, zeigt die Gedenkanzeige für Dr. Cedomir P., der acht Monate zuvor verstorben war. Zum 90. Geburtstag des »Doktors« hat Dobre S. einige sehr persönliche Zeilen verfasst, die auch Außenstehende nicht unbeeindruckt lassen.

Dr. Cedomir P

*** 26. 9. 1919 † 13. 1. 2009**

Doktor, acht Monate ist es her,
doch keiner kennt dich mehr.
Ist das nicht traurig?
Alle gingen ein und aus,
oh, wie sah dein Grab doch aus!
Deine Habe wird zerrissen,
alle kämpfen darum verbissen.
Selbst vor meiner Wohnung war kein Halt,
mein Gott, sind Menschen doch kalt!

MACHT macht einsam und GIER ist ein großes Tier!
Habe dir Erde und Blumen gebracht,
dabei immer wieder auch an schöne Zeiten gedacht.
Heute wär' dein 90. Geburtstag.
Deine Frau im Heim und ich stehen
wie immer – wieder allein – an deinem Grab.
Ich werde dich nie vergessen.

Dobre S

Kaum vier Monate später meldet sich Dobre S. noch einmal reimend zu Wort. Und ihm gelingt etwas, was nur ein Meister seines Fachs vermag: seinen famosen Erstling noch einmal deutlich zu übertreffen.

Dr. Cedomir P

*** 26. 9. 1919 † 13. 1. 2009**

Doktor, ein Jahr ist es her, dein Zuhause gibt es nicht mehr.
Das mir versprochene Haus konnte man nicht trennen,
doch jetzt, da kamen Fremd ins Rennen.
Für mich war kein Andenken dabei, nicht mal Luft zum Atmen,
da standen sie schon mit Schüppe und Spaten.
Angeboten wurde mir das Haus zu einem Preis in bar
– wessen Geistes Kind es war –
Ich mache dein Grab sauber, habe es überwunden,
denn sonst wärest du im Unkraut verschwunden.
Habe gesorgt für ein warmes Zimmer,
das Oelgeld von 2009 ... ich warte noch immer.
Die Vertrauten behaupten, ich habe mir die Tasche vollgestopft.
Doktor, du hattest Geld und warst beliebt,
ich habe gearbeitet – umsonst – das ist der Unterschied.
Gott sieht alles, kann nicht überall sein,
er kann Gutes geben, aber auch Unrecht wieder nehmen.
Manche möchten in deinen Schuhen stehen,
doch es ist schwer, darin zu gehen.
Sitze oft bei einer Bekannten, alte Erinnerungen werden wach,
wird erzählt und gelacht, Belgrad ruft oft noch an,
es sind ja deine Verwandten.

Mit dem Tode verliert man vieles,
aber niemals gemeinsam verbrachten Zeit.

Priatnon Dobre S

Wer etwas gut Gereimtes haben will, muss allerdings nicht selbst zum Poeten werden. Man kann auch auf Bewährtes zurückgreifen und es sich dann passend zurechtdichten. So wie in der Anzeige für Bernd S., für die das Gedicht »Der Schauspieler« von Heinz Ehrhardt abgewandelt wurde. So weit, bis es halbwegs auf den lieben Vater zutraf, der zwar nicht auf der Bühne stand, sich aber im Fußball, Skat und Tanzen hervorgetan hatte.

Er sprach zu seinen Kindern, nachdem er dreimal ausgespuckt:
Mein Name steht in dieser Zeitung nie eingerahmt. nie fett gedruckt!

Er spielte Fußball und auch Skat. war beim Tanzen sehr gefragt.
doch niemals stand er in der Zeitung, nie eingerahmt und fett gedruckt.

Ganz ohne Aufsehen, selbstverständlich, starb er nun – hat kaum gezuckt.
Heut steht er in der Zeitung endlich schön eingerahmt und fett gedruckt.

Nach kurzer, schwerer Krankheit entschlief am 19. November 2008 unser lieber Vater

Bernd S

* 3. 12. 1946 † 19. 11. 2008

In liebevoller Erinnerung:

Astrid
Thorsten
Lars
Anke
Melanie

Die Trauerfeier und Beisetzung finden statt am Freitag, dem 28. November 2008, um 10 Uhr auf dem Friedhof Gräfrath.

Ein Mensch sieht ein, daß wer, der stirbt,
den andern nur den Tag verdirbt,
an dem, den Freunden zum Verdruß,
er halt beerdigt werden muß.
Den ersten trifft's als harter Schlag:
„Natürlich! Samstag nachmittag!"
Der zweite ärgert sich nicht minder:
„Mit meinem schäbigen Zylinder?"
Der dritte sagt: „Paßt wie bestellt!
In Friesenheim, halb aus der Welt!"
Der vierte ringt mit dem Entschluß,
ob einen Kranz er geben muß.
Der fünfte aber herzlos spricht:
„So nahe stand er mir schließlich nicht!"
Der sechste denkt nach altem Brauch:
„Ein Beileidsschreiben tut es auch!"
Und rückhaltslos bekennt die siebte,
daß er ihn überhaupt nicht liebte.
Zeit ist's. Der Sarg wird zugenagelt.
Es regnet draußen, schneit und hagelt –
kann sein, auch Julisonne sticht:
Mensch, das vergessen sie Dir nicht!
Es spricht Kollege, Freund und Vetter.
Der damals? Bei dem Schweinewetter!?
Der Mensch schreibt drum: Mein letzter
Wille – beerdigt mich in aller Stille!

Du bist nicht zu ersetzen!

Siegfried T

*** 19. 10. 1939 † 11. 11. 2004**

Unfassbar müssen wir Abschied nehmen.

Rita M
Regina und Klaus B mit Familie
Tanja, Brisca und Jacko
und alle, die ihn geschätzt haben

Die Beisetzung findet in aller Stille statt.

Neben Heinz Ehrhardt eignet sich auch Eugen Roth, um der Traueranzeige eine heitere Note zu verleihen. Dessen offensiver Umgang mit dem Verzicht auf althergebrachte Elemente der Bestattungskultur enthebt die Angehörigen zugleich dem Druck, sich für die ausbleibende Beerdigungsfeier gesondert rechtfertigen zu müssen.

27. Januar 2000

Winnfried

S (Charly)

Winfridikus Germanikus – Dichter und Denker –

„Mensch Mädchen, alter Junge", jetzt ist es vorbei,
das ging ja so schnell, au wei o wei.

Ich bin bei den **Göttern**, hier geht es mir gut und
unter den **Geistern** da gibt es auch Damen, ihr könnt
euch ja denken wie wohl mir das tut. Hi, hi, hi.

Nun feiert ein bisschen, trinkt Kaffee, esst Kuchen;
und nicht unter dem Tisch nach einer Flasche Wodka
suchen. Wenn der Abend sich nähert,
so nehmt ein Glas Wein, spreizet den Finger und
stoßt auf mich an, es ist schade, dass ich nicht
bei Euch seien kann.

So seied gegrüßt ihr Lieben und ihr Menschen nicht
minder, besonders aber Monika und ihre Kinder!

Ursel, Udo, Inge, Anne, Lothar,
Otto, Heike, Margret, Christoph,
Anja, Margit, Herbert, Toni
und viele andere

PS.: Tote frieren nicht!

Hat der Verstorbene selbst gereimt, kann das die Angelegenheit erheblich vereinfachen. Vor allem, wenn er sich zu einem Abschiedsgedicht aufgeschwungen hat wie der Dichter und Denker Winnfried S. (mit dem kecken Doppel-N).

Nur wenig bekannt ist das Gedicht »Laterne, Nacht und Sterne« von Wolfgang Borchert, dem Autor des Kriegsheimkehrerdramas »Draußen vor der Tür«. Mit diesen knappen Reimen zieht Walter R. eine ziemlich traurige Lebensbilanz.

Ich möchte Leuchtturm sein
in Nacht und Wind –
für Dorsch und Stint,
für jedes Boot –
und bin doch selbst
ein Schiff in Not!

Walter R

* 2. 12. 1923 † 19. 8. 2009

Von der Küste ins Hochgebirge des gepflegten literarischen Nonsens: Der Maler Albrecht G. ist dem Yeti auf den Fersen und wandelt dabei sicher auf den Spuren von Ernst Jandl (→ S. 42). So geht es also auch.

Himalaya
Ei guckemalda
Himmel ja
da —
ein Yeti
A.G.

ALBRECHT G

MALER

6. 10. 1930 — 18. 1. 1996

Ingrid und Christoph G

für die Freunde:
Inge N
Heiner Z

Keinen rechten Reim können wir uns auf die Anzeige für »Pritschi« machen. Aber gerade das macht sie so faszinierend. Denn man kann lange darüber nachsinnen, um was für einen Menschen es sich bei dem wenig umgänglichen Pritschi wohl gehandelt hat. Drohen als Lebenselixier – eine erstaunliche Methode, seinen Weg zu machen. War er überhaupt ein Mensch – und nicht vielleicht eher ein zuverlässiger Wachhund, dessen Aufgabe ja das »Drohen« ist? Doch weshalb sollte er dann Freunde in der Feldstraße haben, die zudem noch eine Anzeige schalten?

Wenn Pritschi nicht mehr droht,
ist er tot.

Pritschi

Wir sind traurig und sagen tschüss
Deine Freunde aus der Feldstraße

Mit »Pritschi« und Yeti haben wir den Bereich der gereimten Anzeigen schon hinter uns gelassen. Wir wenden uns nun den ungereimten Exemplaren zu. Aus der folgenden Anzeige geht immerhin hervor, dass eine gewisse Schwester Ute verstorben ist. Doch die eigentliche Aussage, dass sie das nachhaltige CO_2-Handling »nicht mehr geschafft habe«, vermögen wir nicht zu entschlüsseln. Womöglich handelt es sich um eine verkappte Vehikelanzeige (→ ab S. 197), denn »Terra preta«, auch Schwarzerde, soll als »Biokohle« dazu beitragen, den Ausstoß von CO_2 zu reduzieren. Sagen einige Klimaschützer. Doch wenn die solche Anzeigen schalten, wird das nichts.

Schwester Ute †

evangel.

hat 2009 das
nachhaltige
CO_2-Handling
nicht mehr
geschafft.

Terra Preta

Wäsch is Wäsch

Rolli

"Knübbi"

Im Grunde
war alles
egal.
Aber schön
bisweilen
(Flor, 4-6/46)

Im Spätherbst 2009 - Flor c/o „Weisse Maus“, ,
40597 Düsseldorf, Tote und Lebende zur Trauerfeier herzlich willkommen.

Das nächste Stück rechnen wir unter die seltenen Exemplare der (spät)dadaistischen Todesanzeigen. Erkennbar an den kruden Sinnsprüchen, der Abwesenheit von Lebens- und Sterbedaten und den fehlenden Angaben zur Trauerfeier, zu der »Tote und Lebende« herzlich willkommen geheißen werden.

Die nächste Nuss ist noch härter: Fünfzig Jahre nach dem Ableben von Ferdinand K. erscheint eine Erinnerungsanzeige, die ein uneingeweihter Leser kaum zu knacken vermag. Allein schon die kühne Gleichsetzung der Gegensatzpaare »gehen« vs. »bleiben« sowie »später« vs. »zu früh« deutet darauf hin, dass man hier mit dem Alltagsverstand nicht weiterkommt. Da ist es eigentlich gar nicht weiter überraschend, dass der Name des Verstorbenen unter den Hinterbliebenen noch einmal aufscheint. Der Sohn? Der Enkel? Oder erinnert sich der Verstorbene gar an sich selbst?

In Erinnerung

Ferdinand K

* 20. September 1891 † 30. März 1952

Er ging und blieb,
denn auch später wäre zu früh gewesen.

Elisabeth O geb. K
Ferdinand K

Bochum, 30. März 2002

Unsere letzte Anzeige vermittelt eine Botschaft, die in diesem Kapitel nun ganz gewiss nicht fehlen darf. Zumal sich im nächsten alles um Tiere drehen wird.

„Vergeßt im Leben nie die Poesie"

Dr. Rolf F

22. 1. 1897 – 6. 3. 1982
Bürgermeister der Traumstadt nach dem Wunsch von Peter Paul Althaus

11

»Wir haben unseren Tiger verloren«

Trauer um Tiere

In diesem Kapitel geht es schon um eine sehr spezielle Sorte von Todesanzeigen, nämlich um solche, die dem besten Freund des Menschen gewidmet sind, und das ist oft genug ein Tier. Solche Annoncen sind nicht unumstritten und werden von Zeitungen, die auf ihren Ruf bedacht sind, gar nicht erst gedruckt. Manche finden sie schlicht geschmacklos, andere bloß amüsant, wieder andere meinen, wer solche Inserate schaltet, sollte sich auf seinen Geisteszustand untersuchen lassen. Während eine vierte Gruppe zu der Ansicht neigt, dass die tierischen Traueranzeigen die einzigen sind, in denen nicht gelogen wird.
In diesem Geist ist auch unser erstes Beispiel formuliert, das bereits Anfang der Neunzigerjahre die Anzeigenaufnahme einer Zeitung passierte. Betrauert wird das entzückende Zwerghäschen Cläuschen, dem man schon am feinen C ansieht, dass es sich um ein ganz besonderes Häschen handelt.

> 1. Februar 1991
>
> **Seit wir die Menschen kennen – lieben wir die Tiere!**
>
> Wir trauern um unser entzückendes Zwerghäschen
>
> **Cläuschen**
>
> mit dem wir über 8 Jahre lang besonders glücklich waren.
> Deshalb gedenken wir in Liebe unseres kleinen Lieblings.
>
> Ursula und Wolfgang

Cläuschen & Co. bereiteten aber nur den Boden, auf dem dann andere Tiere mit noch viel mehr Gefühl verabschiedet werden konnten. Wie etwa der herzensgute Westie-Terrier Klein-Whiskey, der auch eine ganz ansehnliche Trauergemeinde zusammenbekommt.

Unser lieber Schatz

Klein-WHISKEY!

* 21.4.1990 † 16.10.2002

Mitten im Schlaf hat Dein kleines,
treues, voller Liebe gefülltes Hundeherz
aufgehört zu schlagen !!!

Du hast so gerne mit uns zusammen gelebt!
Du fehlst uns so sehr!!!

In ewiger Liebe, Dankbarkeit und tiefer Trauer.
Küßchen-Küßchen-Küßchen Deine Andrea!
Brigitte und Rüdiger !! ♡ ♡ ♡
Grisie, Blacky und Krümel Mau-Mau-Mau!!!
Für immer nah!
Deine Spuren der Liebe werden nie verwehen!
Wir werden Dich nie vergessen!

Klein-Whiskey wurde in aller Liebe
auf dem Tierfriedhof beerdigt.

Wir haben unseren Tiger verloren!
Der Abschied ist uns sehr, sehr schwer gefallen.

Nach sagenhaften 16 glücklichen Hundejahren,
ist unser geliebter Tiger, Puschel, Mücke,
Stinkefuss bzw. Felltier am 23. März 2009
von uns gegangen.
Wir bedanken uns für diese schöne Zeit mit Dir
und werden Dich für immer vermissen.
Wir haben Dich geliebt und werden Dich für
immer lieben.
Dein Frauchen und Herrchen
Ulli und Sven

Namentlich weit weniger klar definiert ist der 16-jährige Tiger, Puschel, Mücke, Stinkefuß bzw. Felltier. Ohne Foto und den Hinweis auf die »glücklichen Hundejahre« kämen wir bestimmt nicht auf die Idee, dass wir es mit einem Artgenossen von Klein-Whiskey zu tun haben.

Ebenfalls nicht ohne Foto kommt White Eisko vom Sonnenhang aus, der unsere besondere Sympathie genießt. Nicht nur weil er tapfer gegen den Krebs gekämpft hat, der ihn in seinen besten Hundejahren von den Seinen fortnahm. Sondern weil sich unter die Trauernden neben Opa Josef auch zwei Pudelkameraden einreihen, an deren klangvollen Namen sich manches Adelshaus ein Beispiel nehmen sollte. Zumal auch dort der eine oder andere »Silver Dandy« vertreten sein soll.

NACHRUF

GELIEBT UND UNVERGESSEN. UNSER BESTER FREUND

WHITE EISKO VOM SONNENHANG

IST FÜR IMMER VON UNS GEGANGEN.

MIT SEINEM ALLERLIEBSTEN WESEN HAT

„EISKO“ UNS NUR FREUDE BEREITET.

ER WURDE KURZ VOR VOLLENDUNG SEINES 7. LEBENSJAHRES
VOM KREBS BESIEGT. NACH LANGER SCHWERER UND TAPFER
ERTRAGENER KRANKHEIT NEHMEN WIR ABSCHIED
SEIN FRAUCHEN UND HERRCHEN! OPA JOSEF SOWIE SEINE PUDELKAMERADEN

SILVER DANDY VOM BIRKENDAHL, GENANNT „GOLDI“
BLACK EARL VOM BIRKENDAHL, GENANNT „IDEFIX“.

WIR VERMISSEN DICH SEHR UND WERDEN DICH NIE VERGESSEN

Dass Mensch und Tier im Gedenken der Hinterbliebenen keine Konkurrenten sein müssen (wie beim seligen Cläuschen), zeigt die Doppelanzeige für Alfred und Anka.

Alfred
† 17.11.2003

Dem Auge fern,
dem Herzen nah

Heute würden wir
Geburtstag feiern...

In liebevoller Erinnerung
Eure Angelika

Anka
† 19.12.2008

Blacky † 04.10.2007

Unser Sonnenschein Blacky-Blinie hat sein Leben gemeistert und ist für immer ins Universum zurückgekehrt. Wir vermissen Dich sehr und danken für jede Minute, die wir mit Dir verbringen durften.
Es trauern
Dipl.-Ing. Rainer & Petra H
mit Öhrli, Sunny & Funny,
Speedy und Big Red

Gleichfalls mit einem Foto dokumentiert Diplom-Ingenieur Rainer H. aus Hameln seine innige Verbundenheit mit Kaninchendame Blacky-Blinie. Über die ist zu erfahren, sie sei nun »für immer ins Universum zurückgekehrt«. Woraus zu schließen ist, dass sich der Hamelner Kaninchenstall in einer ganz eigenen Welt befindet. Was ja eigentlich auch naheliegend ist.

Sein Kaninchen mag ins Universum zurückgekehrt sein, doch wird sich Rainer H. umso schmerzlicher dessen Einzigartigkeit bewusst. Was eine zweite Anzeige erforderlich macht, die dann aber nicht mehr von Ehefrau Petra und den fünf überlebenden Haustieren unterzeichnet wird.

Blacky
† 04.10.2007

Egal, auf welchem Wege wem immer ich begegne, es ist keine wie Du. Egal, wohin ich gehe, wen immer ich dort sehe, es ist keine wie Du.

In Liebe und Trauer
Dipl.-Ing. Rainer H

Auf ihre Weise einzigartig ist auch die Anzeige für das spirituelle Schaf Seraphina, das als »Botschafterin der Nutztiere« seine Erdenmission beendet hat.

* März 1996 † September 2009

SERAPHINA
von der Sonnen-Arche
Botschafterin der Nutztiere
bei den Menschen

Aus dem Friedensreich des Jesaja
… dann wohnt der Wolf beim Lamm,
der Panther liegt beim Böcklein.
Kalb und Löwe weiden zusammen,
ein kleiner Knabe kann sie hüten …
Jes.11 Vers 5

Seraphina war das selbst-bewussteste, fröhlichste und spirituellste Schaf …

Sie hat uns Menschen als Treuhänder unserer Erde immer wieder daran erinnert, dass auch und gerade „Nutztiere" als unsere Mit-Geschöpfe ein eigenständiges Recht auf ein Leben in Würde haben.

Ich verdanke ihr als einer sehr besonderen Lebens-Gefährtin wertvollste Einsichten, nachhaltigste Erfahrungen und unvergessliche Momente der Harmonie und des Glücks.

Wir werden uns wiedersehen.

In Liebe und Dankbarkeit

Bernhard F.
im Namen von Tochter Sunshine, Solara und
vieler zwei- und vierbeiniger Freunde
München - Halfing · www.davidgegengoliath.de

Das spirituelle Schaf markiert aber noch nicht die Spitze tierischer Trauerinserate. Auch Zootiere wie die Delfindame Neike werden gelegentlich mit einer eigenen Anzeige geehrt. Dabei ist Neikes Tod vor allem Anlass, um auf die Ziele des Vereins »Menschen für Tierrechte« zu sprechen zu kommen. Insoweit handelt es sich um eine halbe »Vehikelanzeige« (→ ab S. 197). Und wer weint wirklich um Neike?

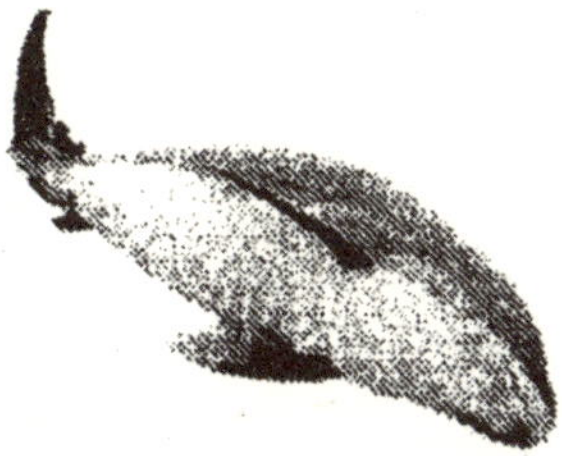

Wir trauern um den Delfin

Neike

Neike wurde nicht einmal 6 Jahre alt und hat in ihrem Leben nie etwas anderes kennen gelernt als monotone Betonbecken.

Neike ist leider ein neues Opfer und ein Beweis für die hohe Sterblichkeit von Großen Tümmlern in Gefangenschaft. Nach einer Studie der Internationalen Marine Mammal Organiszation (eine Vereinigung internationaler, **unabhängiger** Meeresbiologen) beträgt in den USA das Durchschnittsalter von Großen Tümmlern in Gefangenschaft 16,2 Jahre, wobei der Tiergarten Nürnberg für seine Tiere nur eine durchschnittliche Lebenserwartung von 10,6 Jahren nennt. In Freiheit werden Große Tümmler durchschnittlich 25,1 Jahre alt.

Wir trauern um Neike, stellvertretend für alle Tiere, die im Tiergarten ihr Leben lassen müssen für die Unterhaltung von Menschen. Wir trauern ebenso um die Tiere, von deren Tod die Öffentlichkeit nur pauschal erfährt wie diejenigen, die verfüttert werden, weil sie überzählig sind.

Menschen für Tierrechte Nürnberg e.V.
Tel. 09 11/41 74 19, Fax 09 11/6 37 07 40
Spendenkonto Stadtsparkasse Nürnberg,
BLZ 760 501 01, Kto. 0 001 118 881

Zur Erinnerung an Rocky G

geb. 29.04.1996 gest. 16.01.2009

Wir vermissen Dich so sehr, in unseren Herzen bist Du für immer bei uns. Sei gewiss, wir werden uns wiedersehen an der Brücke zum Regenbogen.

In Liebe
Deine Eltern
Dein Bruder,
den Du nicht mehr kennengelernt hast.

Die Anzeige für Rocky G. verdanken wir Leserin Andrea B. Wie sie uns versicherte, handelt es sich bei Rocky G. nicht etwa um den frühzeitig abberufenen Sohn der Familie, sondern um einen im reifen Hundealter verstorbenen Rüden. Und den trauernden »Bruder, den Du nicht mehr kennengelernt hast«, würden weniger tierliebe Menschen schlicht den »Nachfolger« von Rocky nennen.

Dass Traueranzeigen für Tiere den Eindruck erwecken, als seien sie für innig geliebte Menschen bestimmt, ist die eine Seite. Doch kurioserweise gibt es auch den entgegengesetzten Effekt: Wäre man über die Lebenserwartung von Hasen nicht hinreichend informiert, man käme bei der Anzeige für Peter D. alias Wuschel, Hopser und Schnupper schon ins Grübeln ...

Warum?
Wir wollten doch noch so viele
kühle Höhlen und Gänge graben.

70195 Stuttgart

Nach kurzer, schwerer, mit unendlicher Energie ertragener Krankheit hat sich mein geliebter Wuschel, Wutschko, Pony, Avelengo, Hopser, Schnupper

Peter D

*21.7.1955 † 15.9.2003

für immer von mir verabschiedet.

In Liebe:
Dein Hase
und deine Hasenmama

Die Beerdigung fand auf Wunsch des Verstorbenen in aller Stille statt.

Kein Zweifel ist hingegen erlaubt bei der Anzeige für Bernd S., der offenbar nicht zu den flinksten Zeitgenossen gehörte. Was seine Freunde zu einem humorigen Motto inspiriert hat, das nicht so leicht zu überbieten ist.

Die Schnecke ist gegangen

Bernd S

* 12. 09. 1951 † 21. 03. 2005

Ciao Bernie

Margit & Johann, Aline & Morena, Hanna & David,
Jürgen & Heidi, Uschi, Hermann, Julian & Leo,
Tina, Uwe, Matteo & Carla und alle die Dich lieben.

Und auch die Freunde von Jutta V. finden Worte, die einen nicht unberührt lassen. Vielleicht gelten die schönsten Tieranzeigen eben doch den Menschen.

Es ist sehr schwer, tapfer zu sein, wenn man zu den sehr kleinen Tieren gehört.

Jutta V

* 8. 1. 1963 † 11. 1. 2010

90419 Nürnberg,

Conny
Timur und Andrea
Lev und Moni
Anderl

Einäscherungsfeier am Donnerstag, dem 14. Januar 2010, um 12.00 Uhr im Krematorium Westfriedhof, Halle I.

Für die Katzenschützerin Gerlinde T. hat der Dortmunder Tierschutzverein ein sehr schönes Motto gefunden.

> Gott schuf die Katze,
> damit der Mensch einen Tiger
> zum Streicheln hat.
>
> Victor Hugo

Als engagierte Tierschützerin kannten wir sie seit 25 Jahren, zuletzt als Mitglied des Vorstandes. Sie war eine starke Persönlichkeit, die ihre Kraft vor allem für das Wohl der freilebenden und ausgesetzten Katzen einsetzte. Auch fanden wir sie immer an unserer Seite, wenn es um das Leid der Tiere in der ganzen Welt ging. Nicht nur an ihre Tierliebe, auch an ihre menschliche Art werden wir uns immer wieder erinnern.

Gerlinde T

Wir sagen Danke.

TIERSCHUTZVEREIN
GROSS-DORTMUND e.V.
Erika S
1. Vorsitzende

Bürgermeister a. D.

Herr Walter K

Träger des Verdienstkreuzes
der Bundesrepublik Deutschland
Ehrenmitglied des Vereines
für Deutsche Schäferhunde (SV) e. V.
Oberrichter der Weltunion
der Vereine für Deutsche Schäferhunde, WUSV

ist am 10. März im Alter von 81 Jahren verstorben.

Die kynologische Welt verliert an Herrn K einen Mann ersten Ranges. Im Jahre 1938 begann sein aktives Wirken, in dessen Verlauf er die höchsten Ämter bekleidete und bis zu seinem Tod innehatte.
Seine hervorragende Sachkenntnis, seine Weitsicht, seine Erfahrungen und seine menschliche Größe werden uns fehlen. In Achtung und Dankbarkeit nehmen wir Abschied von einer Persönlichkeit, deren Wirken uns unvergessen bleiben wird.

Vorstand, Beirat und Hauptgeschäftsstelle des
Vereins für Deutsche Schäferhunde (SV) e. V.

Die Anzeige für den hochdekorierten Hundefreund Walter K. entführt uns hingegen in eine ganz eigene Welt, die Vereinswelt für Schäferhunde nämlich. Dort gibt es nicht nur eine »Weltunion«, sondern auch eine eigene Gerichtsbarkeit, wie der Titel »Oberrichter« nahelegt. Zwar handelt es sich dabei um einen Kampfrichter und leider nicht um jemanden, der sich um die Rechtsprechung kümmert. Und doch können wir ermessen, welchen Verlust die »kynologische Welt« erlitten haben muss, wenn ihr der Oberrichter der Weltunion abhandenkommt.

Zwar trauert um Klaus S. keine Weltunion. Dafür dürften seine geliebten Katzen den Verlust umso schmerzlicher empfinden.

Der Herr ist mein Hirte –
mir wird nichts mangeln.
Psalm 23

Am 14. April 2010 verstarb nach langer Krankheit im Klinikum Aachen

Klaus S

* 7. März 1943

Wir trauern um einen Menschen, dessen besondere Fürsorge seinen geliebten Katzen Grazia und Waschi galt, die er nun zurücklassen musste.

Unser letztes Exemplar gehört zum seltenen Genre der Kombi-Anzeige. Es wird nicht nur der Verlust von »le Bohémien« Fabrice beklagt, sondern auch die sehr berechtigte Frage aufgeworfen, wer sich jetzt um seine Hunde kümmert.

FABRICE

Der **GROSSE GEIST** hat es so bestimmt –
le Bohémien ist von uns gegangen.

Du fehlst uns sehr. Du warst immer für uns da.

Leyla El N – Marlies B
SHIVA – LINDA*

Seine Freunde treffen sich am 8. 1. 2009 ab 19.00 Uhr im „Café Art", Kapitelstraße, in Lübeck.

*Shiva und Linda, seine Hunde, suchen dringend ein Zuhause. Wer kann helfen?

12

»Danke für die vorbildliche Rezeptabwicklung«

Dankesanzeigen

Todesanzeigen sind auch eine günstige Gelegenheit, einmal Danke zu sagen. Doch kann dieser Dank höchst unterschiedlich ausfallen, wie wir noch sehen werden. So gibt es einmal den Dank der Hinterbliebenen, der sich an den oder die Verstorbene richtet, wie in unserem ersten Beispiel. Leider ist nicht ersichtlich, wer hier dankt. Und wofür. Aber das hat bestimmt schon seine Richtigkeit so.

Rosa Luise K

6. 9. 1921 – 22. 10. 2009

Wir danken Dir!

Die Beisetzung ist am 9. November in Bad Dürrenberg.

Auf der anderen Seite gibt es Anzeigen, in denen sich der oder die Verstorbene bedankt. Und auch das kann kurz und bündig geschehen.

Liebe Freunde und Bekannte,

nachdem ich das Zeitliche hinter mich gebracht habe, möchte ich mich von Euch verabschieden mit einem Dankeschön für schöne Stunden.

Edith K

geb. H

* 28. Dezember 1918 † 10. Januar 2010

Die Urnenbeisetzung findet auf dem Waldfriedhof in Starnberg statt.

In einzelnen Fällen lässt es sich nicht zweifelsfrei entscheiden, wer sich bei wem bedankt. Aber vielleicht ist das mit dem »letzten Plum Plum« im Ohr auch gar nicht so wichtig.

Die Geige ist eingepackt, der Bogen ist stumpf,
brauche kein Kolophonium für mein letztes Plum Plum.

Hans S

* 2. 8. 1930 † 13. 9. 2009

Danke

Erna S
Thorsten und Franziska
Manfred, Vera und Andrea
Tine und Ulle
und alle Angehörigen

Die Trauerfeier findet am Freitag, dem 18. September 2009, um 15 Uhr in der Kapelle des Südfriedhofes statt.

Variante drei: Der Dank geht an diejenigen, die des Verstorbenen gedacht haben.

Wir danken allen, die unseres Vaters in liebevoller Weise gedachten.

Die Kinder und unsere Mutter

Die Anzeige für Roland P. ist grafisch vielleicht ein wenig irreführend, weil sie dazu verleitet, gedanklich hinter dem Wort »Dank« einen Punkt zu setzen. Dabei kommt das Wesentliche ja noch ...

Statt Karten

Stuttgart, im Oktober 2009

Zum Tod meines lieben Mannes

Roland P

† 13. 10. 2009

sage ich allen herzlichen Dank,

für die überwältigende und mitfühlende Anteilnahme,
für die Zeichen der Verbundenheit und der Freundschaft,
für die tröstenden Worte gesprochen oder geschrieben,
für die Blumen und Zuwendungen für späteren Grabschmuck.

Ingrid P
mit Familie
und allen Angehörigen

Gott sah, dass die Wege zu schwierig wurden
und die Hügel zu steil, da legte er seinen Arm
um ihn und sagte:
Der Friede sei dein.

Dieter Maximilian B

* 14. September 1928 † 5. November 2009

Wir denken dankbar an den Herzspender und seine Familie, die uns noch schöne, gemeinsame 16 Jahre geschenkt haben.

Für immer in unseren Herzen

Antje
Heike, Schw. M. Katharina
Ulf, Silke und Tim-Daniel
Wibke, Sarah Fee, Jonathan,
Cynthia und Sven

24114 Kiel,

Das Requiem feiern wir am Donnerstag, dem 12.11.2009, um 14 Uhr in der St. Nikolauskirche Kiel, Rathausstraße 5.

Anstelle freundlich zugedachter Blumen- und Kranzspenden bitten wir im Sinne des Verstorbenen um eine Spende unter dem Stichwort „Dieter B" zu Gunsten der Stiftung KinderHerz, Förde Sparkasse, Kto. 92055888, BLZ 210 501 70.

Eine seltene, aber schöne Geste findet sich in der Anzeige für Dieter Maximilian B.

Schon ein wenig ausführlicher fällt der gemeinsame Dank von Gretel S. und ihrer Familie aus. Wobei es die ersten beiden Sätze sind, die es uns besonders angetan haben und die man laut lesen muss, damit sie ihre ganze Wirkung entfalten.

Nun liebe Mutti
wollen wir uns gemeinsam bedanken !

Ein Engel Namen's Gretel sagt Danke !

Gretel S

geb. L

* 15. 2. 1923 † 4. 10. 2009

Freunde sind wie Sterne, man sieht sie nicht immer, aber man weiß, dass sie da sind.

Ein Dankeschön von ganzem Herzen,
an all die vielen einfühlsamen Menschen, die uns in unserem großen Schmerz Beistand leisteten und mit uns in stiller, tiefer Trauer von einem sehr wertvollen und fleißigen Menschen, unserer lieben Mutti, Oma, Uroma Abschied nahmen.

Unser besonderer Dank gilt Frau Pfarrvikarin Müller, für die tröstenden Worte bei der Trauerfeier unserer lieben Mutti, den hervorragenden Ärzten:
Hausarzt Dr. med. Diestel für seine sehr schnelle und gute Reaktion, auch für seine jahrelange liebevolle fürsorgliche gute Betreuung,
Herrn Dr. med. Evers der Station 23 vom Klinikum Darmstadt,
dem gefühlvollen, hervorragendem Ärtze- und Pflegeteam des Herrn Prof. Dr. med. M. Welte der Station 29 vom Klinikum Darmstadt
sowie dem Bestattungsinstitut Reinhold Bachmann und Team, dem kein Weg zu weit und keine Arbeit zuviel war, für die liebevolle Betreuung und würdevoll ausgerichtete Trauerfeier.

Wir sind unendlich traurig:
Ursula, Egon, Petra, Krischan, Frank, Vera, Tamina und Farin

Erzhausen, im November 2009

Nachruf für **Margit W**   , geb. S   ; † 17.01.2007
Wir haben Margit am 22.01. zu Grabe getragen und ich möchte allen, die dabei waren von Herzen danken. Ich danke auch denen, die gerne dabei gewesen wären, aber aus wichtigem Grunde verhindert waren. Ich finde, es ist überhaupt Zeit "Danke" zu sagen. Ganz besonders an die Adresse von:

Irmtraud	Margits Schwester, die sich in sehr liebevoller Weise stets um sie gekümmert hat, sie war Köchin, Putzfrau, Psychologin, Mädchen für alles... und einfach immer da
Erwin	Margits Schwager, dem kein Weg zu lang und keine Handreichnung zu viel war
Ute	Nachbarin, Freundin, Köchin und unermüdliche Begleiterin auf Spaziergängen
Gabi	Freundin, emsige Chauffeurin zu Chemos, Ärzten, Therapien und geduldige Zuhörerin
Barbara	Freundin, die immer dann, wenn's nötig war, als Taxi, Bote oder sonst wie zu Diensten war
Oma Rosel	die unermüdlich für Margit betete und auch einsprang, wenn die Krankenkasse mal Griffel spitzte
Oma Martha	die für uns wusch, bügelte und den Jungs am Wochenende ein Schnitzel briet
Ute Bittner	eine einfühlsame Therapeutin, der Margit ihre enorme psychische Stabilität verdankte
Dr. Peltzer	Ärztin der besonderen Art, die ihren Beruf leider (zumindest vorläufig) aufgab
Dr. Grünewald-Fritsch	anthroposophische Ärztin, die sich für Margit nicht nur wie eine Löwin mit den Institutionen des "Gesundheits-"wesens herumschlug, nein, auch Hypokrates hätte (hat) seine wahre Freude an ihr
Johannes Hauser	Paten(kind?), für sein phantastisch einfühlsames Klarinettenspiel bei der Trauerfeier
Myra Raff, Peter Schick, Uli Wedlich,	für die wunderschöne Interpretation von "while my guitar gently wheeps"
Intenational Choir of Stuttgart,	für einen Chorgesang, der unter die Haut ging
Dr. Dieter Strecker	Freund und Seelsorger, der einen unvergesslichen Trauergottesdienst zelebrierte, wäre er ein Indianer würde er "dermitdemherzendenkt" heißen
Alldiejenigendiedentrauersaalüberfüllten,	Freunde, Bekannte, Verwandte, Nachbarn: ich danke Euch dafür, dass Ihr wichtige Termine verlegt und Urlaub genommen habt, um Margit die Ehre zu erweisen
und überhaupt:	ihr Trösch's, Kinner's, Maurer's, Hauser's, Bauer's, Ritter's, Sanzenbacher's, Vanhöfen's, Knödel's, König's, Heck's, Haaga's und wie ihr alle so heißt, ich will nicht vergessen, dass Ihr auch mir, dem stolzen Begleiter Margits eine große Stütze wart; ihr glaubt nicht, wie gut es tut, wenn man gefragt wird: "Mensch Fritz, wie geht's denn Dir? Komm halt vorbei, wenn Dir die Decke auf den Kopf fällt" .....Nehmt Euch in Acht: ich komme wirklich!

Manch einer, der in der obigen Aufstellung enthalten ist, hat mir schon gesagt, lass Dir ja nicht einfallen, mir irgendwann mal zu danken! Doch diesen Gefallen will ich nicht tun; hier verweigere ich den Gehorsam!!! Ich sag's Euch auch warum: anlässlich der Kondolenzbezeugungen an Margits Grab haben mir alle gesagt: "ich hab sie richtig gern gehabt...nur zu schade, dass ich mich nie getraut habe, ihr das zu sagen."
Mir ist es jetzt wirklich ein Bedürfnis, Euch zu danken, und ich will damit nicht bis zur nächsten Beerdigung warten! Ich habe gesprochen! Fritz W.
P.S. Andreas und Manuel!: Eure Mutter war immer sehr stolz auch Euch, ich, Euer Vater, bin es auch!

Doch der Engel namens Gretel wird locker überboten von Fritz W., der in einem »Nachruf« für seine Frau Margit zu einem veritablen Rundumschlag ansetzt.

Zwar nicht ganz so ausführlich, dafür aber »seelisch und emotional tiefreichend berührt« richtet Wolfgang N. seinen geballten Dank an den Bayerischen Bauernverband.

Seelisch und emotional tiefreichend berührt sage ich ein frohes Vergelt's Gott dem einstigen Arbeitgeber Bayerischer Bauernverband – Generalsekretariat, welcher meiner verstorbenen Ehefrau

Elfriede E

in rund zehn Jahren des Fädenzusammenhaltens bei der Landfrauenabteilung, stets Unterstützung und fördernde Wegweisung hinsichtlich ihrer Kompetenz auf fachlicher, charakterlicher sowie sozialer Ebene spüren hat lassen. Möge im Langzeitgedächtnis aller damaligen BBV-Weggefährten die Rückbesinnung auf positiv erfahrene Gemeinschaftserlebnisse rekonstruierbar sein!

München-Neuperlach, Februar 2007 **Wolfgang N**

Nach 59 Jahren Ehe ist meine Frau am 11. April 1982 gestorben. Jetzt hat sie hoffentlich ihre Ruhe gefunden.

Elisabeth S

geb. K

in Klostergrab im Erzgebirge/Sudetengau

Ich danke den Ärzten in Straubing und Mallersdorf für ihre erfolgreiche Behandlung und fürsorgliche Hilfeleistung.

Auch danke ich den Beteiligten an der Feuerbestattung, die am 15. April 1982 stattfand, sowie dem Pfarrer für seine ergreifenden Worte, der Organistin und dem Bestattungsinstitut Unterpaintner, Mallersdorf.

Der trauernde Gatte
Franz S

Es ist gewiss nichts dagegen einzuwenden, auch den behandelnden Ärzten Dank abzustatten. Allerdings sind Missverständnisse nicht ausgeschlossen, wenn im Todesfall von »erfolgreicher Behandlung« und »fürsorglicher Hilfeleistung« die Rede ist. Zumal wenn zuvor dem Wunsch Ausdruck gegeben wird, die Gattin habe jetzt »hoffentlich ihre Ruhe gefunden«.

Ganz und gar unmissverständlich ist hingegen der Ärztedank für »Tante Mieze«.

Gute Reise Tante Mieze

Maria D

Juli 1927 – September 2009

Sie hatte ein schweres Leben
und ist einen stillen Tod gestorben.

Andrea G und Susanne S

Wir danken Dr. Weth,
der sie jahrzehntelang trotz jeder Gesundheitsreform
so gut betreut hat.

Wer dem Arzt dankt, der darf über den Apotheker nicht schweigen. Daher ist es nur zu begrüßen, dass in der folgenden Anzeige nicht nur den lieben Nachbarn, der guten Hausbesitzerin und den Anwohnern gedankt wird, sondern endlich auch einmal dem Apotheker und seinem Team. Dabei richtet sich der Dank auf etwas, das in der heutigen Zeit keineswegs mehr selbstverständlich ist, nämlich »die vorbildliche Rezeptabwicklung«.

Für die aufrichtige und mitfühlende Anteilnahme, die mir während der Krankheit und beim Tode meines lieben, guten Mannes

Friedrich W

in Wort und Schrift, durch Kranz-, Blumen-, Geld- und Hl.-Meßspenden zuteil wurde, sage ich herzlichen Dank.

Besonderen Dank Herrn Münsterpfarrer Monsignore Franz Lenk für den priesterlichen Beistand am Krankenbett und an der Beerdigungsfeier. Ich danke den Ärzten und dem Pflegepersonal des Kreiskrankenhauses Mutlangen für die gute Pflege im zwischenzeitlichen Aufenthalt sowie Herrn Dr. O. Jakober für die ärztliche Fürsorge. Unseren lieben Nachbarn, der guten Hausbesitzerin, den Anwohnern der Waisenhausgasse und Umgebung, der DJK, der Johannis-Apotheke Herrn Dr. Bichele und seinem Team, für die vorbildliche Rezeptabwicklung.

Insbesondere aber der Schwester Elisabeth und Schwester Ursula der kath. Sozialstation für ihre liebevolle und fürsorgliche Betreuung, dem Bestattungsinstitut Concordia für die hervorragende Abwicklung und allen, die ihn auf seinem letzten Weg begleiteten und für ihn beteten ein herzliches „Vergelt's Gott!".

Danksagung

Dankbarkeit wird das Gedächtnis meines Herzens sein

in so vielfältiger Weise wie im Wort, Händedruck und Geldzuwendungen, die Stütze, im Mitgefühl und Beistand die Wärme gefühlt zu haben beim Abschied von meiner lieben Mutti und Oma

Helga H

geb. F

durch ihre Mutter, alle lieben Geschwister, Verwandten, Freunde, Nachbarn, dem Kindergarten Marienschule und der Dachdeckerfirma H für die bedachte Wohlgefälligkeit. Besondere Schätzung gebührt Herrn Dieter E für den gestalteten Abschied im Antlitz meiner Mutti und der umrahmten Würde von seinem Institut sowie den bleibenden Worten seiner Rede.

Tochter Beate H und Enkelchen Nic
Mutter Agnes F

Und wenn wir schon mal bei den Apothekern sind, dann dürfen auch die Dachdecker nicht übergangen werden. Wobei wir schon gerne genauer wüssten, was man sich unter »bedachter Wohlgefälligkeit« vorzustellen hat. Und was das Bauamt dazu sagt. Auch nicht übersehen werden sollte der Dank für den »gestalteten Abschied«, bei dem auch die »umrahmte Würde« ihren gebührenden Platz findet.

Zu einem »gestalteten Abschied« gehört ohne Zweifel auch eine »würdevolle Trauerbekleidung«. Ungewöhnlich nur, dass dafür das Bestattungsinstitut sorgen muss. Sind die Verwandten, Bekannten und Kegelfreundinnen von Helene W. womöglich unangemessen farbenfroh zur Trauerfeier erschienen, sodass hier professionelles Eingreifen erforderlich war? Dann gebührt dem Institut wahrlich großer Dank. Vielleicht hat aber auch nur die telefonische Anzeigenannahme den Dank für die »Trauerbegleitung« nicht richtig verstanden.

Herzlichen Dank

sagen wir allen, die sich beim Abschied von unserer lieben Verstorbenen

Helene W

in stiller Trauer mit uns verbunden fühlten und ihre Anteilnahme in vielfältiger Weise zum Ausdruck brachten. Ein besonderer Dank gilt allen Verwandten, Freunden, Bekannten und Nachbarn, den Kegelfreundinnen, dem Pflegepersonal der VS Eisleben, dem Pflegepersonal des Senioren und Pflegeheimes Wolferode, den Hausarzt Herrn Dr. Geisler und dem Bestattungsinstitut Wahrlich für die würdevolle Trauerbekleidung.

Eine verdeckte Spitze könnte sich in der Danksagung für Willy von A. verbergen. Gab es da welche, die vor lauter Würdigung seiner Schaffenskraft seine menschlichen Qualitäten einfach außer Acht ließen?

Allen, die beim Abschied unseres geliebten Mannes und Vaters

Willy von A

nicht nur seine Schaffenskraft, sondern ihn auch als Menschen mit würdevollen und herzlichen Worten geehrt haben, danken wir, auch für die unzähligen Beweise der Anteilnahme.

Zwischen den Zeilen zu lesen ist auch die Anzeige, in der Udos Angehörige in seinem Namen Dank sagen. Allerdings nutzen sie diese Gelegenheit, um ihre Sympathie für jemanden zu bekunden, der offenbar nicht bei allen auf Verständnis stieß. Ein schöner, lebenskluger Kommentar, denkt man, bis man die abschließende Klammer erreicht …

Lieber Udo!

Wir möchten in Deinem Namen allen Dank sagen, die uns in dieser Ausnahmesituation zur Seite gestanden sind.

Wir haben unsere eigene Meinung von Dir und brauchen kein Bild, welches versucht Dich zu demontieren, wir wissen wie Du wirklich warst: ehrlich, zuverlässig, zynisch bisweilen (wenn es nötig war), scharfzüngig und hilfsbereit, aber kein Engel (Engel treten nämlich nicht aus der Kirche aus, sie fliegen vielleicht drüber und schütteln mit dem Kopf).

Lieber Sohn, lieber Bruder, lieber Onkel, lieber Freund und großer Junge, du fehlst uns.

Alle die Dich lieben und immer lieben werden

(Der Nebel wird dichter und Fred sucht jetzt sein Pferd)

Beeindruckend in ihrer Souveränität ist die Anzeige, mit der sich die 86-jährige Erika N., die »Frau vom Eulenspiegel«, von ihren Mitmenschen verabschiedet. Es sind die kleinen Dinge, die ihr nicht entgangen sind und für die sie sich zum Schluss noch einmal bedanken möchte. Wir stellen uns eine wache, lebenslustige Frau vor, die ohne Bitterkeit sagen kann: »Es gibt keine Feier.«

Erika N

geb. von P

geb. 15. 12. 1910 Berlin — gest. 7. 10. 1997 Lübeck

dem Ulenspegel sien Fru

Sehr herzlich möchte ich allen danken, die in den letzten zwanzig Jahren, seit dem Tode meines Mannes, immer freundlich und hilfsbereit waren: den damals Jugendlichen im Lügrülü, den Taxifahrern, die mich spät abends nach Hause fuhren und in der letzten Zeit zum Arzt, den Menschen in den Ämtern und denen auf dem Markt.
Speziellen Dank an den Chef des Lebensmittelgeschäftes am Brink, der durch nur noch mögliche telefonische Bestellungen wesentlich mehr Mühe hatte als mit anderen Kunden und immer freundlich war. In meinen Dank sind alle eingeschlossen, mit denen ich zu tun hatte, speziell auch meine nächsten Freunde.
Es war schön, von so vielen warmherzig begleitet zu werden.
Es gibt keine Feier. Mein Körper geht in die Universität Lübeck.

Tschüs! E. N.

Die Anzeige für Alfred Raphael P. beeindruckt hingegen aus konträren Gründen: Hier wird der Dank mit großem Orchester gespielt. Es werden rote Tränen geweint, schwere Steine am Grab weggewälzt und die Worte des Diakons hallen als Sphärenklänge durch den Kosmos. Auch wenn es uns nicht vergönnt war, an den Feierlichkeiten teilzunehmen, so ahnen wir: Die Show muss wirklich beeindruckend gewesen sein.

HERZLICHEN DANK

Danke Euch ALLEN, die Ihr aus NORD und SÜD,
aus OST und WEST herbeigeeilt seid,
um meinem GATTEN

Alfred Raphael P

die letzte EHRE zu erweisen.

DANKE meiner geliebten NICHTE BRIGITTA und Ihrem GATTEN TIZIANO – welche mir wahrlich der HIMMEL sandte um in der letzten LEBENSSTUNDE den wundersamen HEIMGANG zu erfahren, nämlich, dass der GELIEBTE als GRUSS zwei kleine rote Tränen – ja rote – für uns weinte!
DANKE den DREI FRAUEN, die den schweren STEIN am GRAB wegwälzten: LONI, der SELBSTLOSEN Nachbarin, welche immer bereit war, in der NOT zu HELFEN und mitzufühlen.
Ihrer betagten FREUNDIN, Frau ROELLI, welche mit gütiger HAND meine HUNDE-KINDER besorgte, wenn NOT auch dort war.
Und dann USCHI, die BLUMENFEE aus Zollikon, die in der langen KRANKHEITSZEIT immer wieder unser HEIM mit den allerschönsten ROSEN und anderen BLÜTEN verzauberte.
DANKE Herrn DIAKON WESTERMANN für Worte, welche sicher im HIMMEL angekommen sind, die Sphärenklänge, die noch nicht verhallt sind, das MANNA, das uns dann wieder stärkte.
DANKE den beiden HOHEN HERREN der Zunft Riesbach, Zunftmeister Dr. Thomas SAUBER und Stadthalter Ferdinand Schäfer für die Begleitung und den wunderbaren BLUMENGRUSS.
DANKE unserem FREUND Josef STAUB für das letzte AMEN. Ich habe ihm viel abverlangt und sein INNERSTES berührt.
DANKE für die TRÄNEN, die Ihr mit mir geweint habt, für die Umarmungen, Karten-Grüsse, Briefe, Blumen, Gestecke und Kränze. Ihr wart einmalig.

Vergelts EUCH ALLEN GOTT!

Noch einmal bin ich den WEG mit DIR gegangen, NOCH EINMAL!
Es waren dieselben Bäume, die schon damals standen
oder waren sie's doch nicht?
Es waren dieselben BLUMEN oder sind sie's doch nicht?
SIND es dieselben Tore, die wir gemeisam durchschritten haben
ODER sind sie HÖHER geworden?
Ich weiss es nicht!

In LIEBE
ELSI P
und Angehörige

Die Pilgerfahrt durch die Unendlichkeit, die einst in GOTT begann
und in der GOTTHEIT endet.
Nach K. O. Schmidt, aus seinen Schriften:
«Und der Tod wird nicht mehr sein».

Dass manchen Menschen aus sehr eigentümlichen Gründen ein ehrendes Andenken bewahrt wird, zeigt unsere letzte Anzeige. Sie leitet bereits zum nächsten Kapitel über. Darin geht es um solche Inserate, die nur die Form der Todesanzeige nutzen, um Botschaften ganz anderer Art loszuwerden.

Erich Honecker

† 29. Mai 1994

Wir trauern um einen der besten Genossen,

der es geschafft hat, der Welt 40 Jahre lang die

OSSIS vom Hals zu halten !

Erich wir vermissen Dich !

13

»Die Deutsche Mark ist nicht mehr«

Todesanzeigen als Vehikel

Wir haben es schon im Vorwort angesprochen: Todesanzeigen werden stark von Konventionen bestimmt: Der Trauerrand, der fettgedruckte, freigestellte Name mit Geburts- und Sterbedatum, bestimmte Formulierungen (»In Liebe und Dankbarkeit ...«), das schlanke Kreuz, die Namen der Hinterbliebenen – es müssen gar nicht alle Elemente vorhanden sein, und wir wissen doch sofort: Wir haben eine Todesanzeige vor uns.

Aber das ist gar nicht immer der Fall. Manche Zeitungsinserate nutzen die Form der Todesanzeige nur als Vehikel – für ganz andere Zwecke. Dabei ist unsere erste »Vehikelanzeige« noch relativ nahe an einer echten Trauerannonce. Denn immerhin ist der Verlust eines Lebewesens zu beklagen, das dem Inserenten viel bedeutet hat – auch wenn es sich nur um einen alten Baum handelt und die Trauerfeier »im Kopf« des braven Bürgers aus Iserlohn-Letmathe stattfindet.

> In Liebe und Dankbarkeit nehmen wir Abschied. Trotz intensiver baumchirurgischer Maßnahmen in den Vorjahren.
>
> **Rotbuche**
>
> gestorben als „Gefahrenbaum"
> * ? 1788 † 27. 10. 1988
>
> Sie starb durch eine Motorsäge nach einem Leben für den Menschen.
>
> In stiller Trauer:
> Ein Letmather Bürger
> und Anverwandte
> Die noch lebenden Bäume
>
> 5860 Iserlohn-Letmathe, Park von Haus Letmathe
>
> Die Trauerfeier findet in aller Stille im Kopf statt.

Um Baumfällarbeiten größeren Ausmaßes geht es in dem folgenden »Nachruf« aus Südhessen, der dann auch schon deutlich aggressiver ausfällt. Um der Empörung noch mehr Tremolo zu verleihen, darf auch der Hinweis auf die mitleidenden »Zug-, Greif- und Singvögel« nicht fehlen. Sowie als besonderes Ass: jener auf gleich »neun streng geschützte Fledermausarten«.

Nachruf

Es starb durch einen brutalen Kahlschlag das Herzstück unseres

WALDes auf dem BINSELBERG

*** 1910 † 06.02.2010**

Es rissen ihn aus dem Leben:
- die Windkraftbetreiber, jetzt HSE-Entega
- RP Darmstadt
- Politiker aus Gr.-Umstadt (Magistrat)
- Hessenforst und unsere Naturschützer BUND und NABU

Mit Wut und in tiefer Trauer:
H.Bucher, M.Bucher, E.Butter, J.Butter, D.Frenzel, G.Frenzel, M.Geisinger, P.Geisinger, H.Glaser, Prof.Dr. E.Meueler, Dr. R.Rawanpur, C.Sillack, D.Sillack, R.Volz, R.Volz, die Mehrheit der Raibacher Bürger, viele Groß-Umstädter. Es leiden mit: Zug-, Greif- und Singvögel sowie neun streng geschützte Fledermausarten.

Ich hab' den Vater Rhein in seinem Sarg geseh'n ...

VATER RHEIN

* vor Mill. Jahren † 1. 11. 1986

Nach langer, schwerer Krankheit fiel der von uns allen geliebte Rhein dem Restrisiko zum Opfer. Sein Tod war plötzlich, wenn auch nicht unerwartet.

Die Krankheit des Rheins konnte trotz „steter Umweltleistungen" der Arzneimittel- und Chemiekonzerne nicht gelindert werden. Einen höheren Sicherheitsstandard wollten sich die Aktionäre nicht zumuten.

Im Namen der empörten Hinterbliebenen:

E. KAHN, B. LENZEN, J. OSSENBACH
R. RAMBKE, U. SCHAUFF, I. WAGNER

Die Beisetzung findet in tödlicher Stille statt.

Diese Anzeige wurde von 236 Bürgern finanziert.
Der Überschuß wird an Greenpeace überwiesen.

Noch einen Schritt weiter gehen die Umweltschützer in unserer dritten Anzeige und erklären »Vater Rhein« kurzerhand für tot. In den Achtzigerjahren befand sich der Rhein tatsächlich in einem beklagenswerten Zustand, von Lachsen damals keine Spur. Mit dem Tod von Flüssen ist das allerdings so eine Sache. Und so haben wir hier den seltenen Fall einer Todesanzeige, die den Tod, den sie beklagt, gerade verhindern will.

Aus und vorbei war es allerdings Ende 2001 mit der Deutschen Mark. Der Euro wurde gesetzliches Zahlungsmittel. Und damit war für die D-Mark auch eine Todesanzeige fällig, die vor allem gegen die neue Währung gerichtet war. Doch auch hier wird am Ende der Hoffnung Ausdruck verliehen, die D-Mark werde sich eines Tages wieder »erheben« – aus welcher Asche auch immer.

Wir alle sollen's lesen
im schweigenden Gestein.
Sie war uns treu gewesen,
nur wir durften's nicht sein.

Der letzte Stolz der Deutschen, die

DEUTSCHE MARK

* 4. Dezember 1871 † 31. Dezember 2001

ist nicht mehr!

Schmerzerfüllt teilen wir mit, daß heute Nacht 24 Uhr die Deutsche Mark im blühenden Alter von 130 Jahren an der Brüsseler Maastrichttitis verschieden ist.

Mit einer Verschiebung von Bedeutungen und einem Austausch von Begriffen haben die verantwortlichen Politiker das deutsche Volk semantisch getäuscht und es gezwungen, Dich, solide DEUTSCHE MARK, bar jeder demokratischen, wirtschaftlichen und rechtlichen Glaubwürdigkeit, zu früh, allzufrüh, zu Asche werden zu lassen.

Von Anfang an lästig, dann als schädlich und zuletzt als unerträglich angesehen, warst Du, liebe, alte DEUTSCHE MARK, die Zielscheibe aller Strategien!

Mit Deinem Nachfolger, dem pflaumenweichen Euro, dem synthetischen Ersatzgeld – der frankophonen Talmiwährung –, erleben wir den Spargroschen-Diebstahl, den konzentrierten Marsch ins Nichts!

Wir, Deutsche, die das noch sind und auch bleiben wollen, gedenken Deiner, liebe, alte DEUTSCHE MARK, in tiefer, unauslöschlicher Dankbarkeit.

„Stolz von Sagen umwoben standest Du seit mehr als Einhundert Jahren auf hartem Fels kühn und hoch – die trauernden Hinterbliebenen sind sich sicher, daß Du Dich eines Tages wieder wie ein Phönix aus der Asche erheben wirst."

Für die trauernden Hinterbliebenen:

Gerhard H

Vogesenstraße 15

Brenschelbach, den 1. März 2002

Gelegentlich tarnen sich Werbeanzeigen als Todesanzeigen. Denn die haben den Vorzug, dass sie im Unterschied zu den Ersteren auch gelesen werden. Im vorliegenden Fall werden die Porträts auf den alten Geldscheinen zu Verstorbenen erklärt, um auf eine Artikelserie über den Euro neugierig zu machen.

Dein Sein gilt, nicht dein Schein. *Christian Morgenstern*

Dankbar und in tiefer Trauer nehmen wir Abschied von:

Bettina von Arnim

Carl Friedrich Gauß

Annette von Droste-Hülshoff

Balthasar Neumann

Clara Schumann

Paul Ehrlich

Maria Sibylla Merian

Wilhelm und Jacob Grimm

Obwohl sie sich stets rar gemacht haben, wenn man sie brauchte, waren sie uns lieb und teuer.
Die Einäscherung findet am 1. März 2002 in den Landeszentralbanken statt.

Das Leben geht weiter – auch wenn vieles anders wird.
Der Euro kommt. Die neue Serie. Ab 12. Mai in der Süddeutschen Zeitung.

Süddeutsche Zeitung
Deutschlands große Tageszeitung

Auch bei dieser ungewöhnlichen Todesanzeige dürfte es letztlich um kommerzielle Interessen gehen. Doch die werden so charmant verpackt, dass wir uns ein Kompliment nicht verkneifen können.

Für uns alle unfassbar verließ uns plötzlich das
geknackte Verschlüsselungssystem von Premiere.
Es war ein treuer Helfer für den illegalen Empfang
von Deutschlands schönstem Fernsehen.

BETACRYPT

• 01.07.1996 † 30.10.2003

In stiller Trauer nehmen Abschied:
ca. eine Million Premiere Schwarzseher

Die Trauergemeinde versammelt sich bei Premiere Händlern,
in der Online-Trauerhilfe (www.premiere.de) oder am
Seelsorge-Telefon (0180/55 100 11, € 0,12/Min.), um Trost zu finden.

Hier können wir ein offizielles Abonnement erwerben und so über den
schmerzlichen Verlust des geliebten Premiere Programms hinwegkommen.

Er hatte halt Pech!

Jesus von Nazareth

*** Weihnachten** **† Karfreitag**

In Traueraktion: Pfarrer André Hermany

Die Trauerfeier findet statt am Karfreitag, dem 6. April 2007, um 15.00 Uhr in der Kirche St. Marien in Langenzenn, Breslauer Straße 1.
Wenn Sie es „wie üblich“ wollen, kommen Sie besser nicht!

Werbung etwas anderer Art betreibt Pfarrer André Hermany aus dem mittelfränkischen Langenhenn. Er möchte seine Kirche auch am Karfreitagnachmittag füllen. Das launige Motto und der Umstand, dass sich der Geistliche »in Traueraktion« befindet, lassen einen beschwingten Gottesdienst erwarten.

Trauer um den Schokoladennikolaus und den vorzeitig »vernaschten« Spekulatiuskeks – und dann stecken die evangelische und katholische Kirche Bochum dahinter. Die haben sich eben etwas einfallen lassen, damit die Leute über den Sinn der Adventszeit nachdenken.

Zu früh!

Nikolaus von Schokolade

* 15. Okt. † 28. Okt. 2003

Um Traditionen schert sich keiner,
Immer früher müssen wir richtig ran.
Bis Advent schafft es kaum noch einer,
Wir trauern um unseren besten Mann.

Die Bochumer Nikoläuse.

✚ Rettet die Adventszeit!

Evangelische und Katholische Kirche Bochum

Statt Beileidswünschen ist Ihre Meinung gefragt: www.rettet-die-adventszeit.de

Zu früh!

Spekulatius Keks

* 15. Okt. † 04. Nov. 2003

Keiner will mehr bis Dezember warten,
Zu früh haben sie auch dich vernascht.
Würden sie den Advent pünktlich starten,
Wir wären angenehm überrascht.

Deine Freunde aus der Keksdose.

✚ Rettet die Adventszeit!

Evangelische und Katholische Kirche Bochum

Statt Beileidswünschen ist Ihre Meinung gefragt: www.rettet-die-adventszeit.de

Zu welch feiner Ironie die Geschäftsführung eines Kieswerks fähig ist, zeigt die folgende Anzeige aus der Schweiz.

Anzeige

Die Summe aller Hoffnung führt zum Konkurs

H.K.P.B

Tieferschüttert geben wir bekannt,
dass unser Gross-Schuldner

W Bauunternehmung GmbH

8362 Balterswil TG

24.12.1998 - 15.01.2010

Konkurs gegangen ist.

Unser Beileid gilt den beiden Gesellschaftern
Guido und Barbara W , Balterswil
welche nach dem Verlust der Gebr. W AG (1999)
nun mit W Bauunternehmung GmbH
ihr zweites «Kind» verlieren.

Leider haben wir die Krankheit
zu spät zur Kenntnis genommen.

Wir wissen, was wir verloren haben!

In stiller Trauer:
KIESWERK AADORF AG

An Stelle von Blumen bitten wir um Spenden
an das Konkursamt Frauenfeld

Aus sicherer Entfernung grüßt hingegen der Auslandschweizer Pedro J., um anlässlich des hundertsten Geburtstags seines Vaters die »gravierende Führungsschwäche der Schweizerischen Bundesexekutive« zu beklagen.

In Memoriam
Zum hundertsten Geburtstag

HEINZ (YEHUDA) J
30. 9. 1909 bis 3. 5. 2009

Arzt für Allgem. Medizin, FMH, Thalwil/ZH
Offizier der Schweizer Armee im Réduit

Als erstgeborener Sohn erweise ich dem Verstorbenen die gebührende Ehre.

Die damalige Kriegsgeneration würde sich heute im Grab oder in der Kremations-Urne buchstäblich umdrehen, angesichts der

gravierenden Führungsschwäche der Schweizerischen Bundesexekutive 2009 Bundesrat, (Bundes-Bern-Lobby)

Ich grüsse als ausgezogener Auslandschweizer aus Indonesien, wo wir uns über **HELVETIA** schämen und empören.

Pedro J , «Flying Piano» Swiss Restaurant,
Buddha Art Gallery, Jl. Werkudara,
Bali, Indonesia. 30. 9. 2009

DANKE

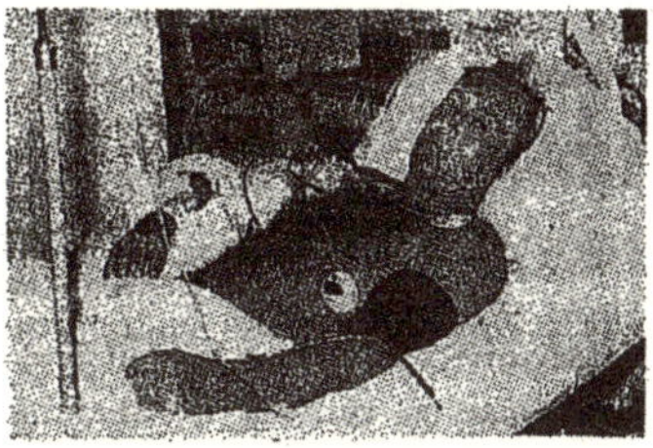

für die tiefempfundene und bewegende Anteilnahme am gewaltsamen Tod meiner Frau

Rosemarie F

und an meinen schweren Verletzungen.
Ich wähle am Sonntag den Menschen

Dr. Edmund Stoiber

weil ihm die Not der Kranken nicht gleichgültig ist und weil er einen starken Charakter für die Schwachen beweist.

Siegfried K
z. Z. Uni-Klinik rechts der Isar, Intensivstation

Gleichfalls ein politisches Anliegen hat Siegfried K., für das sich vielleicht eine günstigere Gelegenheit hätte finden lassen. Auf der anderen Seite muss man zugeben: Dieser unvermittelte Wahlaufruf gerät bestimmt nicht so leicht in Vergessenheit.

Tief erschüttert nehmen wir Abschied
von der

Mietrechtsreform 2001

* 1. September 2001 † 27. Mai 2004

Als hoffnungsfrohes Kind geboren, kränkelte es alsbald an
einem Geburtsfehler. Inkompetenz und Ignoranz schufen
eine verunglückte Gesetzesformulierung. Der Gesetzgeber
schlug alle Warnungen in den Wind und es kam,
wie es kommen musste: der Bundesgerichtshof kassierte
im Juni 2003 die wichtigste Regelung.
Für „Alt"-Mietverträge bleibt es bei den langen Kündigungs-
fristen. Die Bundesjustizministerin versprach rasche Heilung
durch ein neues Gesetz. Dies gibt es noch immer nicht und
ist offenkundig für immer gestorben.

Die trauernden Mieter/Innen der Bundesrepublik Deutschland

BERLINER MIETERVEREIN E.V.

Landesverband Berlin im Deutschen Mieterbund

Hartmann Vetter
Hauptgeschäftsführer

Die Verblichene wurde in einer feierlichen Zeremonie vor
dem Bundesministerium für Justiz in Berlin unter großer
Anteilnahme der Öffentlichkeit gewürdigt. Die Urne wurde
anschließend im engsten Familienkreis auf dem Friedhof für
gebrochene Regierungsversprechen beigesetzt.
Bilder von der Trauerzeremonie unter
www.berliner-mieterverein.de

Todesanzeigen werden auch gerne hergenommen, um der Öffentlichkeit mitzuteilen, wie tief enttäuscht man ist. So beklagt der Berliner Mieterverein handwerkliche Mängel der rot-grünen Mietrechtsreform. Und schon ist ihm »große Anteilnahme der Öffentlichkeit« sicher.

Und auch hier Enttäuschung: Deutschland wird nicht Fußballweltmeister. Dann muss aber schnell eine Todesanzeige her.

– Statt Karten –

Alles hat seine Zeit,
es gibt eine Zeit der Freude,
eine Zeit der Stille,
eine Zeit der Trauer
und eine Zeit der dankbaren Erinnerungen.

Er ist plötzlich und unerwartet von uns gegangen.

Traum vom Weltmeister

* 9. 6. 2006 † 4. 7. 2006

In stiller Trauer:
das Deutsche Volk
die deutschen Fußballfans
die deutsche Euphorie

44137 Dortmund, Westfalenstadion

Die Trauerfeier ist am Sonntag, dem 9. Juli 2006, um 20.00 Uhr im Olympia Stadion in Berlin. Dort wollten wir Weltmeister werden.
Im Anschluß findet die Beisetzung statt.

Ähnlich mag der Fall bei den Abiturienten des Jahrgangs 1991 im Starkenburggymnasium zu Heppenheim gelegen haben. Da hatten sie diese gute Idee mit dem Behindertenfahrstuhl, der zum »Abi-Denkmal '91« erklärt werden sollte. Und dann macht ihnen der Kreistag einen Strich durch die Rechnung. Klare Sache, da war eine Todesanzeige fällig. Nicht für den Behindertenfahrstuhl, denn den hatte es ja gar nicht gegeben. Sondern für die Idee, einen Behindertenfahrstuhl zu installieren. Klingt kompliziert, ist aber ganz einfach. Denn hauptsächlich ging es darum, den grimmigen Satz hinschreiben zu können: »Seine Mörder werden wir lange in Erinnerung behalten.«

Wir trauern um unsere gute Idee, den

Behindertenfahrstuhl

der im Starkenburggymnasium installiert werden sollte und als Abi-Denkmal '91 gedacht war.

Voraussehbar und dennoch völlig unerwartet starb die Idee in der Kreistagssitzung vom 22. April 1991.

Seine Mörder werden wir lange in Erinnerung behalten.

Enttäuscht und verbittert:

Die Abiturienten 1991
des Starkenburggymnasiums
zu Heppenheim

Heppenheim, im April 1991

Von Beileidsbekundungen bitten wir abzusehen.

In tiefer Wehmut geben wir das Ableben des

Café Papagei

1927 – 2010

nach einem turbulenten Leben bekannt.

In großer Melancholie:
Die Hinterbliebenen
Die Ehepaare, die sich hier kennen lernten
Die Geschiedenen, deren Scheidungsursache hier auftauchte
Alle Gäste, denen die Geselligkeit und die Lebensfreude im Gesicht stand

Die Erdbodengleichmachung findet ab 7. April 2010 statt.

Wehmütig und melancholisch nehmen hingegen die Sympathisanten des legendären Café Papagei in Rosenheim Abschied von ihrem erinnerungsträchtigen Lokal.

Wir trauern um

Dörte

* 1.10.1998
† 1.4.1999

Unsere geschätzte Mitbewohnerin geht von uns. Sie hinterläßt **vier** trauernde Menschen: Christoph 1 (34), Christoph 2 (24), Markus (28) und Wiebke (20). Sie hatte eine schöne Zeit in ihren **zwei zusammenhängenden, jeweils 12m²** großen, hellen Zimmern. Im Winter wärmte sie ihre zarte Gestalt an einem **Gasofen**. Vielleicht fiel ihr Blick dabei durch die zwei Fenster ihrer Dachgeschoßzimmer, gen Westen, über unsere schöne Stadt, und erfreute sich an den Sonnenuntergängen. Was uns bleibt, ist die Erinnerung und ihr Teppich, den sie neu verlegte. Warum geht sie von uns? Hat sie mehr erwartet für **schlappe 250 Mark kalt plus 40 Mark Gas und 30 Mark Strom**? Oder wollte sie uns nicht? Trotz unserer **Geschirrspül**- und Waschmaschine? Trotz des großen Flures, des Abstellraumes, der drei Keller und des Trockenbodens? Gefiel ihr die Lage im östlichen Ringgebiet nicht?

Werden wir es je erfahren...

Willst Du (**weiblich**) an unserer Trauer teilhaben?
Ruf an: 34 19 67.

Auf ungewöhnliche Art geht eine Wohngemeinschaft auf die Suche nach einer neuen Mitbewohnerin. Die braucht wohl vor allem eines: Verständnis für eine bestimmte Art von Humor.

Humor brauchen auch Dr. Titus C. und Elisabeth K., deren Kinder auf ihre Weise zur bevorstehenden Vermählung gratulieren. Oder sollte man besser sagen: kondolieren? Ein wenig irritiert dann doch der Hinweis, das Mitbringen von Blumen und Hochzeitsgeschenken zu unterlassen.

Pflichterfüllend geben wir die

Vermählung unserer Eltern

Dr. Titus C ∞ Elisabeth K

bekannt, welche unvorbereitet in viel zu jungen Jahren aus der Selbständigkeit sich reißend am

Montag, 7. Dezember 2009, in Schwarzenfeld

sich trauen (lassen).

Von Blumenspenden und Hochzeitsgeschenken im geöffneten Rathaus bitten wir Abstand zu nehmen.

Fassung bewahren

Karl-Johann C
Timotheus C
Söhne des Bräutigams

Elisabeth M
Katharina S
Töchter der Braut

Das Kapitel möchten wir beschließen mit einer literarischen Vehikelanzeige. Der isländische Erzähler Jón Svensson, genannt »Nonni«, dürfte hierzulande zwar größere Popularität genießen als der norwegische Dichter Øret Laxon (→ S. 35). Da seine Bekanntheit bei deutschen Leseratten allen Alters aber gewiss noch steigerungsfähig ist, war sein 65. Todestag Grund genug für die deutsch-isländische Gesellschaft, eine Traueranzeige zu schalten, um dezent daran zu erinnern, dass »Nonni« noch nicht vergessen ist. Erleichtert wird der Leser vernehmen, dass noch alle zwölf »Nonnibücher« im Handel erhältlich sind.

Zum 65. Todestag von „NONNI" - P. Jón Svensson SJ

Der Herr nimmt uns die Lebenden.
Er gibt uns die Unsterblichen wieder.

Tot ist nur, wer vergessen wird.
Der große isländische Erzähler „NONNI" lebt!

JÓN SVENSSON - „NONNI"

* 16. Nov. 1857 in Mödruvellir/Island
† 16. Okt. 1944 in Köln

Dem unvergesslichen Autor der 12 „Nonnibücher" (alle sind über Online-Buchhandlungen noch zu haben!) in Dankbarkeit und Verehrung.

Im Namen seiner großen und kleinen Leseratten:

F. P
Mitglied der Deutsch-Isländischen Gesellschaft e.V. Köln

Köln, im Oktober 2009

Gedenkfeier: Freitag, 16.10.09 - 15 Uhr, an „Nonnis" Grab auf Melaten (Lageplan wird am Eingang ausgehängt).
Gedenkgottesdienst: Samstag, 17.10.09 - 18 Uhr, St. Franziskus-Hospital, Schönsteinstraße, S-Bahnhof Köln-Ehrenfeld.

14

»Die Schuhe eines Arztes quietschen selten«

Letzte Einsichten

Am Ende geht es noch einmal ums Ganze. Denn in Todesanzeigen soll oft noch etwas Bedeutsames, Hintergründiges, Allgemeingültiges mitgeteilt werden: eine Botschaft an die Nachwelt, ein profundes Resümee, eine tiefe Einsicht, die uns nachdenklich oder zuversichtlich stimmt, heiter oder auch ratlos. Nicht selten stammen die Worte vom Verstorbenen selbst, was ihnen besonderes Gewicht gibt. So ist es auch in unserer ersten Anzeige, die uns mit dem gewissenhaft datierten »Wunschtext« bekannt macht, den sich Gerhard S. vor mehr als 30 Jahren auf seinen Grabstein meißeln lassen wollte.

„Er ist gestorben – das ist ja nicht weiter verwunderlich. Aber er hat gelebt – und darauf kommt es an!"
(Wunschtext des Verstorbenen für seinen Grabstein, 1978)

Gerhard S
06. 02. 1926 – 29. 01. 2010
Er hatte Freunde auf der ganzen Welt.

Max S
Simone R -S
Donna M
Irina O
Carolina G

medico international Stichwort: n
Spendenkonto: Konto-Nr. 18 , Fr Sparkasse

Erwin F. zieht eine positive Lebensbilanz. Gäbe es da nicht einige grundsätzliche Bedenken.

Erwin F

* 24. 9. 1909 † 2. 3. 1993

Mich hat das Leben gefreut.
Enttäuscht war ich darüber, daß Ehrlichkeit und Redlichkeit zu wenig verbreitet sind auf der Welt.

Jochen G. überrascht hingegen mit einer ebenso hintergründigen wie an dieser Stelle unerwarteten Kritik am griechischen Philosophen Platon.

Platon ist mir lieb, aber noch lieber ist mir die Wahrheit.

Dr. Jochen G

1937 - 1994

Erschüttert nehmen wir Abschied von der körperlichen Hülle unseres Freundes.

Eher mit Ludwig Wittgenstein hält es Elfriede P. Der Philosoph hatte in seinem Tractatus logico-philosophicus geschrieben: »Der Tod ist kein Ereignis des Lebens. Den Tod erlebt man nicht.« Elfriede P. drückt das noch etwas beschwingter aus – sodass es sich hinten reimt.

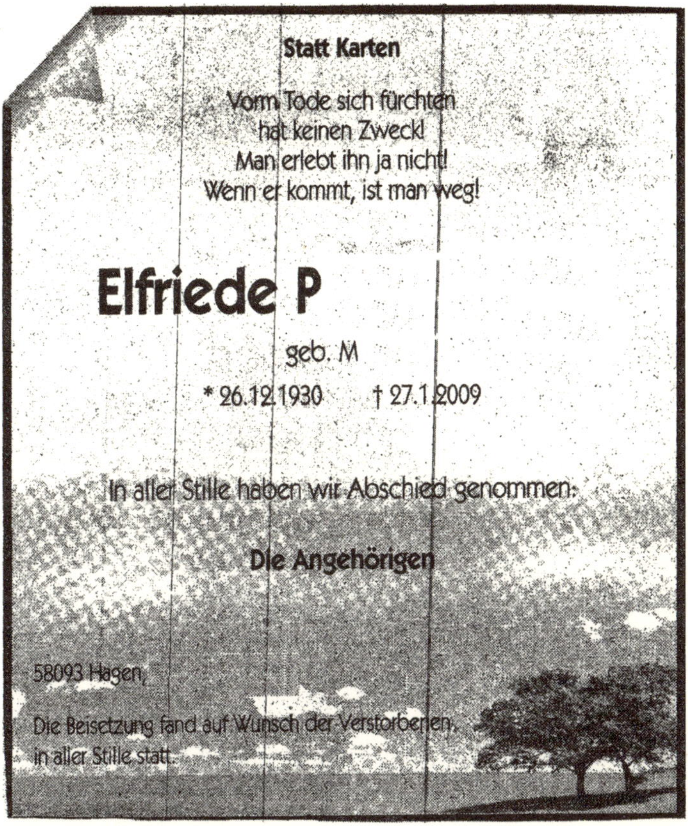

Statt Karten

Vorm Tode sich fürchten
hat keinen Zweck!
Man erlebt ihn ja nicht!
Wenn er kommt, ist man weg!

Elfriede P

geb. M

* 26.12.1930 † 27.1.2009

In aller Stille haben wir Abschied genommen:

Die Angehörigen

58093 Hagen,

Die Beisetzung fand auf Wunsch der Verstorbenen
in aller Stille statt.

Geradewegs andersherum scheint sich der Fall bei Marianne N. zu verhalten, der im Tod nicht einmal das morgendliche Aufwachen erspart bleibt.

Meine geliebte Schwester, unsere geliebte Tante
und Schwägerin ist erlöst.

Sie wollte morgens aufwachen und tot sein.
Ihr letzter Wunsch ist in Erfüllung gegangen.

Marianne N

geb. P

* 30. Mai 1918 † 11. November 2009

Wir sind unendlich traurig.

Waltraud M , geb. P
im Namen aller Angehörigen

Oder es verhält sich so wie bei Ute R., für die das Leben hoffentlich ein schöner Traum war und der Tod kein böses Erwachen.

Sie ist erwacht
aus dem Traum des Lebens

Ute R

geb. E

– Künstlerin –

* 16.7.1954 † 4.3.2010

Das Beste aus seinem Leben gemacht hat offenbar Georg Alex B. Und doch hängen ihm die »widrigen Umstände« noch in seiner Todesanzeige nach.

Er gab ein Beispiel dafür, was dem Einzelnen unter widrigen Umständen möglich ist.

Georg Alex B

* 22. Februar 1931 † 21. Februar 2009

Von einem hübschen Rollentausch beim Lachen und Weinen zu Anfang und am Ende des Lebens berichtet die Anzeige für Edith S.

Ich habe das Leben überwunden,
bin nun befreit von Schmerz und Pein,
denkt oft an mich in stillen Stunden
und lasst mich immer bei euch sein.

Dielsdorf, 26. Februar 2010

Traueradresse:
Britta M

8157 Dielsdorf

In stiller Trauer und mit vielen bleibenden Erinnerungen nehmen wir Abschied von meinem lieben Mami, meiner Schwiegermutter, unserem Nani, unserer Cousine, Gotte und Freundin

Edith S

17. Januar 1941 bis 26. Februar 2010

Als du auf die Welt kamst, lachten alle und nur du weintest. Du hast dein Leben so gelebt, dass als du starbst, alle weinten und nur du lächeltest.

Britta M -S
mit Benjamin, Samuel und Christian M
Verwandte, Freunde und Bekannte

Bruno M. übernimmt es hingegen selbst, kurz und bündig Rückschau zu halten.

Herrgott, wie gerne habe ich gelebt!

Bruno M

*** 18. 9. 1907 † 27. 8. 1980**

Während der muntere Franz von M. mit seinem launigen Kommentar eher die Nachwelt im Blick hat, die nun ohne seine Entertainerqualitäten zurechtkommen muss.

„Ohne mich werdet
Ihr Euch langweilen"

Sein Leben ist zu Ende gegangen.

Franz von W

* 21. 10. 1916 † 14. 1. 2006

Die Einsicht des einstigen Bergassessors Oswald N. weist ihn als echten Männerversteher aus.

Ist das Kind im Manne tot, ist der Mann tot!
Oswald N

Oswald N

Bergassessor a. D.

*** 2. 8. 1916 † 13. 2. 2004**

In die Stille des Krankenzimmers entführen uns die geheimnisvollen Worte über die Schuhe des Arztes. Und eine Erlösung eigener Art offenbart sich in dem abschließenden Satz, der geradezu literarische Qualitäten hat. So kann ein Lebensroman enden.

Nachruf

Der Tod kommt auf leisen Sohlen,
denn die Schuhe eines Arztes
quietschen selten.
Endlich kann ich liegen bleiben.

Wir nehmen Abschied von einem einzigartigen Menschen und gutem Freund.

Uwe F

Wir werden Dich nicht vergessen!

Deine Freunde

Saalfeld, im Januar 2010

Noch tiefer in das Reich der Literatur führt uns die Anzeige für Prof. Dr. Dr. h.c. Hans Josef V. Das Bild der brennenden Bibliothek veranschaulicht auf ungewohnte Weise, was an Wissen und Lebenserfahrung mit dem Tod verloren geht.

Wenn ein Greis stirbt, brennt eine Bibliothek.

Prof. Dr. Dr. h.c. Hans Josef V

geboren 24. 9. 1930
in Iserlohn

gestorben 4. 2. 2010
in Heidelberg

Motivisch schließt hier die Anzeige für Katharina S. an. Dabei handelt es sich um ein lateinisches Palindrom, also um eine Buchstabenfolge, die vorwärts und rückwärts gelesen gleich bleibt. Das Palindrom »In girum imus ...« stammt vermutlich aus dem Mittelalter und gehört zu den Klassikern des Genres. Übersetzt heißt es: »Wir irren des Nachts im Kreis umher und werden vom Feuer verschlungen.«

IN GIRVM IMVS NOCTE ET CONSVMIMVR IGNI

Katharina S

geb. K

23.9.1912 13.6.1990

Um ähnlich elementare Dinge geht es auch in der folgenden Anzeige. Dabei meldet sich eine raunende Stimme aus dem Off, um Gunter K. eine letzte Anweisung zu erteilen, die ihn offenbar ebenso im Kreis herumführt.

Eines langen Baumes Wurzel bist du gewesen.
Eines hohen Berges Stein warst du.
Nun geh zu deinem Baum und zu deinem Berg zurück.

Gunter K

* 10.08.1940 † 21.02.2010

Wir nehmen Abschied:

Jutta W
Gerald K
Michael, Thomas, Bettina S
und alle Angehörigen

Vergleichsweise knapp fällt die letzte Mitteilung von Dieter aus. Aber zumindest seine Freunde wissen ganz genau, was er damit sagen wollte.

Wer »so« sagt, der geht – du hast »so« gesagt ...

Ade

Dieter

Dieter und Gabi, Andy und Evi, Angie und Achim, Konni, Andreas, Ramon und Susanne, Manne, Ernie, Bernhard, Wolfgang, Carl Conrad, Friedo, Rolf, Jost, Ralph und Ute, Markus, Willy

Eine klare Botschaft hält hingegen Gastwirtin Maria S. für uns bereit.

„Meine Herrschaften, es ist Feierabend."

Gastwirtin

Maria S

geb. S

* 26.11.1915 † 8.11.2005

In Liebe und Dankbarkeit nehmen Abschied

Tochter Erika K und Familie
Sohn Reinhard S und Familie
Schwiegertochter Leoni S

Das letzte Wort gehört jedoch dem »Allesversteher« Horst M., der sich bereits in völlig anderen Dimensionen bewegt. Ganz im Sinne unseres Buchtitels »Wir sind unfassbar«.

Horst M

15. Oktober 1995

Ich verstehe Alles

denn

Ich bin Du

M

Der Sammler dankt

Seit über 20 Jahren sammle ich ungewöhnliche Todesanzeigen, seit sieben Jahren zeige ich eine Auswahl meiner Kollektion auf der Website **www.todesanzeigensammlung.de**. Schon diese Internetseite stieß auf reges Interesse, das ich so nicht erwartet hatte. Doch als unser erstes Buch »Aus die Maus« herauskam, waren die Reaktionen geradezu überwältigend. Ich hätte mir nie vorstellen können, dass mein Hobby so viel öffentliche Aufmerksamkeit finden und unsere Leserinnen und Leser daran so viel Anteil nehmen würden. Briefe sind ja heutzutage eine Seltenheit geworden; umso mehr haben wir uns über die vielen, vielen Zuschriften gefreut, die uns in den vergangenen zwölf Monaten erreichten. Manche schickten sogar kleine Päckchen mit ihren Sammlungen, andere meldeten sich per Mail, um uns ihre Fundstücke als Dateien zuzuschicken. Beim Sichten der mir übersandten Anzeigen und Sammlungen habe ich mich intensiver denn je mit ungewöhnlichen Todesanzeigen beschäftigt. Und ich hoffe sehr, dass die Leserinnen und Leser von »Wir sind unfassbar« unser Empfinden teilen, dass die hier vorgestellten Anzeigen, deren Auswahl die Frucht dieser Freuden und Mühen ist, in ihrer Summe sogar noch denkwürdiger und exquisiter sind als die in »Aus die Maus«.
Die vielen interessanten und schönen Zuschriften auf unser erstes Buch haben gezeigt, dass unsere Leserinnen und Leser allen Alters- und Berufsschichten angehören, wie übrigens auch diejenigen, die mein Hobby teilten oder es für sich neu entdeckten. So bekamen wir neue Anzeigen beispielsweise von einer 16-jährigen Hauptschülerin, die »Aus die Maus« zum Dank für ihr Schülerpraktikum in einem Bestattungsunternehmen geschenkt bekommen hatte. Aber auch von einer 93-jährigen Sammlerin, die uns ihre komplette Kollektion anvertraute, weil sie befürchtete, ihre Erben würden dieses

Hobby gewiss nicht weiterpflegen. Unter den Einsendern waren erklärte Agnostiker, aber auch Geistliche. So verschieden wie Alter und Beruf der Einsender waren auch die den Anzeigen beigefügten Zeilen, mal betont korrekt und in perfekten Höflichkeitsformen, mal locker duzend, mal auf ein Post-it-Zettelchen gekritzelt, mal in kalligrafischen Schwüngen auf feinstes Büttenpapier geworfen. Wie auch immer: Eigentlich jede dieser Zuschriften und jedes der vielen großartigen Stücke, die ihnen beigefügt waren, hat bei mir als Sammler Freude, ja oft sogar echte Sammlerbegeisterung hervorgerufen. Matthias Nöllke und ich tragen uns schon jetzt mit dem Gedanken an ein drittes, ultimatives Todesanzeigenbuch und sind zugleich schon beim Abschluss des Manuskripts dieses Büchleins enttäuscht, dass bei Weitem nicht jede vorzügliche und unbedingt sehenswerte Anzeige einen Platz in »Wir sind unfassbar« finden konnte.

Insofern möchte ich an dieser Stelle vor allem meinen Aufruf aus dem Nachwort unseres ersten Buches wiederholen und bekräftigen: Wenn Sie, liebe Leserin, lieber Leser, gerade heute auf der Todesanzeigenseite Ihrer Zeitung *die* ungewöhnliche Anzeige schlechthin gesehen haben, wenn Sie im Stillen schon lange bemerkenswerte Nachrufe ausschneiden und sammeln oder unter Ihren Bekannten jemanden wissen, ohne dessen Sammlungsperlen eine Veröffentlichung über ungewöhnliche Todesanzeigen ärmer wäre, dann nutzen Sie eine ruhige Minute und senden Sie diese Anzeigen an den Verlag Kiepenheuer & Witsch, KiWi Paperbacks – Stichwort: Todesanzeigen –, Bahnhofsvorplatz 1, 50667 Köln, oder scannen und mailen Sie sie mir direkt an **todesanzeigen@gmx.de**.

Nachfolgend habe ich die Namen der Beiträgerinnen und Beiträger zu »Wir sind unfassbar« aufgelistet. Ganz besonders bedanken möchte ich mich, auch wenn die Aufzählung wegen des begrenzten Platzes notwendigerweise ungerecht sein muss, bei folgenden Damen und Herren, auf die Löwenanteile der hier gezeigten Anzeigen zurückgehen:

- Herrn Otto Fuhrmann aus Weiden, der über mehr als 30 Jahre eine große und großartige Sammlung von Todesanzeigen angelegt und uns dann freimütig als Fundgrube zur Verfügung gestellt hat

- Frau Renate Evers aus Grevesmühlen, die sich auch vom Unverständnis ihrer engsten Umgebung nicht davon abhalten ließ, auf den Todesanzeigenseiten ihrer schleswig-holsteinischen Heimat über viele Jahre erfolgreich nach Perlen zu tauchen

- Frau Uta Schlegel-Holzmann aus Leinfelden-Echterdingen, in deren nicht allzu großer Kollektion jedes einzelne Stück höchsten Ansprüchen standhält

- den Herren Abraham Kustermann aus Waldenbuch in Schwaben und Wolfram Schlag aus Emmenbrücke in der Schweiz, die mich über viele Monate hinweg kontinuierlich mit ihren schönsten Lesefrüchten versorgt haben

- Frau Kathrin Bachmann aus Wollerau (Schweiz), die mich auf ihre Forschungen zu ungewöhnlichen Todesanzeigen und die von ihr unter ihrem Mädchennamen von der Lage veröffentlichte Dissertation »Text und Tod. Eine handlungstheoretische Textsortenbeschreibung am Beispiel der Todesanzeige in der Schweiz« (Niemeyer-Verlag Tübingen, 1995) aufmerksam gemacht hat

- Herrn Wolfgang A. Klemt, einem langjährigen Sammerkollegen aus Hattingen mit untrüglichem Gespür auch für solche Besonderheiten auf den Todesanzeigenseiten, die nicht gleich auf den ersten Blick ins Auge fallen

- Frau Ingrid Brüggenwirth, deren zweites aus ihrer großen Todesanzeigensammlung destilliertes Buch »Dieser Brief geht in den Himmel« (Passage-Verlag Leipzig, 2006) ich in der Bibliografie unseres letzten Büchleins versehentlich ausgelassen habe.

Aus den vielen Tausend Anzeigen haben wir knapp 300 Stücke ausgewählt. Dass daraus ein Buch geworden ist, dazu hat erneut mein Freund und Mitautor Matthias Nöllke entscheidend beigetragen. Wir hoffen sehr, dass unsere Leserinnen und Leser der Beschäftigung mit den hier gezeigten ungewöhnlichen Todesanzeigen ebenso viel abgewinnen können wie wir – und uns vielleicht dabei unterstützen, irgendwann eine Dreierserie der bemerkenswertesten deutschen Todesanzeigen der letzten 50 Jahre vollenden zu können.

Christian Sprang

Beiträgerinnen und Beiträger zu diesem Buch*

Barbara Altenburg; Wolfgang Arnold; Marion Ballmann-Lauck; Walter Banzer; Dieter Banzhaf; Roland Banzhaf; Irmgard Barnes; Brunhild Bast; Manuel Baumann; Siegmund Baumgärtner; Andrea Baumhaus; Silke Baza; Gerhard Beck; Matthias Bellmann; Polly Benecke; Renate Bergmann; Dietmar Bernhardt; Katrin Bick; Antje Binder-Stohrer; Kai Blasius; Margot Böhm; Dietrich Erik Böhme; Tanja Bönig-Ohl; Eva Böttcher; Florian Brands; Winfried Bräutigam; Renate Breithecker; Ekkehart Burghausen; Birgit Buschmann; Corinna Colditz; Dominique Conrad; Gerd Dammann; Raphaela Demmel; Frank Deppe; Jacqueline Diez; Hans Detlef Dopatka; Christine Dosche; D. Douteil; Carola Dressel; Doris Drews; Lothar Dunkel; Franz Ebbers; Norbert Eggenschwiler; Heike Ellermann; Andreas Emmerich; Udo Erhart; Ralf Ersfeld; Aline Faass; Christian Fai; Werner Falkenberg; Ulrich Faure; Beatrix Fey; Digna Fiedler; Marena Föge; Erika Franke; Dörte Fricke; Margot Fridrich; Herbert Fritz; Gerlinde Fröschle; Jennifer Fromme; Margit Fruntzek; Jutta Geiger; Helmut Geist; Erich Gerhard; Frank Gerkens; Hubert Gertis; Annegret Göbel; Karin Goebelsmann; Gerhard Goldmann; Martina Gollhardt; Maria Gorgs; Hedwig Grau; Karl Gröchenig; Hans-Peter Grümmer; Elisabeth Haakh; Eckart Haenchen; Manfred Häfner; Klaus Hage; E. Hager; Reinhild

* Obwohl ich alle Zuschriften von Leserinnen und Lesern von »Aus die Maus« mehrmals durchgegangen bin, ist die Liste nicht ganz vollständig geworden. Mitunter konnte ich Namen und Anschriften auf Briefen nicht entziffern, teils fehlten Absenderangaben, und bei mancher größerer Kopieraktion sind mir einzelne Umschläge mit Adressen verloren gegangen. Falls Ihr Name hier stehen müsste und Sie ihn nicht finden können, ist das mein Versehen, für das ich um Nachsicht bitte.

Hammes; Daniel B. Hartmann; Volker Häse; Sibylle Hasel; Christian Hauri; Ivola Heinz; Jürgen Heinze; Michaela Hennig; Frank Herrmann; Frank Herrmann; Thomas Heuer; Daniela Hielscher; Heinz Hillenbrand; Thomas Hirsch-Hüffell; Michael Hirtreiter; Thomas Hoeren; Uta Hoffmann; Andreas Holzhammer; Bernd Homeier; Clarissa Hornbergs; Katja Imme; Silke Jepsen; Wolfgang Kahl; Ernst Kaiser; Carmen Katzer; Christian Keck; Ruth Keller; Annette Keuken; Wilfried Kircher; Wolfram Kirstein; Gerhard Klenner; Nora Klossowski; Wolfgang Kluibenschädel; Inge Knecht; Edeltraud Köhler; Michael Kopp; Hans-Jürgen Körner; Jürgen Köster; Johann Kowalczik; Ruth Krämer; Christel Krampitz; Andreas Krause; Jana Krause; Monika Kühn; Christa Kunzelmann; Klaus Küpper; Monika Lammersmann; Gabriela Lauber-Stöger; Marion Lauck; Carmen Lautenscheidt; Andrea Lehmann; Christoph Lehmann; Patrick Lengg; Ines Leopold; Jutta Leugers; Michael Ley; Alica Lilgert; Eveline Linke; Wolfgang Luchtenberg; Ulrike Lucht-Lorenz; Tanja Lutz; Henry R. Magin; Karl Mai; Bernhard S. Maier; Evi Männecke; Rudolf Märtens; Christa Marwell-Meier; Anne-Marie Marzen; Juliane Mayer; Christa Meier; Lieselotte Meisfeld; Werner Merklein; Christine Meyer; Marianne Meyer; Christa Meyer; Bettina Miera; Stefan Mögele; Hans-Hermann Möller; Andrea Möllering; Volker Morstadt; Eva Moßgraber; Petra Motzke; Roland Müller; Gerd Müller; Konrad Müller; Kristian Müller von der Heide; Rüdiger Munzert; Karl Heinz Neubauer; Marlen Neumann; Helga Nielsen; Matthias Nissen; Dieter Obert; Hanna Pachler; Gunter M. Pampel; Gabriele Panitz; Monika Paulus; Franz Pechwitz; Karin Peter; Marlies Pilz; Hedi Poliwoda; Günther Pölking-Henkel; Sandra Potthast; Ralph Praeg; Ute Pukropski; Christoph Ramm; Gabi Rapp; Eva Rapp-Frick; Wolfhard Raub; Luis Repsold; Ilona Ress; Monika Riedel; Johannes Ringwald; Anneli Ritter; Desiree Ritter; Gisela Rögge; Odo Rothenbächer; Matthias Rother; Heinz Rüschenschmidt; Günter Sauer; Christine Sauerstein; Barbara Saul-Sievers; Jost Schaper; Peter Schappert; Ruth Schaupp; Renate Schellhaas; Jörg Schimmel; Wolfram Schlag; Jürgen Schmale; Rainer Schmidt; Beatrice Schmitt; Gisela Schmitt; Ulrich Schneider; Angela Schneider; Klaus Schnelle; Annerose Schöke-Philipp; Stefan Schramm;

Karin Schramm; Claudia Schulz; Kunz Schulz; Marlene Schwarz; Simon Schweer; Susanne Schweiger; Joachim Schwerthelm; Herbert Schwörer; Jeannie Scriven; Maria Sehr; Charlotte Seither; Friedhelm Senck; Heinrich Sievers; Peter Sigmann; Wilhelm Sprang; Ludwig Stahl; Christian Starke; Vreni Steffen-Steinegger; Andreas Steinke; Jörg Stenger; Andrea Steubesand; Jürgen Stingel; Georgia Stoinski; Melanie Strang; Katarina Stubbe; Klaus Suetterlin; Clemens Tandler; Christine Tanz; Andrea Thoma; Otto Thumm; Bruno Tobies; Hans Topsch; Inge Trächtler; Gerlinde Tropschuh; Sandra Tutsch; Simone Ueberwasser; Barbara Vahldieck; Walter Vitt; Heidi Vogt; Silvia von Ballmoos; B. von Harer-Radlick; Nicola von Platen; Ursula von Schlieben; Burkhard von Stoephasius; Isabelle Wanner; Ulrich Weber; Bettina Weidt; Frank Weimer; Renate Werz; Elke Westerwelle; Joachim Westphal; Mareike Wichmann; Jörg Wilhelm; Petra Wilmer; Werner Wilson; Kathrin Winter; Stephan Wittenbrink; Gerd Wittgens; Margret Wlotzke; Anke Wolf; Moni Wolf; Volker Zander; Ursula Zanke; Rosemarie Zeitler; Lutz Zelaitis; Katja Zielenbach; Gabriele Zieroff; Marianne Zink